本书由冼为坚学术研究基金资助出版

西方文学巨子的审美观照

张唯嘉 著

中国出版集团

世界图书出版公司

广州·上海·西安·北京

图书在版编目(CIP)数据

西方文学巨子的审美观照 / 张唯嘉著. —广州：世界图书出版广东有限公司，2012.2
ISBN 978-7-5100-4131-0

Ⅰ.①西… Ⅱ.①张… Ⅲ.①外国文学-文学研究 Ⅳ.①I106

中国版本图书馆 CIP 数据核字(2011)第 255029 号

西方文学巨子的审美观照

责任编辑　孔令钢　肖爽爽　冯彦庄
出版发行　世界图书出版广东有限公司
地　　址　广州市新港西路大江冲 25 号
http://www.gdst.com.cn
印　　刷　广州市佳盛印刷有限公司
规　　格　787mm×1092mm　1/16
印　　张　12.75
字　　数　200 千
版　　次　2013 年 1 月第 1 版第 2 次印刷
ISBN 978-7-5100-4131-0/I·0252
定　　价　39.00 元

目　录

上　编

普希金：真诗无诗 ·················· 003

陀思妥耶夫斯基笔下的偶合家庭 ·········· 014

《樱桃园》：契诃夫式的喜剧范例 ·········· 043

卡夫卡《变形记》中的格里高尔 ··········· 059

《变形记》与《金驴记》对读札记 ··········· 067

"愤怒青年"与"浮士德难题" ············ 081

《动物农庄》和《一九八四》：极权主义警报 ····· 085

格林政治小说的人性因素 ·············· 091

斯诺的《新人》与科技伦理 ············· 096

文学诠释与罗伯-格里耶诠释 ············ 102

中西"空白"观之比较 ················ 117

下　编

柏拉图《苏格拉底之死》解读 ············ 133

　　附录：苏格拉底之死 ·············· 139

华兹华斯《孤独的割禾女》解读 ··········· 143

　　附录：孤独的割禾女 ·············· 148

雨果《巴尔扎克葬词》解读 ············· 150

　　附录：巴尔扎克葬词 ·············· 157

乔治·桑《冬天之美》解读 ············· 159

王尔德《自私的巨人》解读 ············· 164

　　附录：自私的巨人 ··············· 168

茨威格《世间最美的坟墓》解读 ··········· 172

冈察尔《永不掉队》解读 ·············· 179

　　附录：永不掉队 ················ 184

罗伯-格里耶《归途》解读 ············· 192

　　附录：归途 ·················· 197

上　编

普希金：真诗无诗

　　普希金(1799—1837)，俄国浪漫主义文学的杰出代表，俄国现实主义文学的奠基人，出生于俄罗斯一个古老的贵族世家。其曾外祖父阿勃拉姆·彼得罗维奇·汉尼拔原本是阿比西尼亚（即今天的埃塞俄比亚）一个酋长的儿子，后成为彼得大帝宠爱的将军。普希金一直以自己的非洲血统而骄傲。他的父母热爱文学艺术，而与他感情甚笃的伯父则是一位真正的诗人。俄国著名文学家卡拉姆津、茹科夫斯基，波兰著名诗人亚当·密茨凯维奇等都是普希金家里的常客，而奶娘阿琳娜·罗吉昂诺芙娜是一位优秀的民歌手。生活在浓浓的文学气氛之中，普希金从小就热爱文学。他 8 岁开始写诗，15 岁公开发表诗作。1817 年从皇村中学毕业后，他被分配到外交部任职。这期间，他怀着青春的激情，写下了《自由颂》(1817)、《致恰阿达耶夫》(1818)等抨击社会黑暗、呼唤光明与自由的诗篇。这些诗被人们争相传抄，却触怒了沙皇。1820 年，沙皇以调动职务为名将普希金流放到南方。1824 年 7 月，亚历山大一世又以普希金在私人书信里宣传无神论思想为由，撤销了他的职务，把他押送到他父亲的领地米哈伊洛夫斯克村，交由当地政府监管。一直到 1826 年 9 月，他才被新登基的沙皇尼古拉一世赦免并召回莫斯科。

　　普希金被誉为"俄罗斯诗歌的太阳"，他一生写了 800 多首抒情诗，他的诗歌不仅照耀了 19 世纪的俄国，而且穿越时空温暖着 21 世纪的地球村。

　　真诗无诗。普希金的抒情诗是一种真诗。托尔斯泰最早最敏锐地看到了普希金抒情诗的这一本质特点。有一次，一位女士问托尔斯泰：你不喜欢诗吗？他直率地回答不喜欢，然后又补充一句：除非是普希金的诗，因为"对普希金，你感觉不到他有诗"。显然，托尔斯泰在这里说的"感觉不到他有诗"是一句极高的赞语。如何理解托尔斯泰的这句赞语呢？17世纪法国数学家巴斯加尔说过一句意味隽永的话：真正的雄辩是看不出雄辩的。雕塑大师罗丹将这句话点化成另一句同样意味隽永的话：真正的艺术是看不出艺术的。同样，真正的诗，就像托尔斯泰所肯定的那样是感觉不到诗的。这种真诗遵从自然，如清水出芙蓉，天然去雕饰；像纯净的水，无香无味，一清至骨。

真诗是普希金一生的追求。早在 1814 年，这位只有 15 岁的皇村中学学生就在《致亚·米·戈尔恰科夫公爵》一诗中写到：

> 可我，亲爱的戈尔恰科夫，
> 不会在鸡鸣时起床，
> 用大堆的响亮字眼，
> 去拼凑华丽的诗行，
> 不会崇高、高亢、狡猾地
> 把空洞的东西歌唱。①

1827 年，普希金又写道：

> 无意义有两种：一种是由于缺乏情感和思想，而用词来代替，另一种是由于情感和思想的饱满而缺乏表达它们的词。②

1835 年，普希金再一次强调：

> 至于语汇，越朴实就越好。主要的在于真实和诚挚。作品本身就吸引人，任何修饰均属多余，甚至会危及作品。③

从这几段论述中不难看出，在普希金的词典里，真挚、纯净、简朴是三大基本诗学原则。普希金的抒情诗便是这三大诗学原则的实践。

一

抒情诗的灵魂是情。没有感情，就没有诗人，也就没有诗歌。真诗首

---

① 普希金：《普希金全集》，刘文飞译，河北教育出版社 1999 年版，第 215 页。
② 普希金：《普希金全集》，苏玲译，河北教育出版社 1999 年版，第 345 页。
③ 普希金：《普希金全集》，李政文译，河北教育出版社 1999 年版，第 472 页。

先应该是诗人真挚情感的自然流露。而流露真情需要极大的勇气,有时甚至需要付出世俗的幸福乃至宝贵的生命。对于生活在专制社会中的诗人更是如此。从步上诗坛的第一天开始,普希金就已经明白了这一点。1814 年,他在平生发表的第一首抒情诗《致诗友》中就清醒地写道:诗歌不会给真正的诗人带来荣华富贵、金银财宝和世俗的满足,"对诗歌无兴趣的人才无上幸福,/平静地度过一生,没有忧虑和痛苦",而诗人们往往只能像卢梭那样"赤条条而来,又赤条条进入棺材"。[①] 他高傲地声明:

> 我是命中注定,才选中琴弦。
> 我可以让世人去任意评论——
> 生气也好,叫骂也好,我还是诗人。[②]

1830 年,在《致诗人》一诗中,他写道:

> 诗人,不要重视世人的爱好。
> 狂热的赞美不过是瞬息即逝的喧声,
> 你将会听到愚人的批评和冷淡的人群的嘲笑,
> 但你应该坚决、镇静而沉着。
>
> 你是帝王:你要独自生活下去。
> 你要随着自由的心灵的引导,沿着自由之路奔向前方,
> 致力于结成那可爱的思想的果实,
> 不要为你高贵的功绩索取任何褒赏。[③]

普希金坚信:天才是气度高尚,独立不倚的。抱着这样的信念,他始终怀着一颗高傲的心,蔑视一切权威,威武不能屈,富贵不能淫,坚持用诗歌抒写真情:

《致李锡尼》、《致恰达耶夫》、《你和我》、《短剑》、《我们的沙皇是位了不起的大官》燃烧着他对沙皇、权贵和专制暴政的仇恨烈火;

《自由颂》、《乡村》、《囚徒》、《波涛呵,是谁阻止你的奔泻》、《我是荒原上自由的播种人》、《致西伯利亚囚徒》激荡着他对自由解放的挚爱洪流;

---

① 普希金:《普希金诗选》,王士燮译,人民文学出版社 1996 年版,第 6—7 页。
② 普希金:《普希金诗选》,王士燮译,人民文学出版社 1996 年版,第 4 页。
③ 普希金:《普希金诗集》,戈宝权译,北京出版社 1987 年版,第 150 页。

《给姐姐的信》、《给戴尔维格》、《致普钦》、《别离》、《令人心醉的往日的亲人》、《给奶娘》流淌着他对亲人、朋友的纯真感情；

《给娜塔莎》、《少女》、《呵，我戴上了枷锁，玫瑰姑娘》、《焚烧的情书》、《致凯恩》、《美人啊，不要在我面前再唱》、《我曾经爱过你》喷发着他对女性、青春、美的追寻与爱恋；

《致大海》、《朔风》、《顿河》、《冬天的早晨》、《高加索》、《雪崩》、《秋》、《乌云》涌动着他对山川湖海、自然风光的真挚情意；

……

从中学时代到逝世，在长达 20 多年的创作生涯中，普希金扛着来自各方面的压力，坚持不做"冷酷无情的模仿者"、"腹中无物的翻译员"、"默然从命的押韵家"，[①]始终以诗歌写真情。他的抒情诗向人们袒露了一个丰富多彩的感情世界。正是这个世界迷醉了一代又一代的普希金发烧友。

二

对于真诗来说，光有真情还不够，真诗抒发的必须是纯净的感情。即使麦克白（莎士比亚《麦克白》中的人物）能把对皇冠的热爱套上格律，即使阿巴贡（莫里哀《吝啬鬼》中的人物）能把对金子的一片真情排列成标准的十四行，即使克罗德·弗罗洛（雨果《巴黎圣母院》中的人物）能把对爱斯梅哈尔达的欲火情焰变成合辙押韵的句子，那，仍然不是诗。

只有纯净的感情才是真正的诗情。

谈到普希金时，别林斯基曾经别具慧眼地指出："在他的每一首诗的基础里所包含的每一种感情，本身都是高雅的、和谐的……这不是一般人的感情，而是作为艺术家的人的感情。"[②]在普希金的抒情诗中，感情的纯净既表现为对人与生活的挚爱，又表现为对世俗功名利禄的鄙视，还表现为对自身欲念的超越。

热爱人、热爱生活，这是普希金抒情诗的感情根基。普希金一生屡遭沙皇迫害，际遇坎坷，但他始终保持着对人、对生活的信心和挚爱。1830年，久经磨难、久经痛苦的诗人在《哀歌》中写到：

---

① 普希金：《普希金诗选》，乌兰汗译，人民文学出版社 1996 年版，第 296 页。
② 别林斯基：《别林斯基选集》第四卷，满涛、辛未艾译，上海译文出版社 1981 年版，第 376 页。

但是,我的朋友啊,我不想离开人世;

我愿意活着,思考和经受苦难;

我相信,生活不仅是操劳、灾难和烦扰,

总会有赏心悦目的事和我相伴:

有时我会再次在和谐声中陶醉,

有时会因为捏造、中伤而泪洒胸前,

也许,在我悲苦一生的晚年,

爱情会对我一展离别的笑颜。①

　　诗人热爱生活,同时也能直面死亡。出于对人的挚爱,普希金把个体生命看成人类生命的一个细胞,一个处在新陈代谢过程中的细胞。个体生命易逝,人类生命代代相延,这帮助他超越死亡的恐惧。1829 年,他写下了《不论我漫步在喧闹的大街》一诗:

每当我望见孤零零的橡树,

我总想:这林中长老的年轮,

将活过我湮没无闻的一生,

如同他活过了多少代先人。

每当我抚爱我可爱的婴儿,

我早就想向他说声:别了!

让我来给你腾个位置吧:

我该腐朽,你风华正茂。

……

但愿在我的寒墓入口,

将会有年轻的生命的欢乐,

但愿淡漠无情的大自然,

将展示它永不衰老的美色。②

　　这首诗谈到死,但是,没有生命易逝的哀叹,没有人生如梦的悲鸣。

---

① 普希金:《普希金诗选》,丘琴译,人民文学出版社 1996 年版,第 373 页。
② 普希金:《普希金诗选》,顾蕴璞译,人民文学出版社 1996 年版,第 360—361 页。

诗人坦然对待自己的生死，衷心企盼人类快乐幸福；即使自己死了，仍然希冀世界美丽光明。这里蕴藏着多么厚重的对人、对美好生活的挚爱！

正是因为怀着这样一份对人与生活的挚爱，普希金才能鄙视世俗的功名利禄，不畏权势，不媚时俗，始终昂着高贵的头颅，坚持独立的人格，用抒情诗吟唱对亲人朋友的眷恋，抒写对下层人民的同情，鞭笞欺压人的专制暴君，呼唤自由仁爱的理想社会。

正是这一份博大的挚爱帮助诗人超越自身的欲念。生活中的普希金是天生的情种。他曾经在一首无题诗中坦言自己"快乐而多情"。他把美人当成青春和缪斯来崇拜，一生爱慕过许多女性，品味过爱情的快乐，也饱尝过单相思、失恋和嫉妒的痛苦。对人与生活的这份挚爱，使普希金的爱情温柔高贵，泛而不滥。例如，那首脍炙人口的《我曾经爱过你》：

> 我曾经爱过你：爱情，也许，
> 在我的心灵里还没有完全消亡，
> 但愿它不会再去打扰你，
> 我也不想再使你难过悲伤。
> 我曾经默默无语、毫无指望地爱过你，
> 我既忍受着羞怯，又忍受着嫉妒的折磨，
> 我曾经那样真诚、那样温柔地爱过你，
> 但愿上帝保佑你，另一个人也会像我爱你一样。①

诗中的"我"爱上了"你"，而你却并不爱我，于是，我的爱成了无望的爱。但我并不因此怨恨你，而是真诚地祝你幸福。在这里，可以看到诗人对自身欲念和个人满足的超越，可以看到伟大的心灵生活和协调的情感。这首诗告诉人们，爱情首先是爱人，而不是自恋；不是期望从对方得到一切，而是愿意为对方付出一切；不是你也爱我，我才能为你赴汤蹈火，而是即使你不爱我，我也能真诚地祝你幸福。这就是纯净的感情，美的感情，诗的感情。

普希金的抒情诗正是以纯净的真情陶冶和净化了一代又一代读者的心灵。

---

① 普希金：《普希金诗集》，戈宝权译，北京出版社1987年版，第147页。

三

纯净的感情就是诗情,让诗情自然地流露出来,就是好诗。因此,真诗应该是简朴的。普希金的抒情诗天然无饰,异常简朴。他不夸大,不粉饰,不耍弄效果;他从没有给自己一种辉煌的、他未曾经历过的感情。他到处都显示着本然的样子。

对于普希金来说,写诗不需要刻意寻找题材,寻找诗意,寻找或者崇高、或者神秘,他未曾经历过的感情。他总是如实地录下心灵瞬间的悸动。如他在 1828 年创作的一首小诗《你和您》:

> 她无意中把客套的您
> 脱口说成了亲热的你,
> 于是一切幸福的遐想
> 在恋人心中被她激起。
> 我满腹心事站在她的面前,
> 把视线移开,我着实无力,
> 我对她说:您多么可爱!
> 心里却想:我多么爱你!①

这字字句句似乎都是从诗人的心灵深处直接流溢出来的。读着它,你似乎觉得不是在读诗,而是在与亲密的朋友交流内心隐秘。

对于普希金来说,写诗不需要玩弄手法,也不需要寻找华美的词藻。例如,古往今来,不少诗人用夸张的手法来表达爱情的强烈,诸如"之死矢靡它(至死不变心)"、"天地合,乃敢与君绝"、"爱你到四海枯竭,爱你到岩石熔化"等等。可以毫不夸张地说,凡人的大脑能够想出来的赌咒发誓的话语都可以在爱情诗中找到。这类话语中也确有一些千古流传的名句。但一经许多人模仿,便不可避免地落入俗套。而普希金的爱情诗就一反赌咒发誓的俗套,用极为朴素的话语来传达情感。如他为身患重病的心上人而作的《唉!为何她还要闪现》一诗:

> 唉!为何她还要闪现

---

① 普希金:《普希金诗选》,苏杭译,人民文学出版社 1996 年版,第 334 页。

片刻的娇嫩的红颜？
她在萎谢，这很明显，
虽然正值妙龄华年……
就要谢了！青春的时光；
她也不能够指望长期
给和美的家增添乐趣，
用旷达、可爱的机敏
来助长我们的谈兴，
以文静、开朗的心胸
抚慰受苦人的魂灵……
任阴郁的思潮激荡，
我隐蔽起我的沮丧，
尽量多听她的笑谈，
不住气地把她欣赏；
倾听她的一言一语，
观察她的一举一动；
一瞬间的暂时分离
都使我的灵魂惊恐。①

　　这里不但没有夸张，而且也没有象征、对照、反衬，更谈不上欲扬先抑或者借景抒怀或者情景交融等。诗人只是以平实的词语讲述了他对心上人的忧虑、惋惜以及温柔细致的关怀，就取得了强烈的艺术效果。

　　在普希金的抒情诗里，真挚、纯净、简朴是互为因果、紧密相连的。纯净的真情造就了简朴的风格，而简朴的风格又充分体现出感情的纯真。在普希金创作的许多优秀的抒情诗中，读者简直看不到诗人的构思，分析不出诗人运用了哪些高超独特的艺术手法，也找不到令人叫绝的修辞手段，一切似乎都是本来的样子。而在自然质朴、平实寻常的字句中，读者又分明感受到了无法抗拒的艺术魅力。这是因为在这些不加修饰、平淡得不能再平淡的小诗里，蕴藏着浓厚的否定形式、否定技巧、否定艺术的纯净的真情。古人云：无法而法，乃为至法。同理，无诗而诗，乃为至诗。

----

　　① 普希金：《普希金诗选》，陈馥译，人民文学出版社1996年版，第146页。

普希金的抒情诗就是至诗。

四

被人们广为传诵的《假如生活欺骗了你》是普希金式真诗的代表作品：

> 假如生活欺骗了你，
> 不要悲伤，不要心急！
> 忧郁的日子里须要镇静：
> 相信吧，快乐的日子将会来临。
>
> 心儿永远向往着未来，
> 现在却常是忧郁，
> 一切都是瞬息，一切都将会过去，
> 而那过去了的，就会变成亲切的怀恋。①

这首抒情诗创作于 1825 年。当时，普希金 26 岁，正被幽禁在父亲的领地米哈伊洛夫斯克村。与米哈伊洛夫斯克比邻的三山村（今天，这里已经成为"普希金国家自然保护区博物馆"的一部分）风景如画，女主人奥西波娃热情好客。普希金常常骑着马，带着狼狗拜访这个家庭，并且给奥西波娃及其女儿写了不少赠诗。这首抒情诗便题在奥西波娃的二女儿叶夫普拉克西娅·沃尔夫的纪念册上，当时她 15 岁。

《假如生活欺骗了你》一诗是诗人真挚情感的自然流露。"生活欺骗了你"，对年仅 15 岁的少女沃尔夫来说，这或许真的只是一个"假如"。而此时的普希金虽然从学校步入社会只有短短的 8 年，却已历经"生活"的"欺骗"。1817 年从皇村中学毕业后，他被分配到外交部任职。这期间，他怀着青春的激情，写下了《自由颂》(1817)、《致恰阿达耶夫》(1818)等抨击社会黑暗、呼唤光明与自由的诗篇。这些诗被人们争相传抄，却触怒了沙皇。1820 年，沙皇以调动职务为名将普希金流放到南方。1824 年 7 月，亚历山大一世又以普希金在私人书信里宣传了无神论思想为由，撤销了他的职务，把他押送到米哈伊洛夫斯克村，交由当地政府监管（一直到

---

① 普希金：《普希金诗集》，戈宝权译，北京出版社 1987 年版，第 110 页。

1826 年 9 月,他才被新登基的沙皇尼古拉一世赦免并召回莫斯科)。此外,在个人生活的世界里,这些年来,普希金既品尝过爱情的快乐,也饱尝了单相思、失恋、被迫与心上人分离的痛苦。因此,被"生活欺骗"——遭遇种种坎坷和磨难,是普希金生活的真实处境,也是他正在面临并且必须解决的现实问题。这首诗便是诗人对这一现实问题的回答。

全诗洋溢着昂扬乐观的激情和对生活与未来的坚定信念。

"假如生活欺骗了你",借着全诗的第一个词——"假如",诗人轻轻松松地拂去了个人具体的苦恼磨难,使源于小我的感慨轻轻松松地超越了小我,而升华为对人生处境的一种哲思。是的,尽管"你"——15 岁的沃尔夫或许暂时还没有被"生活欺骗",但是谁能保证你永远都不遭遇失意与逆境?况且,古往今来,"不如意事常八九"。因此,被"生活欺骗"之后怎么办?这不是一个此时、此地、此人才会遇到的特殊问题,而是一个超越时空、具有普适性的人生问题。正是因为如此,普希金的这首诗才具有了永恒的魅力。我们所有身处逆境的人都从中找到了精神的慰藉。

> 假如生活欺骗了你,
> 不要悲伤,不要心急!
> 忧郁的日子里须要镇静:
> 相信吧,快乐的日子将会来临。

诗的前四句直接表明了诗人对被"生活欺骗"的态度。没有愤世嫉俗的怒号,没有悲观消沉的哀鸣,诗人泰然自若地面对"生活"的"欺骗",在厄运中保持着高贵的静穆。这种静穆感来源于他对生活与未来的信念。他坚信:风霜雪雨终将过去,灿烂的阳光必定普照大地。

期待未来就是期待时间。因此,诗的后四句,转向了对时间的思索:

> 心儿永远向往着未来,
> 现在却常是忧郁,
> 一切都是瞬息,一切都将会过去,
> 而那过去了的,就会变成亲切的怀恋。

这四句诗,每一句都出现了时间词,如"未来"、"现在"、"瞬息"、"过去"等。时间,是古往今来诗人们咏叹的一个基本主题。不少诗人都视时间为人类之宿敌,或感时光荏苒,生命短暂:"哀人生之须臾,羡长江之无穷";或叹光阴流逝,年华虚掷:"一事无成惊逝水,半生有梦化飞烟";或怨时间劫掠了青春美丽:"说什么脂正浓,粉正香,如何两鬓又成霜"。而在这里,普希金把时间看成自己的朋友。他坚信时间是正义的,未来是理想的。时间不可遏止地前进,光明也会不可遏止地到来。"现在"之"忧郁"亦会转化成未来笑谈的材料。诗人从"忧郁"的"现在"展望美好的未来,又站在未来俯瞰"现在",将它视为令人愉快的"过去"的"怀恋"。这样,在时间的往复回环对照中,创造出雄阔明朗的艺术境界,充分展示了诗人乐观自信、不屈不挠的情怀。

在艺术上,这首诗最大的特点是朴实无华。全诗看似脱口吟成,一气贯注,明白如话,似乎不过是诗人内心的自然流露。一切都显示着本然的样子,没有任何人工斧凿的痕迹。而在这些自然质朴、平实寻常的字句中,又有着令人无法抗拒的艺术魅力。我国南宋词人姜夔论诗时指出:"非奇非怪,剥落文采,知其妙而不知其所以妙,曰自然高妙"[1]。《假如生活欺骗了你》就是这样一首"自然高妙"的诗。

---

[1] 姜夔:《中国历代文论选》(第二册),上海古籍出版社1979年版,第404页。

陀思妥耶夫斯基笔下的偶合家庭

如果说,陀思妥耶夫斯基的创作是在"穷人"的悲歌中揭开序幕的话,那么,其创作则是伴着家庭命运的交响曲进入高潮和尾声。偶合家庭在陀思妥耶夫斯基后期作品中着墨最多、刻画最工,成为其创作构成中一个十分重要的部分。这一主题是如何衍生发展的?偶合家庭有什么样的特征?它反映了怎样的文化背景?有怎样的艺术价值?只有弄清这些问题,我们才能全面地把握陀思妥耶夫斯基的创作世界,正确地估量他的创作价值,充分理解他的创作意义,从而完整地继承他留给我们的优秀创作遗产。

一、从无家庭、不幸家庭到偶合家庭

人们考察江河,不仅要熟悉那宽阔湍急的主流,而且须了解那涓涓汩汩的源头。同样,在正式切入偶合家庭问题之前,我们有必要回顾陀思妥耶夫斯基笔下家庭问题的肇起、嬗变和发展。

叶尔米洛夫在《陀思妥耶夫斯基论》一书中,将陀思妥耶夫斯基的创作分为三个时期:青年时期、19世纪60年代上半期、19世纪60年代下半期至80年代初期。与此大致一致,陀思妥耶夫斯基对家庭问题的探讨也经历了三个阶段:无家庭、不幸家庭和偶合家庭。

(一)无家庭

陀思妥耶夫斯基早期创作中的主人公几乎都是无家庭的人。从《穷人》中的杰武什金到《孪生兄弟》中的戈利亚德金,从《普罗哈尔钦先生》中的普罗哈尔钦到《女房东》中的奥尔狄诺夫,从《波尔宗柯夫》中的波尔宗柯夫到《脆弱的心》中的瓦夏和《诚实的贼》中的叶麦利扬,都是被家庭所抛弃的人。这些人既不知自己的父母是怎样的人,又没有兄弟姐妹、妻室儿女,除了波尔宗柯夫有一个"又瞎、又聋、又哑、又傻"的老祖母外,他们都孑然一身,别无亲人。而《穷人》的主人公不仅没有父母妻儿,就连打在杰武什金身上的唯一的家庭印记——姓氏也丧失了。对于这些人来说,无家庭,既是他们不幸生活的一个主要原因,又是他们生活不幸的一个重要结果。无家庭,意味着无政治背景、无经济后盾、无社会关系网,意味着这些在沙皇政府里供职的小公务员,或前任小公务员(波尔宗柯夫、叶麦利扬),或候补小公务员(奥尔狄诺夫)永远失去了晋爵之机,只能一辈子给人当"抹布"。而这种"抹布"的社会地位和经济地位又使他们无力为自己组织家庭。他们只能蜷缩在租来的某个角落里,置身于那些无法相融的陌生人中间,形单影只,孤苦伶仃,如同没有根基、无所附丽的点点尘埃,飘落在冰冷的大千世界。对于他们来说,生活不过是无边无际的黑夜和无休无止的嘲弄。

他们中的大多数不甘忍受这种无家庭的处境。他们期待着爱人和被人爱,期待着拥有一个自己的家。在《穷人》故事开始时,年近半百的杰武什金幸运地找到了一个"一表三千里的远亲"——瓦莲卡。这个年幼善良的孤女的出现,使他那黯淡的生命在即将逝去的时候闪出了一束火花。"真想上帝赐给我一个窝儿,赐给我一个家庭",他把她当作自己的"亲生女儿",尽心竭力地给予关心照顾。她使他感到了父性和父爱的满足,感到了一种家庭的温暖,使他与这个世界有了真正意义上的人的联系。正是这种人的联系才使他第一次觉得,"拿我的心灵和思想来说,我是一个人"。可是好景不常,虽然杰武什金竭尽全力,还是未能护住瓦莲卡,她还是被迫离他而去了。杰武什金拼着命来维护的这个还根本算不上家的"家",也在转盼之际化为乌有。纯洁的瓦夏渴望美好的爱情和幸福的家庭。但社会的险恶,生活的严酷,一下子就打乱了他那脆弱的神经和虚幻的憧憬,以致忧吓成疾,消受不了他的幸福而发起疯来;不那么纯洁的戈利亚德金和波尔宗柯夫企图通过裙带关系跻身贵族,靠联姻平步青云,结果却机关算尽,满盘皆输,一个被送进疯人院,一个被逐出市政府。《白夜》中的无名幻想者更与家庭无缘,只能在幻想中编织花烛良缘的美梦。

然而,这些人被摒于家庭之外并不全属于必然律的范畴。假如戈利亚德金和波尔宗柯夫不是那样野心勃勃,假如瓦夏不是那样怯懦脆弱,假如无名幻想者有一天能抛开虚无缥缈的幻想而脚踏实地地走进现实人生,那么他们或许会拥有自己的家。不过,走进家庭并不意味着步入幸运的大门,其结果倒常常是由个人的不幸扩展为家庭的不幸。

(二)不幸家庭

当青年陀思妥耶夫斯基着力描绘无家庭的主人公时,不幸家庭便已经露出端倪,作为背景出现在其创作的画布上了。读完《穷人》,谁能忘记杰武什金的邻居——那个"膝盖发抖、手发抖、头发抖"的戈尔什科夫呢?这个无背景、无靠山的小公务员蒙冤革职后,全家陷于求告无门的绝境,衣衫褴褛、食宿艰辛,眼睁睁地看着他家九岁的长子贫病而死。邻人只能站在小棺材旁默默悲叹:"现在卸掉了一个包袱,他们大概会轻松些,可是还有两个——一个吃奶的孩子和一个六岁的女孩。"孩子的死变成一种解脱,而活着的孩子却是还没卸掉的包袱,这些孩子生在怎样的人间地狱、怎样不幸的家庭呵!

如果说戈尔什科夫之家还只是作为背景出现在《穷人》里的话,那么,在陀思妥耶夫斯基中期的作品里,不幸家庭便从幕后推到了前台。《被欺凌与被侮辱的》浓墨重彩地描绘了两个不幸家庭——工厂主史密斯和穷贵族伊赫涅夫的家庭。他们虽然不是在风雨飘摇中度日的小公务员,但由于社会恶势力的风刀霜剑严相逼,原有的小康之家旋即风流云散、家毁人亡了。稍后的优秀长篇小说《罪与罚》也是用双线铺叙不幸家庭的故事。拉斯柯尔尼科夫的家庭是一个小公务员故去后留下的残损家庭。这个失去了父亲的家,如同一棵断了根的小草,正在迅速枯萎。杜尼亚因为家庭的不幸打算变相地卖身为娼,从某种意义上说,拉斯柯尔尼科夫也是因为家庭的不幸才举起了杀人的斧子。玛尔美拉陀夫的家庭则是戈尔什科夫家庭的又一版本。小说一开始,贫困的魔爪就狠狠地揪住了这个失业小公务员的家。索尼娅不得不靠卖淫来养活酗酒的父亲、害肺病的继母以及继母带来的三个弟妹。玛尔美拉陀夫尸骨未寒,他的孀妻和遗孤便被赶出寓所,流落街头,沦为乞丐,或发疯暴死,或被送进孤儿院。发生在这个不幸家庭中的一幕幕人间惨剧简直令人心悸!

(三)偶合家庭

从 19 世纪 60 年代下半期到 80 年代初,陀思妥耶夫斯基把审美焦点转向了偶合家庭。1861 年农奴制废除后,旧家庭纷纷解体。父子反目,骨肉相残,"俄国的贵族家庭正以不可阻挡的力量大批地转变为偶然凑合的家庭,在普遍的无秩序和混乱中同它们融为一体"①。这种社会现象引起了陀思妥耶夫斯基的关注、思考和忧虑。为了了解偶合家庭,他多次走访少年罪犯教养院、私生子收容所,分析研究种种家庭刑事案例,仅在1873 年到 1877 年间,他发表的有关偶合家庭的文章就有十几篇。从 19 世纪 60 年代下半期到 80 年代初,他创作了一批描写偶合家庭的优秀长篇小说。

1. 伊伏尔金家——偶合家庭之端倪

偶合家庭主题滥觞于《白痴》,伊伏尔金之家可算是陀思妥耶夫斯基笔下的偶合家庭的雏形。这是一个被家长诅咒过多次的家庭。家长没有自责却不断地诅咒自己的家庭,其行为本身就向人们暗示,这个家长的权威感、义务感和责任感已经丧失。是的,老伊伏尔金这个只是偶尔突然回忆起他是一家之主的家长,这个也曾侧身于上流社会,也曾仪态岸然的退职将军,在和读者见面时已经堕落成一个福斯泰夫式的人物。他吹牛、撒谎、酗酒、不知羞耻地向任何一个仅有一面之交的人借钱而从不打算还账。自己寄食于妻儿,却公然养着一个对他毫无爱情的情妇。正是这个情妇,以债权人的身份将他送进监狱,而他出狱后却一如既往地拜倒在她的脚下。为讨得她的欢心,老伊伏尔金甚至不惜铤而走险,甘为梁上君子。对家人的指责,他置若罔闻,事发后声名狼藉也在所不惜。每一次落难只会加剧他对家庭的仇恨,对家人的诅咒,最后竟愤愤然地弃家而去。在"将军的纷扰"下,这个家庭中的其他成员也是既不同心又不同德。母亲尼娜竭力维持家庭的所谓"体面",她不能容忍娜司泰谢,对高利贷者波奇成却很和善,甚至非常信任,骨子里是一个凡庸的老妇人。大儿子筛纳的全部人生目标就是积攒金钱,力图借助金钱的力量成为拿破仑,为了直接占有一笔"大资本"——七万五千卢布,他打算在众目睽睽之下戴上绿帽子,娶被托慈基抛弃的情妇娜司泰谢为妻。妹妹瓦略打破了他的计划,他气急败坏,简直想把她就地消灭。金钱的光焰使他晕头转向,六亲不认。他一方面把父亲看成自己的耻辱,另一方面又像父亲一样,不断地咒骂家庭,仇视家庭。瓦略与筛纳的区别仅仅在于她没有哥哥那样的勃勃野心。女婿波奇成则以商人式的"老实"待人处世。尽管筛纳既是他妻

---

① 陀思妥耶夫斯基:《少年》,岳麟译,上海译文出版社 1985 年版,第 732 页。

兄,又是他的挚友,但在箔纳—娜司泰谢—罗果静的三角争斗中,为了获取高额利息,他毫不踌躇地站在罗果静一边,为他筹得购买娜司泰谢的十万卢布而费尽心机,四处奔波。只有小儿子郭略秉性独异,仁爱善良,颇似小说中的"基督"——梅思金公爵。

由这样一些既不同心又不同德的人组成的家庭,不仅内部尔虞我诈,而且外部结构也面临解体了。几乎每个家庭成员都曾有过出走的想法,而老伊伏尔金和小郭略则直接付诸行动了。老伊伏尔金多次离家失踪,即使归来也往往是一头栽进情妇的家里。小郭略曾经推心置腹地告诉梅思金公爵,假如有钱的话,便要和朋友伊鲍里特租一所单独的住宅,与家庭脱离关系。在父亲入狱、姐姐出嫁之后,他不过十三四岁,且钱囊空空,却再也无法忍受家中的浊气,毅然脱离了家庭,不回家住宿了。

伊伏尔金的家还只是偶合家庭的雏形。作为偶合家庭,它还有一些不够成熟的地方。

首先,在形态上,伊伏尔金家多少还带有一点不幸家庭的痕迹。伊伏尔金将军的失业,是这个家庭经济上陷入窘境的重要原因(只要与在职的叶潘金将军的家相对照,我们对这点当会看得更清楚)。由失业到穷愁潦倒,再到借酒浇愁;由借酒浇愁到酗酒胡闹,进而人格堕落,伊伏尔金将军的历史与不幸家庭中的玛尔美拉陀夫何其相似!

其次,在艺术构思和艺术结构上,作者并没有把伊伏尔金一家放在小说的中心位置上。尽管它作为一幅艺术画面,有其独立的价值和意义,但在作品的整体结构中,相对于小说的中心事件和中心人物,它还只是背景中的一部分。这种非中心的位置决定了作家不能对它进行多层面的充分描写。

2. 维尔西洛夫家——偶合家庭之成熟

《少年》是陀思妥耶夫斯基第一次全方位展开偶合家庭主题的长篇小说。在这里,偶合家庭第一次被放到了艺术构思和艺术结构的中心。谁也不会把《白痴》归结为伊伏尔金一家的传奇,但我们却完全有理由将《少年》概括为维尔西洛夫一家的故事。维尔西洛夫是正宗的贵族地主。尽管他出现在读者面前时并不富裕,但他一生花掉了三份财产,总共达四十万之巨,并且还有一笔遗产等着他去继承。这个一家之主与玛尔美拉陀夫们已是风马牛不相及了。维尔西洛夫家是陀思妥耶夫斯基笔下地道的、成熟的偶合家庭。

陀思妥耶夫斯基曾经这样谈到《少年》:"主要的,在一切里面有着瓦解的概念……瓦解是小说的主要的显著的思想。"①

维尔西洛夫家作为偶合家庭,其基本标志正是瓦解。它是陀思妥耶夫斯基笔下人员构成最复杂的家庭:包括维尔西洛夫,他实际上的妻子索菲雅,他的四个儿女——安德烈、安娜、阿尔卡其、丽莎,他从前的家仆,索菲雅法律上的丈夫——马卡尔·伊凡诺维奇·多尔戈鲁基(在小说中,多尔戈鲁基与妻子分居后,成了朝圣者,成年累月云游在外,但他"每隔三年必回家住几天",而且每年必定给家里通两次信,还在信中向他法律意义上的孩子致以"永远不可破坏的父亲的祝福"。这样一来,尽管他的地位和身份显得尴尬而奇特,我们却不能不把他看成是这个家庭中的一员了)。这个家庭的内部实际上交错着三种关系:①法律上的维尔西洛夫家,包括维尔西洛夫和他的两个婚生儿女;②实际上的维尔西洛夫家,包括维尔西洛夫、索菲雅及其一对私生儿女;③法律上的多尔戈鲁基家,包括多尔戈鲁基及其名义上的妻子儿女。处于离散之中的伊伏尔金家,虽然各怀异志,四分五裂,但还维持了表面的居家生活和家庭外壳,而维尔西洛夫这个偶然凑合起来的家庭,就连表面的居家生活也几乎丧失殆尽了。仅从家庭生活的基本形式——居住来看,维尔西洛夫有自己单独的寓所;索菲雅和丽莎相依为命,不到万不得已,维尔西洛夫从不与索菲雅同居一处;安德烈和安娜兄妹住在外祖父法纳里奥托夫家里;阿尔卡其则自幼寄人篱下,辗转于斯捷潘诺夫娜、安娜罗尼科夫、谢苗维奇等人家中,来彼得堡后,他仅在母亲索菲雅的阁楼——一个棺材般的斗室小住一月,便独自搬进了公寓。而多尔戈鲁基更是餐风宿露,四海为家。这说明,这个家庭早已土崩瓦解,人自为家了。而按照家庭社会学的定义,一个人是不成其为家的。

从社会地位来看,维尔西洛夫家的成员也属于身份特殊的阶层。索菲雅和多尔戈鲁基处于社会最低层。作为农奴的女儿,索菲雅生来就注定是维尔西洛夫家的奴婢。尽管她断断续续地与主人过了长达二十年之久的夫妻生活,但不论在法律上,还是在精神上,她从来没有也根本不可

———————————

① 叶尔米洛夫:《陀思妥耶夫斯基论》,满涛译,上海译文出版社1985年版,第232页。

能成为维尔西洛夫夫人,而始终是一名卑贱的女奴。女奴——奴隶中的奴隶,她自觉低于一切人,不但在老爷维尔西洛夫身边不苟言笑,而且在名义上的丈夫面前也战战兢兢,甚至对亲生儿子阿尔卡其都诚惶诚恐。多尔戈鲁基当了大半辈子家奴,自由后则成了上帝的仆人。他只有奴性,没有个性,宽恕忍让,逆来顺受,按照奴仆的准则度过了一生。

阿尔卡其和丽莎属于社会的中等阶层——小市民阶层。母亲的奴仆地位使他们不能成为贵族;而父亲的贵族血统又使他们不致沦为奴仆。在索菲雅身边长大的丽莎,精神上更接近母亲。她善良纯洁,富于决断和牺牲精神,而无母亲的自卑怯弱。在畸形环境中长大的阿尔卡其有着敏感的自尊心和偏执的价值观。在他看来,人的尊严和价值不过是金钱的折光。要得到人的尊严,实现人的价值,首先必须像法国的金融寡头罗特希尔德那样成为金钱的主宰。为此,他不遗余力,以典型的小市民方式尝试赌博和买进卖出等投机事业。

在法纳里奥托夫家里长大的安娜和安德烈属于俄国上流贵族阶层。他们继承了贵族的华丽外表、优雅的举止和骄人的傲气,也继承了贵族的虚伪、肮脏和卑鄙。为了获得一份很大的遗产和公爵夫人的称号,安娜竟然向近乎养父、行将就木的老公爵尼古拉·伊凡诺维奇求婚。而她的哥哥极力促成这一婚事,赞扬此举"漂亮而优雅",完全符合上流社会的规范。

维尔西洛夫也属于贵族地主阶层。他是这个家庭中性格最复杂的人物——两重人格者。他既是"最古老的名门贵族","又是巴黎公社的社员";既是轻浮的浪荡公子,又是严肃的社会学家。他一方面渴望大同博爱,对人类满怀炽热,另一方面又笃信人生来自私,几乎对一切都冷若冰霜;一方面迷恋上流社会的贵妇人卡杰琳娜,另一方面又与女奴索菲雅维持了长达二十年之久的夫妻生活。他一辈子都处在迷津和困惑之中,而这种迷津和困惑又是导致他的家庭全面瓦解的重要原因。

总之,维尔西洛夫家的成员性格迥异、身份各殊、彼此无法理解、格格不入。在这里,一切人都分离,连孩子们也分离,家庭被化学地分解开来了。

3. 卡拉马佐夫家——偶合家庭之典型

与维尔西洛夫家一样,卡拉马佐夫家也是一个从里到外彻底瓦解了的偶合家庭。人们各居一方，失去了表面的家居生活；各怀异志，家庭内在的凝聚力不复存在。然而，《卡拉马佐夫兄弟》绝非对《少年》的简单重复。它的价值和意义正体现在思想、艺术上的巨大超越。这里，作家用偶合家庭的构思总结和概括了他的艺术世界。

对于一个长篇小说家来说，艺术世界首先是形形色色的人物所构成的世界。茨威格说过：陀思妥耶夫斯基是所思所言永远颠倒的作家，"正是因为他没有信仰，而且吃透了这种无信仰的苦头，正是因为——用他自己的话说——他一向只是为了自己而痛苦，对待别人怀有同情，所以，他给别人宣讲他自己所不相信的对上帝的信仰。他这个被上帝折磨的人想有一个虔信的人类，这个痛苦的无信仰者想有幸福的信徒。他被钉在自己无信仰的十字架上向民众宣讲正教"。① 是的，尽管陀思妥耶夫斯基到死也没有成为真正的宗教信徒，但他总是在作品中竭力宣扬宗教精神，总是企图把人的世界变成基督教教义中的世界。他的长篇小说按照基督教的善恶观念主要塑造了三类人物：

一是恶人。这些人藐视上帝，无恶不作，却往往是那个社会的成功者、统治者。他们没有人性，丧尽天良，却拥有金钱，掌握权柄。如《被欺凌与被侮辱的》中的瓦尔科夫斯基，《罪与罚》中的卢仁与斯维利加依多夫，《白痴》中的托慈基和罗果静，《少年》中的拉姆别尔特等。

二是善人。这些人笃信神明，善良温顺，但大都是那个时代的失意者、沦落人。他们恪尽职守，无私奉献，却命途多舛，灾难连绵。如《被欺凌与被侮辱的》中的娜塔莎，《罪与罚》中的索尼娅，《白痴》中的梅思金，《少年》中的索菲雅和多尔戈鲁基等。

三是集善恶于一身的两重人格者。这些人徘徊于有神论与无神论之间。他们常常不幸，但又不能像善人那样含辛茹苦；他们向往功名，但又良心未泯，不能像恶人那样不择手段地获取成功。如《罪与罚》中的拉斯柯尔尼科夫，《群魔》中的斯塔夫罗金，《少年》中的维尔西洛夫等。

在《卡拉马佐夫兄弟》中，陀思妥耶夫斯基第一次把这三类人物安排在一个偶合家庭里。家长费多尔·卡拉马佐夫及其私生子斯麦尔佳科夫代表第一类人物。陀思妥耶夫斯基曾经指出："世界上有三种卑鄙的人：

---

① 茨威格：《三大师》，申文林译，安徽文艺出版社 2000 年版，第 163—164 页。

一种人卑鄙得天真烂漫,也就是说,相信自己的卑劣行径是最高尚的;另一种卑鄙的人是有羞耻心的,也就是说,对自己的卑劣行径感到了羞愧,但还是一定要把卑劣行径干到底;第三种是真正的卑鄙之徒,地地道道的卑鄙之徒。"①费多尔·卡拉马佐夫正是这样一个"真正的卑鄙之徒,地地道道的卑鄙之徒。"在他身上既有没落贵族式的专横粗暴与寄生腐朽,又有资产阶级暴发户式的冷酷自私与贪婪狠毒,更有不可遏止的兽性和粗野疯狂的色欲。这是一个根本不配与人为伍,更不配做父亲的恶棍。私生子斯麦尔佳科夫则全盘承袭了父亲的下流秉性。拉斯柯尔尼科夫杀人后,不断受到良心法庭的严酷审判,而对于斯麦尔佳科夫来说,良心法庭是根本不存在的。他弑父后,一方面把罪责推给伊凡,阴险地要挟他,说自己只不过是他的走卒,是依照他的话去弑父的;另一方面把罪行推给德米特里,使他蒙冤受屈地服了二十年苦役。更不能容忍的是,他在绝望自杀之际,仍不肯在遗言中说明真相,澄清事实,这是一条至死都不忘害人的豺狼。

费多尔·卡拉马佐夫的小儿子阿辽沙代表第二类人物。作家笔下的善人都带有某种缺点,如梅思金痴愚不化、索菲雅怯懦无能等,而阿辽沙则是作家笔下唯一完美无缺的人。他洁白无瑕,由衷地向往博爱,呼唤平等,渴望"一切人都成为圣者,互相友爱,不分贫富,没有高低,大家全是上帝的儿子"。他如同真善美的化身,理想的化身。

家中的长子德米特里和次子伊凡代表第三类人物。他们具有宽广的卡拉马佐夫式的性格,兼容并蓄各式各样的矛盾,同时体味两个深渊:高贵的理想和卑鄙的堕落。这是两个同中有异的两重人格者。德米特里的两重性主要体现在行动与思想的背离。他粗野狂暴,放浪形骸,虐人害物,同时又热爱上帝,同情弱者,不断受着良心的折磨,不断忏悔自己的罪过。伊凡的两重性则集中表现为思想本身的矛盾,各类观点、种种主张日夜萦绕于心,折磨他、摧残他,搅得他不得安宁。如果说,斯麦尔佳科夫为夺取金钱费尽了心机,德米特里为满足情欲耗尽了精力,那么,伊凡则为理清思想绞尽了脑汁。他是不需要百万家私而需要解决思想问题的那种人。对于无神论与有神论、唯物主义和唯心主义、利他主义与利己主义,

---

① 陀思妥耶夫斯基:《少年》,岳麟译,上海译文出版社1985年版,第69页。

他都既赞成又反对。他力不胜任地把整个宇宙担在自己肩上,围绕如何建立世界的问题,同上帝、同他人,更同自己不断地辩论,可他想疯了也没有把它想清楚。

陀思妥耶夫斯基把这三类人物集中到一个偶合家庭之中,描写他们复杂的矛盾纠葛,尖锐的思想交锋和性格冲突,并以此来概括他所认识和理解的俄国现实社会。卡拉马佐夫的家既是个别的又是普遍的,既是具象的又是抽象的,既是现实的又是象征的。小说以非凡的艺术功力把偶合家庭主题从具体现实提高到了社会概括和哲学的高度。因此,卡拉马佐夫家是偶合家庭的典型。

从无家庭到不幸家庭,再到偶合家庭,是陀思妥耶夫斯基的创作从微观到宏观的扩展过程。无家庭之人是社会的一个点,透过这个点,作家写出了个人的孤独、扭曲和变态,向我们展示了那个时代个人的悲剧。不幸家庭是社会的一条线,通过这条线,作家写出了家庭的沉沦、贫困和灾难,向我们展示了社会底层的悲剧。偶合家庭是社会的一个面,通过展示这个面,作家写出了社会的瓦解、病态和危机,向我们展示了特定时代,特定国度里真正的社会悲剧。

(四)从无家庭、不幸家庭到偶合家庭

从无家庭到不幸家庭,再到偶合家庭,也是陀思妥耶夫斯基创作由表及里的深化过程。这种深化是多侧面的。

从人与社会的分离来看,无家庭之人与社会分离,主要在于他们自身的弱点:如失于孤僻,耽于幻想,过于脆弱等;不幸家庭的人与社会的分离,多因社会邪恶势力的迫害:或被诬而丧门失业,或蒙冤而倾家荡产,或遭劫而飘泊沉沦;偶合家庭中的人与社会的分离,则是社会本身的全面瓦解、混乱所致,是社会变更的离心力将他们甩出生活常轨。

从人们面临的苦难来看,无家庭的人、不幸家庭的人和偶合家庭的人都是不幸的人,然而他们的苦难又各有不同。无家庭的人一般都能勉强活命,戈利亚德金甚至还雇有仆人。他们的苦难主要是精神上的孤独,既不能被爱又不能爱人,从而缺乏安全感、归宿感和目标感。不幸家庭的苦难主要表现为物质的缺乏,他们家境日下,生计日蹙,但大都有一个贫困却和睦的家,在精神上拥有家人的关心和抚爱。对于偶合家庭中的人来说,苦难这个词的含义要复杂得多。他们原有家庭,但和无家庭的人一样孤独、落寂;他们本无饥馁,但破落贵族的习性又常常使他们和不幸家庭中的人一样,感到物质匮乏,消费短缺。

从生存环境来看,无家庭和不幸家庭中的人只有两面作战,即战胜社会,战胜自己。而偶合家庭的成员则必须三面作战:对社会、对自己、对家庭。因此他们的道路更加坎坷,处境更为艰难,生活更为不幸。此外,作家还在偶合家庭中,揭示和探索了无家庭与不幸家庭小说很少涉及或没有涉及的哲学、法学、政治学、伦理学、文化学等重大问题。

偶合家庭主题是陀思妥耶夫斯基创作全面深化的标志。

二、偶合家庭的特征

家庭是一个古老的文学主题。从原始的神话传说到当代的魔幻现实主义作品,一代代文人墨客孜孜不倦地向世人讲述着家庭的故事。家庭是社会的细胞。因此,以再现和批判社会现实为宗旨的 19 世纪文学大师对家庭主题尤为青睐,格外推崇。陀思妥耶夫斯基描写偶合家庭的两部力作《少年》和《卡拉马佐夫兄弟》,分别发表于 1875 年和 1880 年,相隔仅五年。而在这短短五年中,在欧洲文坛,相继问世的以家庭为主题的名篇就有谢德林的《哥略夫里奥夫家族》(1876)、列夫·托尔斯泰的《安娜·卡列尼娜》(1877)、易卜生的《玩偶之家》(1879)等。而在这前后,还有奥斯特罗夫斯基的《大雷雨》(1859)、左拉的《卢贡——马卡尔家族》(1808—1893)、托马斯·曼的《布登勃洛克一家》(1901)、高尔斯华绥的《福尔赛世家》(1906—1921)等。与众多的描写家庭的作品相比,陀思妥耶夫斯基所创造的偶合家庭有什么独特性呢?

(一)非范式的家庭成立

自人类社会进入文明时代以来,婚姻和家庭便有了密不可分的联系。婚姻是家庭的基础和根据。家庭自婚姻始,婚姻的缔结意味着家庭的成立。

在人类婚姻史上,婚姻从来不是人们任意缔结的契约,家庭更不是随便组成的群体。婚姻不仅是两性的问题,而且是涉及家族和集团的繁衍、维系、巩固、发展,是人们为了赓续正常的社会生活而采取的一种社会行为。因此,社会常立下种种禁忌、规则来作为指导婚姻的范式。在历史进程中,婚姻范式既有连续性和承传性,又有趋时性和变动性。前者表现为任何一种社会的婚姻范式都包括血缘、身体、相貌的要求,后者表现为婚姻范式随着社会政治、阶级、经济、宗教、道德的变化,而具有不同的主导精神和内容。前者为婚姻的自然属性所决定,后者为婚姻的社会属性所决定。

在等级禁严的封建社会里,财产、权力、家族荣誉等都是通过婚姻来承袭的。统治者"为了享乐而设置了娼妓,为了日常保养而设置了妾侍,至于妻子则是为了生育合法的儿女和忠诚不二地照管家室"①。由此可见,封建婚姻范式的主导精神不是个人的享乐和生理的需要,而是维护家族的利益、生育血统纯正的儿女继承家业的需要。因此,婚姻首先不是个人的问题,而是家族的大事。男子结婚,不是为自己择妻,而是为家族娶妇。对女子的要求便是:"之子于归,宜其室家"②,利其家室比什么都重要。这样一来,"婚姻的缔结都是由父母包办,当事人则安心顺从"③。这种婚姻范式的实质可以一言蔽之:门当户对,家长包办。到了近代资本主义社会,资产阶级"把一切变成了商品,从而消灭了过去留传下来的一切古老的关系"④。一方面,金钱取代血统门第而成为了社会的主宰;另一方面,个人本位取代家族本位成为了通行的原则。"自由的、个人选择的权利已经无礼地侵入了教会和宗教"⑤,侵入了包括婚姻家庭在内的社会生活各个领域。尽管"婚姻仍然是阶级的婚姻,但在阶级内部则承认当事者享有某种程度的选择的自由。在纸面上,在道德理论上以及在诗歌描写上,再也没有比认为不以相互性爱和夫妻真正自由同意为基础的任何婚姻都是不道德的那种观念更加牢固而不可动摇的了。总之,由爱情而结合的婚姻被宣布为人的权利。"⑥毫无疑问,资产阶级的爱情婚姻较之封建社会的包办婚姻是一大进步。但它同样受到一定的婚姻范式的指导

① 倍倍尔:《妇女与社会主义》,沈端先译,生活·读书·新知三联书店 1955 年版,第 41 页。
② 《诗经·国风·桃夭》。
③ 恩格斯:《家庭、私有制和国家的起源》,《马克思恩格斯选集》(第四卷),人民出版社 1972 年版,第 75 页。
④ 恩格斯:《家庭、私有制和国家的起源》,《马克思恩格斯选集》(第四卷),人民出版社 1972 年版,第 75 页。
⑤ 恩格斯:《家庭、私有制和国家的起源》,《马克思恩格斯选集》(第四卷),人民出版社 1972 年版,第 76 页。
⑥ 恩格斯:《家庭、私有制和国家的起源》,《马克思恩格斯选集》(第四卷),人民出版社 1972 年版,第 77 页。

和制约。说到底,这种爱情是建立在金钱平等基础上的爱情。正如美国社会学家 W·古德所云:"从来就不存在什么完全自由的求婚或择偶市场。相反地,正如某些经济交易一样,存在着许多规模较小的市场,只有某一部分人才有资格参与。只有在某一市场范围内,人们才能得到最大的选择自由。"①于斯可知,这其中同样有某种婚姻范式在起作用。所不同的只是,社会变更导致资产阶级的婚姻范式有了不同的精神和内容。由此看来,《大雷雨》中的卡杰琳娜遵照父母之命嫁给奇虹,《安娜·卡列尼娜》中的安娜由姑母做主适与卡列宁,完全符合封建社会的婚姻范式。而《布登勃洛克一家》中的老约翰为了一笔可观的陪嫁费娶安东内特为妻、他的孙子托马斯同时为获得一大笔资金携盖达尔为妇,《福尔赛世家》中的索米斯像购置一项"产业"一样把出身贫苦但美貌惊人的伊琳买回家,也同样符合资本主义社会的婚姻范式。这些家庭都是在必然律支配之下,依从一定的婚姻范式成立的。

陀思妥耶夫斯基笔下的偶合家庭却不是这样。它是偶然凑合的产物,它的成立具有非范式的特性。

《少年》中的维尔西洛夫,25 岁时丧妻。天晓得为什么下乡来了,接着便引出了与索菲雅之间天晓得为什么的婚姻。男性主子使用权力占有自己的女奴,这是封建社会统治婚姻的合乎范式的补充。男性主子为了一时冲动而把自己与某个女奴一辈子拴在一起,以致构成事实上的婚姻家庭,却是偶然的,既不符合旧的又有悖于新的婚姻范式。卡拉马佐夫也是如此,他的两次婚姻都出于偶然,成于蹊跷。费多尔的第一次婚姻建立在富家小姐阿杰莱达的浪漫奇想之上。阿杰莱达并不是为了爱情,而仅仅是因为不愿用极安静极寻常的方式嫁人,就与食客兼小丑的卡拉马佐夫私奔了。她私奔而来,又私奔而去,后来死在异地。他的续弦索菲亚是一个富有的将军夫人的养女,费多尔为一桩小事偶然来到那个省,立刻被她的美貌所吸引。他登门求婚,却被逐出大厅,这时他又导演了一场私奔的"浪漫剧"。而这一次,女主角之所以应允,仅仅是因为她待在女恩人的家里,本来就不如投河死了的好。为爱情而私奔是对包办婚姻的合乎范式的反抗,而阿杰莱达和索菲亚先后飘然而来,并非出于爱情,它既不是

---

① W·古德:《家庭》,魏章冷译,社会科学文献出版社 1986 年版,第 78 页。

合乎范式的反抗,也不符合任何一种婚姻范式本身。

婚姻范式反映出一定历史时代和一定社会存在的需要。社会用它来指导择偶,控制婚姻,以维持社会正常的代际传递和社会阶层、社会集团内部的正常整合。婚姻是家庭的起点,只有依照婚姻范式成立的家庭,才能成为那个社会中正常或"美满"的家庭。而陀思妥耶夫斯基笔下的偶合家庭,从它成立的非范式性就决定了它只能是病态的、残破的。

(二)反常态的人际关系

人总是在一定的社会中生活,而社会生活中的人无不处在人际关系的网络之中。这张巨网包罗万象但又无形无影,交织着种种人际关系,如伙伴关系、同学关系、师生关系、同事关系、上下级关系等,其中,家庭关系又是最为紧密的。家庭,无论大小,都是成员社交与私人生活的稳定的中心。家庭成员常常聚会,这是其他群体成员所不及的。个体最为关心的福利与财物的分配、信息的交流,只有在家庭中才有可能实现。家庭结构中的人际关系具有特殊性,家庭成员之间不仅存在着经济上的合作关系、政治上的利害关系,而且还有天然的血缘联系。家庭成员朝夕相处,空间距离最近、情感交流最多、相互影响最深,也为其他人际关系不能比拟。此外,几乎每一个社会都有关于家庭关系的法律制度和道德准则,都对家庭成员的责任和义务作了种种规定,因而其规范化程度更高,互助性更强,这一切决定了家庭有一种天然的内聚力。尽管这种内聚力的表现形式和社会作用各有不同,它既可以是英雄之家的志同道合,前仆后继;也可以是竹篱茅舍的齐心协力,和衷共济;还可以是魔窟鬼穴的沆瀣一气,狼狈为奸——但都是行为上的高度统一,本质的完全一致。而在偶合家庭里,这种内聚力却早已丧失殆尽。维尔西洛夫和卡拉马佐夫的家庭成员从未协同一致地干过一件事(哪怕是坏事)。内聚力的弱强是衡量家庭人际关系远近疏密的重要尺度。内聚力的消失,标志着偶合家庭中的人际关系已大悖常情常理,标志着偶合家庭的成员已四分五裂,作鸟兽散。

夫妻关系是一切家庭关系的基础和起点,是维系家庭的第一纽带,同时又是性爱、家庭义务和社会责任三者的统一。在以往的社会形态中,许多婚姻并不是在爱情的基础上发展起来的,但在义务感和责任感的驱动之下,在长期的共同生活中,双方也会产生作为"客观的义务"和"婚姻的附加物"的"一点夫妻之爱"。① 如《布登勃洛克一家》中的老约翰与安东内特,小约翰与伊丽莎白,托玛斯与盖达尔等莫不如此。甚至卡列宁与安娜之间也有过那么"一点夫妻之爱"。而偶合家庭中的夫妻关系是怎样的呢? 维尔西洛夫与索菲雅之间基本是主子与女奴的关系,丈夫在妻子面前总是以恩人自居。在维尔西洛夫看来,他时常把索菲雅弃之不顾是十分正当的,而与索菲雅保持二十年的夫妻关系则属于做好事,为公众谋幸福,为崇高的思想效劳。这意味着他从未忘记自己是一个主子,也从未忘记索菲雅是一个女奴,而主子把女奴当作妻子自然是天大的恩赐。另一方面,妻子在丈夫面前也从来没有摆脱过奴隶意识。她忠心耿耿地服侍他,诚惶诚恐地顺从他,不敢有半点怨言。《卡拉马佐夫兄弟》中的费多尔同样如此。他与第一任妻子完全是敌手关系,他们本无爱情,从新婚之日起,夫妇之间便开始了最无秩序的生活和没完没了的争吵,随着争吵升级为恶斗,阿杰莱达终于又私奔而去了。费多尔终日眠花卧柳,却念念不忘诅咒妻子,当阿杰莱达的死讯传来时,他甚至快乐得欢呼雀跃。费多尔与续弦夫人则是狼与羊的关系。由于索菲亚的私奔激怒了将军夫人,他原来指望的后补嫁资付诸东流,于是露出了狼的本来面目,不仅随意打骂妻子,而且当她的面偎红倚翠,狂欢纵欲,胡作非为。羊一般怯懦的索菲亚只能发狂地祈求上帝,最后还是惊吓成疯,惨兮兮地死去。如果说,布登勃洛克多少还有那么一点夫妇之爱,其夫妻关系在彼时彼地还算正常的话,那么,偶合家庭中连这么些微的婚姻附加物亦化为飞烟,其夫妻关系完全是反常态的了。

父母与子女的关系是维系家庭的第二纽带。马克思说过:"还有什么比父母心中蕴藏的情感更为神圣的呢? 父母的心,是最仁慈的法官,是最贴心的朋友,是爱的太阳,它的光焰照耀温暖着凝聚在我们心灵深处的意向!"②一般说来,没有父母不爱自己孩子的。布登勃洛克一家曾经神圣地庆祝后代的诞生;福尔赛家的父母们也充满舐犊之情;《大雷雨》中的那个恶婆婆待人如同母虎,对儿子却是关怀备至;就连《安娜·卡列尼娜》中的官僚机器卡列宁也以自己的方式爱阿辽沙。然而,偶合家庭中的父爱

---

① 恩格斯:《家庭、私有制和国家的起源》,《马克思恩格斯选集》(第四卷),人民出版社 1972 年版,第 72—73 页。

② 转引自刘达临:《家庭社会学漫谈》,山东人民出版社 1983 年版,第 116 页。

就不复存在了（由于维尔西洛夫的第一夫人和费多尔的两个妻子早逝，又由于索菲雅在家中始终处于女奴的地位，我们涉及偶合家庭中父母子女关系时，只着重谈父亲与子女的关系），这种天然的骨肉之情已被种种贪欲排斥殆尽，只剩下赤裸裸的利害关系。维尔西洛夫明知长女安娜已成为老公爵的未婚妻，自己竟然还向老公爵的女儿卡杰琳娜求婚，同时，为了得到卡杰琳娜，他不惜陷儿子阿尔卡其于告密者的窘境，使之备受嘲讽。费多尔也是如此，他欺骗亲生的儿子，始终扣住儿子的钱——儿子的母亲的遗产，并用这钱去夺儿子的情妇。他还对大家埋怨他儿子如何的不孝和残忍，竭力在大庭广众中糟蹋他、损他、造他的谣言，甚至收买儿子的借据，预备把他送进牢监里去。父亲对儿女这般冷酷、这般狠毒，儿女们自然鲜有寸草之心、反哺之意。

总之，在偶合家庭里没有温暖和友爱，只有仇视、算计和隔膜。对于偶合家庭的成员来说，家庭已不再是满足个人感情需要、藉以抵抗各种社会压力和生活压力的飞地，而只是另一片人生战场。

家庭是以婚姻为基础、以血缘为纽带的组织形式，家庭关系是家庭存在和发展的内在根据。家庭中的人际关系决定家庭结构的变动和家庭职能的实现，偶合家庭中反常态的人际关系必然影响其职能的正常发挥。

（三）失功效的家庭职能

美国社会学家布利兹坦曾经详细阐述过家庭在人类生活和社会发展中担负的主要职能，如：性的满足、生儿育女、儿童的抚养与儿童的社会化、给予各成员心理及物质上的安全感、把青年介绍到那种能满足他们需要的各种非家庭组织中去、向在其他地区工作的成员提供保护设施及生活必需品、向社会输送人口、传播社会习俗、向从属社会单位输送青年、分配商品与调节公共设施、在重要的领域调解青年与老人以及男子与妇女间的关系等。概括起来，布利兹坦所阐述的家庭职能大致可分为两大类：一是自然职能，如满足性欲和生育；二是社会职能，如经济职能（包括生产、分配、消费诸方面）、教育职能、抚养和赡养职能、政治职能、宗教职能、文化娱乐职能等。自然职能是所有社会形态中的家庭共有的，而社会职能则因社会形态的变化而不同，也因社会文化区域的差异而有别，在卡列宁、海尔茂（易卜生《玩偶之家》的人物）、布登勃洛克、福尔赛等人的家庭中，我们可以看到人们生儿育女、抚养后代、教育子孙；也可以看到布登勃洛克们在一起商量自家公司的事物，卡列宁按时把部分薪俸交给妻子作为家用。尽管家庭成员间存在着种种矛盾，有的甚至貌合神离，同床异梦，但人们仍在一起生活，一起游戏娱乐，平静地共度余暇，有时还在一起交流感情和看法。这些家庭都不同程度地发挥了自己的职能。偶合家庭则不然，除了自然职能即满足性欲和生儿育女外，其种种社会职能几乎都失去了应有的功效。

家庭是最小的经济独立体。随着社会化大生产的出现和发展，许多家庭虽已不再是生产单位，但仍然是社会的基本消费团体。人们以家庭为单位核算收入和支出，制订消费计划，提出消费要求。个人的吃饭、穿衣、住房等基本生存需求都要在家庭里得到满足。而在偶合家庭里，这种经济职能就大大退化了。它不仅不是生产单位，而且也不是消费团体。维尔西洛夫一生挥霍了四十万卢布，却不曾用于家庭。安德烈和安娜的衣食住行都有赖于法纳里奥托夫；从小寄人篱下的阿尔卡其也不是维尔西洛夫提供费用，"而是别人支付的"；就连留守家中的索菲雅和丽莎也时常要靠自己做手工活来维持生计。无独有偶，费多尔·卡拉马佐夫积赚的金钱逾十万，同样不曾资于家庭，荫及妻子。德米特里在母亲的远亲近戚家几经飘零，历尽波折，才得以成人；伊凡和阿辽沙则是由将军夫人及她的遗产继承人供养大，刚走进大学的伊凡，即使是在贷金中断、衣食告罄的危急关头，也没能从父亲那里得到丝毫的接济，而只好半工半读，靠教书、卖文糊口度日；私生子斯麦尔佳科夫遭际更加不幸，幼年靠仆人收养，长成则靠给费多尔当厨子活命。对偶合家庭的成员来说，家庭已不复是消费的基本单位了。

家庭也是小型的幼儿园和敬老院。为了人类的繁衍延续，父母必须抚育年幼的子女，子女也应该赡养年迈的双亲。偶合家庭的抚幼养老的职能亦灰飞烟灭。为了自己恣情纵欲，维尔西洛夫总是把刚刚落地的婴儿寄养在外，甚至连儿子流于何方，长于何地也渺然所知。阿尔卡其年过二十，方识父母颜面，维尔西洛夫亦视亲子为陌路。费多尔·卡拉马佐夫更是荒淫无耻，声色无度，他把住宅变为艳窟，把孩子当成余孽，那些失去了母亲、年仅三四岁的孩子被抛在后院，脸也不洗，穿着脏衣服，光着脚在地上跑着，直到母亲的近亲远戚将他们领走。由于家长从未履行父母的职责，从未照顾过幼子，因此，儿女们也不曾想到赡养的义务。

家庭又是人生的学校。社会学家认为："家庭可被看作是与别的（次属）小社群不同的首属群体。因为：第一，家庭对一个人的影响贯穿他的一生；第二，这种影响涉及一个人的个性和他生命活动的一切方面。"与其他社会组织相比，家庭拥有最多的机会让儿童接受文化的熏陶，了解社会的价值，认识广阔而复杂的世界。在儿童人格形成和发展过程的一切方面和各个阶段上，家庭都表现出巨大的教育潜力。

然而，偶合家庭的教育职能却风流云散了。维尔西洛夫和费多尔·卡拉马佐夫连子女的生死都置若罔闻，对子女的教育启蒙就更视之漠然了。加上偶合家庭的成员往往分居独处，离多合少，因而不仅鲜有自觉的智力开发，就连起码的情感交流和思想影响亦成了空谷足音。

偶合家庭中出生的孩子绝大多数都是精神上的畸形儿和贫血者。根据人格评估，他们大都心理不全。例如，阿尔卡其具有回避型人格障碍，因其私生子地位，他自幼受歧视、被欺凌，于是自卑孤独、性格怪癖、行为萎缩，觉得与人难以共处，非常不喜欢和人们有任何往来和联系。他总是用自我封闭、自我孤独来抵抗社会、逃避人生；缩进自己的壳里去，就像乌龟缩进壳里去一样。德米特里具有破坏性人格障碍。由于从小无人管教，他野马般地长大，也养成了野马似的天性。他的自我控制能力极差，心理紊乱不定，情绪变化无常，时而暴怒，时而阴郁，时而狂欢，每每冲动性地勃然而起，做出连自己也始料不及的坏事。他作践上校，殴打父亲，击伤仆人，搅得四邻惊恐，长幼不宁。斯麦尔佳科夫具有自爱型人格障碍。他处处以自我为中心，没有任何道德责任。他伤天害理，弑父虐人，却总是安之若素，处之泰然，对自己所做的每一件坏事，都能作出自以为是的辩解，对自已犯下的每一个罪行，都能找到天经地义的根据。而伊凡和阿辽沙也没有健康的人格，他们俩一个有分裂型人格障碍，一个呈依赖型人格障碍。偶合家庭教育职能的丧失，给后代造成了严重的伤害，它扭曲了青年，贻祸社会，后患无穷，流弊无极。

家庭职能是家庭存在的根据。只有充分发挥家庭职能，家庭才能满足个人和社会的多种需求；只有全面实现家庭职能，家庭才会成为个人和社会不可缺少的组织形式。而偶合家庭主要职能的丧失，则意味着它失去了存在的根据，家庭蜕变成了非家庭。

从上述分析中，我们不难看出，陀思妥耶夫斯基描写的偶合家庭，迥然有别于同时代的其他家庭主题的作品,有着鲜明的独特性。《大雷雨》、《安娜·卡列尼娜》、《玩偶之家》等作品向读者展示的是家庭的背叛者走出了家庭;而《少年》和《卡拉马佐夫兄弟》反映的却是家庭本身走出了家庭——家庭异化了,家不成家了。因此,如果说前者写的是家庭的叛逆,那么后者写的则是叛逆的家庭。在《哥略夫里奥夫家族》、《布登勃洛克一家》和《福尔赛世家》等小说中,我们看到的是一个家族由盛到衰的纵向发展历史;而《少年》和《卡拉马佐夫兄弟》表现的却是一个家庭混乱无序的横断面。因此,如果说前者写的是家庭的没落,那么后者写的则是没落的家庭。

三、偶合家庭与转型期社会文化冲突

家庭是文化的存在,是人类从自然走向文明的显著标志,也是社会文化系统中一个极其重要的单位。作为大量物质文化因子和精神文化因子的有机聚合,它与经济、道德、宗教和政治等几乎所有的文化子系统都有千丝万缕的联系。文化将自身积淀在家庭之中,宛如岛屿嵌入大海,使家庭有了看不见的根。家庭是一定文化背景之中的家庭。脱离社会文化背景,撇开社会经济流向和精神流向就事论事,所见只是树木,所及限于家庭,就不可能透过纷纭复杂的现象,正确把握问题的本质。

偶合家庭的社会文化背景是什么呢?

(一)西欧资本主义文化对俄国家庭的侵入

家庭是一种制度形态的文化,具有相对稳定的力量和相对固定的结构。从根本上说,偶合家庭是在西欧资本主义文化猛烈冲击下,俄罗斯传统文化的深层结构出现瓦解、裂变的产物。

近代西欧资本主义文化对俄国社会和俄国家庭的侵入、影响大致经历了三个阶段:

1. 物质文化的侵入

第一个阶段,从 18 世纪到 19 世纪初。此时,俄国贵族系上了最欧式的吊带,穿上了最流行的丝袜,身着法国长裙外衣,俨然成了文明人。"至于精神方面,当然,不使用鞭子还是行不通的"[1],生活中"还是以家长制

---

① 陀思妥耶夫斯基:《冬天记的夏天的印象》,满涛译,人民文学出版社 1962 年版,第 21 页。

的作风对待家庭成员,遇到土地少的邻人说话粗鲁时,还是要把他关在马厩里毒打。还是在地位高的人面前胁肩谄笑",而被奴役的人们也认为,"老爷怎么能没有架子呢?——老爷到底是老爷呀。即使把农民打得死去活来,毕竟农民还是觉得他们比现在的新派地主更可亲一些,因为他们更像自己人一些"①。至于打妻子,人们看来这是"两相情愿,恰中心意的,据说,爱她就得打她,如果不打她们,妻子倒会觉得不安的,因为不打就意味着不爱"②。在这个阶段,近代资本主义仅仅冲击了俄国传统文化的最表层——物质文化。俄国的家庭仍然如故。

2. 观念文化的渐变

第二个阶段,大约 19 世纪初期到 50 年代末期。随着资本主义的观念文化,如哲学、法学、文学等大量传入俄国,人们的头脑中也开始有了平等、人权之类的概念。在家庭生活中,虽然仍有沿袭着旧习惯的封建家长,但也出现了已接受新文化的开明贵族。丈夫殴打妻子再也不是天经地义的事情,那些打人成癖的家长现在"几乎是根据原则殴打妻子,并且连这样做也因为他还是一个傻瓜,就是说,是一个旧时代的人,不懂新规矩。按照新规矩,即使没有拳打足踢,事情也会安排得更好"。而另外一些家长"现在在清醒状态中有时并不责打妻子……他遵守礼节,甚至偶尔还对她说两句温柔的话……现在即使打妻子,也总是在他喝醉酒或者积习难改的时候,在他苦闷的时候"③。

3. 失去了规范和秩序的世界

第三个阶段,19 世纪 60 年代初到 80 年代初期。陀思妥耶夫斯基笔下的偶合家庭便出现于这个时期。资本主义的物质文化、观念文化汇成一股强大的冲击波,猛烈荡涤着俄国的传统文化。古老的封建堡垒开始动摇、倾斜、倒塌。1861 年的农奴制改革,标志着俄国由封建君主制转向资产阶级君主制,由封建生产关系转向资本主义生产关系。但是,问题的行政解决不等于问题的历史解决。俄国传统的封建宗法文化不可能在沙皇亚历山大二世签署改革《法令》的 2 月 19 日突然销声匿迹。这是一个

---

① 陀思妥耶夫斯基:《冬天记的夏天的印象》,满涛译,人民文学出版社 1962 年版,第 2 页。
② 陀思妥耶夫斯基:《冬天记的夏天的印象》,满涛译,人民文学出版社 1962 年版,第 25 页。
③ 陀思妥耶夫斯基:《冬天记的夏天的印象》,满涛译,人民文学出版社 1962 年版,第 25—26 页。

转型变革的时期。一方面,农奴制改革犹如一扇打开的闸门,早已从闸门之上溢漫进来的西欧资本主义的洪水,如今夺门而出,汹涌澎湃,势不可挡;另一方面,农奴制的残余还在筑堤设坝,拼命阻挡。一切已死的先辈们的传统,像梦魇一样,缠着活人的头脑,不肯退出历史舞台。西欧资本主义强龙受到俄国传统文化这条地头蛇的强硬挑战。后者力图让昨天拖住今天,既往缠住未来,死的咬住活的。两种文化短兵相接,猛烈撞击。

这场冲突并不像动物世界的角逐,以一方吃掉一方,或者一方置另一方于死地而了结。两种文化在全面冲突碰撞中裂变、异动、聚合……于是,出现了一个魔方般的变幻世界,一切都翻了个身,一切都重新安排。思想纷繁歧异,制度新旧杂陈,色彩斑驳陆离……

这是一个失去了规范和秩序的世界:传统的文化规范已经摇摇欲坠,失去了往日的威严;新兴的文化规范刚刚传入,尚未确立。那些在思想、行为上脱轨的人们,虽然渴望去信仰,极愿顺应、依从一种文化规范,但他们却找不到一个明确而统一的体系。现实使他们眼花缭乱,无所适从。

这又是一个逼迫人们去选择的世界。一切既无从选择,又必须选择。对当时的俄国人来说,"选择"是一个陌生的词汇。千余年来,他们带着封建文化的镣铐,生活在封建宗法网络中一个固定不移的点上,人一生下来就知道将来怎么死,怎么葬。秩序井然,一切都规范好了,一切都有固定的格套,谁也不需要选择,谁也没有选择的权利和自由。如今,"选择"摆到了他们面前。"选择"的困惑顿时像山一般沉重,像海一样无涯。他们才从古代的宗法社会中摆脱出来,对新的一切还不熟悉,没有方向和目标,像盲人和醉鬼一样在世界上踉踉跄跄。"陀思妥耶夫斯基时代的俄国人把他们住过的远古野蛮时代的木房子烧掉了,但是又没有建造起新的房子。他们都是断了根的人,迷失了方向的人。他们有青年人的精力,两只拳头有野蛮人的力气,但是各种各样的问题使得他们的本能不知所措。强有力的手不知道首先去抓什么,于是便伸出手去乱抓一切,而且从不知足。"①这一双双"乱抓一切"的手,难免鬼使神差、阴差阳错地做出一些偶然的选择。

---

① 茨威格:《三大师》,申文林译,安徽文艺出版社 2000 年版,第 105 页。

偶合家庭正是在这失去了规范的世界里，人们一系列偶然选择的结果。

(二)转型期两种文化的冲突

转型期社会两种文化的冲突是一场多触角、全方位的冲突，而几乎每一个触点、每一个方位的冲突都不同程度地震动和波及家庭。

1. 农业文化与工业文化的冲突

资本主义化的历史过程是工业化的历史过程。在这个过程中，俄国的工业迅速发展起来了。在农奴制度废除后的短短三十年间，俄国铁路的总长度从 1448 俄里增加到 28093 俄里；棉纺织品增长了 3 倍；煤的开采量、生铁产量和机器制造业产品也都成倍增加。传统的农业生产也朝着商品化、专业化、机器化的方向发展。这意味着农业本身正逐渐转向工业化。因此，从经济视角看，转型期两种文化的冲突首先表现为农业文化与工业文化的冲突。

农业文化是相对静止的文化，农业与土地的天然联系使农业经济成了极少流动的经济。俄国农民生生世世定居在同一块土地上，固定板滞的经济生活塑造了固定板滞的社会生活和家庭生活。在这种农业社会里，家庭既是单个的生活团体，又是独立的生产单位。社会以家庭为单位分配生产资料，组织生产劳动，分配、交换和消费劳动产品。小农经济使人们形成了以家庭为本位的基本观点和强烈的家庭责任感。家庭往往是人们思想、行动的出发点和归宿点。人们为了家庭和家族的利益求同存异，共同的经济利益造成了人们的向心力，从而使数代同堂的家庭形式成为可能。

工业文化是流动的文化，工业与商业的紧密联系使工业经济成了流动的经济。风云变幻的商品市场迫使人们从兴衰存亡出发，常常从一个空间流向另一个空间，导致了社会成员不断地重新排列组合，导致了不同家族的人们杂居于公寓，其直接的结果是大家世族的解体、分散。人们开始从家庭本位转向个体本位，从对家庭的依赖转向对物的依赖，从宗室崇拜转向金钱崇拜。正如陀思妥耶夫斯基描述的那样，人们的观念已非同既往，"从前除了金钱，总还有些价值是被人承认的，因此，一个人如果没有金钱而还有些别的品质，他仍可以指望得到一点敬意；可是现在是绝对不行了。现在必须积聚钱财，尽可能多弄到些物件，然后才能够指望得到一点敬意。否则的话,不但别人的敬意,连自我尊敬也很难指望得到"①。偶合家庭中绝大多数成员都奉金钱为至上,认为它是最高的权力,也是最高的平等,可以超越和统治一切。为了占有金钱,他们不惜损害家庭的利益,牺牲宗族的荣誉,以遂私图,以实私囊。伴随工业化浪潮的是物欲的泛滥,正是这泛滥的物欲,最直接、最猛烈地冲决了家族社会的堤坝和血缘组织的篱笆,使宗法家庭在拜金主义的横流中变形为偶合家庭。

2. 乡村文化与城市文化的冲突

资本主义化的历史过程也是城市化的过程。资本主义经济的发展使农村人口大量涌入城市。1863—1897 年,俄国城市的绝对人口从 610 万增加到了 1680 万。旧的城镇迅速扩大,新的都市不断崛起,城市在社会发展中起着越来越大的作用。因此,从区域视角看,俄国转型期的文化冲突又表现为乡村文化与城市文化的冲突。

乡村文化是相对封闭的文化。由于大自然的重重阻隔,交通不便,生活在乡村的人们常常闭居于一隅。在狭小的、仅闻鸡犬声而无车马喧的区域里,文化传播的主要渠道被家庭和村社控制着,而传播的主要方法则是前辈的口授。又由于知识积累的艰难,信息传递的缓慢,信息数量的微弱,人们常常几年、几十年,甚至成百年、上千年地重复一些同样的行为、同样的话题。这使家庭成员的观念容易统一于一种占统治地位的文化体系,而人们文化观念的相同又是造成家庭内聚力的一个不可忽视的原因。

城市文化是相对开放的文化。在近代资本主义的工业城市中,由于大众情报工具的普及,人们交往的频繁,文化传播渠道迅速扩展,"文化摄取圈"空前广泛。人们不断地结识新伙伴,遇到新问题,接受新知识,发现新成果。周围环境日新月异,生活节奏不断加快,逼着人们适应新形势、产生新思想,这样便出现了一种趋时的心理机制。而认识的深浅不同、先后有别,又使得家庭成员的文化精神和哲学观念大相径庭,难于统一。这种情况在转型期城市中尤为突出。处于封建文化精神和资本主义文化精神冲突的前沿,城市最鲜明地呈现出两种哲学体系杂糅交织的文化格局。

---

① 陀思妥耶夫斯基:《冬天记的夏天的印象》,满涛译,人民文学出版社 1962 年版,第 59 页。

它们的根本对立在于世界观的截然不同和价值取向的完全相反。俄国传统文化轻视现实人生,而以外在的上帝作为衡量一切的最高尺度,最高价值便是与上帝的天国精神融为一体。西方近代资本主义文化则是以现实生活中的人作为基本的价值准则,以人的自我满足、自我幸福、自我实现为最高价值。这样一来,便出现了种种矛盾:

在人与自然的关系上,前者强调人与自然的统一,要求人们笃信宿命,调节自身的行为,以顺从自然,受制于自然;后者强调人与自然的分离与对立,主张人们征服自然,主宰自然,让自然服从人的意志。

在物质价值与精神价值的关系上,前者崇尚精神,贬斥物质,视精神为"上帝的王国",觑物质为"魔鬼的王国";后者注重物质,轻视精神,声称科学高于信仰,物质胜于意识。

在一与多、个体与群体的关系上,前者肯定一而否定多,推崇群体而排斥个体,奉行共性至上的群体原则,压制个性发展;后者肯定多而否定一,推崇个体而排斥群体,奉行个性至尊的私有原则,呼吁自我实现。

在思维方式上,前者注重直觉,否定抽象思维,引导人们直觉神契信仰,崇拜先验真理;后者强调实证,反对先知先觉,倡导积极的理性思辨,服从实践权威。

这两种文化精神的冲突在偶合家庭里达到了空前复杂、空前尖锐、空前激烈的程度。他们当中有的是俄罗斯传统封建文化的维护者,有的是西欧近代资本主义文化的支持者,有的对新文化疑信参半,与旧体系藕断丝连,摇摆于两者之间,还有的则集两种文化体系中最落后、最腐朽、最肮脏的成分于一身。共同的世界观是维系家庭的纽带,而转型期城市中的文化冲突打破和混淆了人们的认知体系,使之失去了统一的文化观念,失去了精神上的平衡。这是造成偶合家庭的另一个重要原因。

3. 宗法专制文化和民主制文化的冲突

资本主义化的历史过程又是资产阶级民主化的过程。因此,从政治视角看,转型期两种文化的冲突还表现为宗法专制文化和民主制文化的冲突。

俄国的宗法专制文化有着深厚的历史渊源。东斯拉夫民族是一个晚熟的民族,直到9、10世纪才形成自己的国家,而这时,无论东方的邻国还是西方的邻国,包括与之过从甚密的拜占庭帝国,都已经完成封建化的过程。特别是与俄国毗连的中国,封建制已历千年,且有了汉唐之盛。在这种世界性的封建化潮流影响下,俄国在原始社会解体之后没有发展为奴隶制社会,而直接同封建制联系起来。在俄国的历史进程中,奴隶生产关系以不同形式与封建生产关系并存了好几个世纪,但从未发展到支配和统治整个国家的地位。这种既不同于西欧各国,又有别于东方中国和印度的独特历史进程,使俄国的封建制一方面积淀了原始氏族社会的血缘组织及其意识形态,另一方面又融入了奴隶制文化的基因。前者集中体现在俄国封建社会中的宗法制,后者突出表现为以专制为特征的农奴制。俄国的宗法制度严格地根据不可更改的自然血缘关系,把单个社会成员编织在家庭、家族的血缘网络之中,构成一个个融合着原始文化、奴隶文化和封建文化的农村村社。而每一个成员都必须依赖于家庭和村社方能生存。

　　宗法制文化与专制文化是紧密相连的。就家庭和村社本身而言,无论是出于凝聚内部,还是为了抗御外敌,都需要权威,于是便有了唯我独尊的家长和生杀予夺的村长。就整个社会而言,要把彼此分散、各自孤立的家庭和村社联结起来,就必须建立高度集权的中枢,于是专制制度便应运而生。恩格斯曾深刻指出,相互隔绝的村社“是东方专制制度的自然基础”。① 专制制度是宗法制的放大和扩充。父亲在家里君临一切,沙皇则为全国的严父;父亲在家庭独断专行,发号施令,沙皇在全国至高无上,主宰臣民。宗法制和专制制又是一对孪生连体儿,父权是皇权的基础,皇权是父权的保证,两者唇齿相依,紧密相关,一损俱损,一荣俱荣。它们互为屏障、互为补充。

　　1861年的农奴制改革,意味着俄国最大的家长在日益增长的资本主义的强大压力之下,被迫踢开了自己赖以踏脚的基石。这一重大的历史事件,实质上具有双重的意义,它既宣告了宗法制的解体,又象征着封建专制的冰山的倒塌。这对于旧的封建家长无疑是沉重的打击。正是从这开始,宗法专制面临严重的挑战,受到了极大的威胁。宗族势力每况愈下,家长权威日趋式微,而在金钱和法律面前人人平等的呼声日益高涨。人们要求用民主政治代替封建专制,用相对平等权代替家长专权,于是带

---

① 恩格斯:《流亡者文献》,《马克思恩格斯选集》(第二卷),人民文学出版社1972年版,第624页。

来了家庭中角色与角色期待之间的错位和混乱。偶合家庭中那些原来道貌岸然、不可一世的封建家长,在失去往日的威风之后,并没有去学习如何做一个多少懂得点民主的资产阶级的体面的父亲,而是抛开了家长对于家庭的全部责任,一头扎进个人享乐的欲海之中。维尔西洛夫和费多尔·卡拉马位夫在性格、志趣上有着极大的差异,但作为失势的偶合家庭的家长,却走上了同一条道路:为了自己的享乐,他们都不惜抛弃年幼的骨肉,损害成年儿女的利益。儿女的天然保护人变成了儿女的直接攻击者、强盗和仇敌,父亲已不再像父亲了。偶合家庭中的儿女也不复是以前那种唯唯诺诺、俯首听命的羊羔。他们在挣脱宗法专制的绳索后,还没有学会如何做一个平等、独立的家庭成员,便开始审视父亲、批判父亲、仇恨父亲了。有的甚至为了金钱,同室操戈,手刃其父,儿子也不再像儿子了。

总之,偶合家庭是在人心不古、世风巨变的时势下,在旧制度颓然已暮,新体系稚嫩未立的过渡中出现的。它不符合任何一种社会文化的家庭规范,但又是必然中的偶然,是俄国转型期社会文化冲突的必然产物。偶合家庭是俄国转型期社会一种怪异的家庭范例。

四、偶合家庭与陀思妥耶夫斯基的艺术开拓

天才的伟大在于独创。屠格涅夫指出,对于文学家来说,"重要的是自己的声音。重要的是生动的、特殊的自己个人所有的音调,这些音调在其他每一个人的喉咙里是发不出来的……一个有生命的、富有独创精神的才能卓越之士,他所具有的主要的、显著的特征也就在这里"[①]。陀思妥耶夫斯基正是这样一个富有独创、富有个性的艺术天才。而偶合家庭主题的发现和挖掘,又体现了他非凡的艺术开拓和独特的创作风格。

(一)偶合家庭的艺术构思与作家反映现实的独特方式

当陀思妥耶夫斯基还在世时,就有人指责他没有真实地反映现实社会。此后,类似的批评不绝于耳。有学者认为,托尔斯泰与陀思妥耶夫斯基的区别在于:前者描绘了广阔的社会生活,而后者全然回避了社会制

---

① 转引自米·赫拉普钦科:《作家的创作个性和文学的发展》,满涛译,上海译文出版社 1982年版,第 70 页。

度、国家制度、经济制度等重大社会现实问题。笔者认为,这是对陀思妥耶夫斯基的一种误解。作为果戈理的继承人,陀思妥耶夫斯基坚信"艺术家不仅永远忠于现实,而且不可能不忠于现代的现实"[①]。与其他现实主义大师一样,他把反映现实看成文学的神圣使命,所不同的只是他观察现实的角度特殊,对生活的理解独异,因而反映社会的方式有别。他清醒地看到,"社会生活早已处在(尤其是现在)混乱状态中……我们无疑存在着日益瓦解的社会生活,而家庭关系,当然,也日益瓦解。但也存在着,这是必然的,重新形成的生活,不过已经在新的基础之上了"。与此同时,他还严肃地发问,"谁来发现它们和谁来指出呢? 谁能哪怕是稍稍确定并表现这种瓦解和新的创造的规律?"[②]由此可见,作家不仅准确把握了 19 世纪中后期俄国社会"日益瓦解"和"重新组合"的本质特征,而且还把"表现这种瓦解和新的创造的规律"作为自己义不容辞的责任。为此,他选择了偶合家庭,把它当成反映时代风云、揭示现实生活的突破口。他认为,偶合家庭是最需要研究、最值得描绘的生活现象,也是荆棘丛生、无人涉足的处女地。"这一工作是不易讨好的,也缺乏优美的形式。而且这些人物,一般地说,还处于变化的状态,因此不可能在艺术上是完美的,可能犯重大的错误,可能有夸大、疏漏。"[③]但是,描写偶合家庭又是极富艺术价值的,因为这些作品"可以成为未来的艺术作品的素材,成为无秩序的、但已经过去了的时代景象的材料"[④],具有史诗性的意义。正是基于这种认识,陀思妥耶夫斯基才在生命的最后岁月专心致志于偶合家庭的创作,从家庭变异这个独特角度观察生活,用偶合家庭这一独特构思来反映现实。他和托尔斯泰原是异路同归,方式虽殊,意旨则一。托尔斯泰大笔挥洒,写战争与和平、城市与乡野、皇亲贵族与农夫村妇,铺开一幅幅社会历史的宏伟画卷,表现了广阔的社会风貌;而陀思妥耶夫斯基写形形色色的家庭成员,光怪陆离的家庭生活,前所未有的家庭变迁,何尝不是用家庭这个微观世界来折射、反映社会的宏观宇宙?! 透过偶合家庭,我们分明看到俄国旧的经济基础风雨飘摇,宗法专制分崩离析,封建文化一落千丈,

---

① 陀思妥耶夫斯基:《论文学创作》,冯增义译,《文艺理论研究》1980 年第 3 期。
② 陀思妥耶夫斯基:《论文学创作》,冯增义译,《文艺理论研究》1980 年第 3 期。
③ 陀思妥耶夫斯基:《论文学创作》,冯增义译,《文艺理论研究》1980 年第 3 期。
④ 陀思妥耶夫斯基:《少年》,岳麟译,上海译文出版社 1985 年版,第 733 页。

整个社会"一切都颠倒了,大家都头朝下走路"①。这不正是转型期俄国的状况么?

(二)偶合家庭的艺术构思与作家对于典型环境的独特理解

真实地再现典型环境中的典型人物,这是现实主义文学的重要标志。有的学者提出,陀思妥耶夫斯基笔下的典型人物并不是通过典型环境塑造出来的,与其他现实主义作家不同。他甚少描绘日常生活,没有提供形成人物性格的典型环境。这种观点同样失之片面。典型环境并非一种固定的模式,在不同的现实主义文学大师笔下,它有着不同的内涵和特色。司汤达描写的典型环境主要表现为人物所处的政治环境,于连的一生与法国复辟王朝时期的政治斗争紧紧相连,他的性格在政治风云变幻中发展变化,他的生命在政治派别的角逐中沦丧。因此《红与黑》被人称为"政治书籍"。巴尔扎克则着意刻画人物所处的经济环境,努力向读者提供具体详细的经济资料,如人物的财产、房屋、客厅、家具、器皿、食品等。所以,恩格斯读罢《人间喜剧》,掩卷感喟:"在经济细节方面(如革命以后动产和不动产的重新分配)所学到的东西,也要比当时所有职业的历史学家、经济学家和统计学家那里学到的全部东西还要多"。②而在陀思妥耶夫斯基的创作世界里,偶合家庭就是典型环境。对于他笔下的典型人物来说,这个环境既是实在的,又是虚化的;既是微观的,又是宏观的。一方面,他们无可争辩地属于这个家,他们无可更改地出生在这里,这里有他们的骨肉和血缘,它是实实在在的根。另一方面,它又是虚化的,它已经瓦解开来,已经家不成家,这里不曾有长幼欢聚,也无倚窗企望,人们四分五裂,被抛向漠漠的世界。于是,从家庭的虚化中衍生出更广阔的实在——俄国转型期社会——一个放大的偶合家庭。因此,从本体来看,偶合家庭是其成员生活的微观环境;从象征来看,它又是作家笔下各种人物所处的宏观的社会文化大背景。如果说于连(司汤达《红与黑》中的人物)的执权野心是从他所处的政治潮流中萌发、拉斯蒂涅(巴尔扎克《高老头》中的人物)的发财欲望是从他所处的经济环境中产生的话,那么,陀思妥耶夫斯基笔下形形色色的主人公则是在畸型的偶合家庭中走向变态:他

---

① 陀思妥耶夫斯基:《白痴》,耿济之译,人民文学出版社 1982 年版,第 352 页。
② 恩格斯:《致玛·哈克泰斯》,《马克斯恩格斯选集》(第四卷),人民出版社 1972 年版,第463 页。

真实地再现了典型变态环境中的典型变态人物。正是在这种象征意义上,陀思妥耶夫斯基曾经自喻是"偶合之家的主人公"①。通过偶合家庭的描绘,他研诘了族类生活方式的变化及这种变化对个人的影响,表现了他力图整体性地,在历史、现实和未来的融合中去探寻人生、把握人性的意向。

① 《中国大百科全书·外国文学卷》,中国大百科全书出版社1982年版,第1023页。

《樱桃园》:契诃夫式的喜剧范例

在人类文化史上,富于独创的天才不被理解是一种屡见不鲜的现象。契诃夫富于独创性的戏剧作品同样遭遇过种种曲解。

《樱桃园》是喜剧,还是悲剧,抑或正剧? 自它面世伊始,就是一个有争议的问题。契诃夫本人强调《樱桃园》是一部喜剧。1903 年 9 月 2 日,他在致丹钦科的信中谈到:"我把这个剧本定为喜剧。"[①]13 天后,他又写信给阿列克塞耶娃说:"我写出来的剧本不是正剧,而是喜剧,有些地方甚至是闹剧。"[②]与此相一致,契诃夫一再坚持《樱桃园》的男女主人公一定要由专业喜剧演员来扮演。可是,同年 10 月,斯坦尼斯拉夫斯基读完《樱桃园》的手稿后,欣喜之余,立刻写信告诉契诃夫:"不管你对最后一幕有什么样的解答,它决不是一个喜剧或是一个滑稽剧,如你所写的,而是一个悲剧"。[③] 几个月以后,契诃夫溘逝。作为创造者,他来不及也没有责任从理论上阐述《樱桃园》的喜剧性。从此,对于《樱桃园》,学术界见仁见智,各执一端。说喜剧者有之,言悲剧者有之,谈正剧者亦有之。说喜剧者中,影响最大的当推叶尔米洛夫。叶尔米洛夫用传统喜剧理论来印证《樱桃园》的喜剧性。然而,《樱桃园》不是一出传统意义的喜剧。它没有一波三折的喜剧性冲突,没有夸张怪癖的主要人物,没有巧合、误会等常见的喜剧手法,也没有好事终成的大团圆结局。因此,叶氏的研究成果仍有令人难以诚服之处。以至到了 20 世纪后期,英国著名戏剧理论家和导演马丁·艾思林还态度暧昧地认为:"《樱桃园》这出戏,既可以作为喜剧,

---

① 叶尔米洛夫:《论契诃夫的戏剧创作》,张守慎译,中国戏剧出版社 1985 年版,第 339 页。
② 叶尔米洛夫:《论契诃夫的戏剧创作》,张守慎译,中国戏剧出版社 1985 年版,第 339 页。
③ 戴维·马加尔沙克:《斯坦尼斯拉夫斯基传》,李士钊、田君美译,上海译文出版社 1984 年版,第 292 页。

也可以作为悲剧来处理。"①可见,《樱桃园》到底是喜剧还是悲剧,这不仅是一个必须解决的理论问题,而且也是任何一个导演在排演这出经典名剧时必须面对的一个实践问题。

笔者认为,契诃夫是伟大的戏剧革新家。《樱桃园》是新型的现代喜剧。传统戏剧往往表现那些不属于日常生活的离奇事物,剧作家们常常让戏剧在生活之流冲决了日常堤坝的时候开始,也让戏剧在生活之流回归日常堤坝的时候结束。而契诃夫则认为人生伟大的戏剧隐藏在日常生活的底层下面。他说:"人们要求说,应该有男男女女的英雄和舞台效果。可是话说回来,在生活里人们并不是每时每刻都在开枪自杀,悬梁自尽,谈情说爱。他们也不是每时每刻都在说聪明话……必须写出这样的剧本来:在那里人们来来去去,吃饭,谈天气,打牌……不过这倒不是因为作家需要这样写而是因为现实生活里本来就是这样。"②因此,契诃夫偏偏在传统喜剧还没有开始和已经结束的地方——日常生活的缓缓平流中开始了自己的喜剧。于是,在《樱桃园》里,喜剧性被赋予了"契诃夫式"的新的独特的内涵。

一、特殊的喜剧冲突

冲突是戏剧的基础。描写什么样的冲突,怎样展开冲突,直接决定着戏剧的艺术价值,也体现出剧作家的创作个性和审美意念。《樱桃园》的主题是揭示封建贵族的衰亡。这样的主题,在西欧和俄国其他剧作家的笔下往往是通过资产阶级代表人物和封建贵族代表人物的正面交锋来表现的。《樱桃园》也设置了两个对立阶级的代表人物,这就是代表封建贵族阶级的柳鲍芙兄妹和代表资产阶级的罗巴辛。本来,契诃夫可以正面展开他们之间的冲突,写一出惊天动地、有声有色的戏剧。但他没有这样做。在《樱桃园》中,柳鲍芙兄妹同罗巴辛不但没有展开直接的正面的冲突,而且恰恰相反,从私人关系看,他们还是十分亲密的朋友。契诃夫不但没有描写罗巴辛如何处心积虑、阴险狠毒地去夺取柳鲍芙兄妹的财富,而且恰恰相反,还表现了罗巴辛如何知恩戴德地企图帮助柳鲍芙兄妹保住家产。那么,与柳鲍芙们构成正面冲突的是什么呢?是时间。在《樱桃

① 马丁·艾思林:《戏剧剖析》,罗婉华译,中国戏剧出版社1981年版,第64页。
② 契诃夫:《契诃夫论文学》,汝龙译,人民文学出版社1958年版,第395页。

园》中，时间是一个没有形体却处处可见的主角。剧作家通过剧中人物的口不厌其烦地反复谈到樱桃园的拍卖日期，强调了这个主角的存在：

> "这片地产到八月就要拍卖了。"①
> "你的樱桃园就要被扣押，在八月二十二日拍卖了。"②
> "一到八月二十二，这座樱桃园，连这一带的地产，可就全部都要拍卖出去了。赶快下个决心吧！"③
> "你非得最后下一次决心不可了，时间是什么都不等的呀。"④
> "让我再提醒你们一句，八月二十二，樱桃园可就要拍卖了，想想这个，好好地想想这个！"⑤

通过这种以加强和凸现为目的的反复，剧作家给观众造成了时间正在向柳鲍芙们一步步逼过来的感觉，暗示出时间和喜剧主人公的冲突。接下来，八月二十二日来了，时间一到，樱桃园立即被拍卖了。买下它的不是别人，正是罗巴辛，正是把柳鲍芙当恩主，苦口婆心地提醒她，真心实意地为她出谋划策，企图救她于危难之中的罗巴辛。作家这样安排，就是为了强调与柳鲍芙们构成对立面的，决不是某个对他们不怀好意的个人，而是代表了当时历史前进方向的资产阶级。是时间，是历史，把封建贵族阶级推下了社会舞台。

特殊的冲突必有特殊的推进方式。在传统戏剧里，冲突由一系列平衡状态的变化来推进，从而达到戏剧的高潮——平衡状态被最大限度地扰乱；平衡状态的每一次变化就构成一个动作；一出戏就是一个动作体系。而《樱桃园》的冲突运动却恰恰是由一系列平衡状态的维持来推进并达到高潮的。在这里，动作有了与传统戏剧完全不同的内涵。我们看到，《樱桃园》喜剧主角的最强烈的动作恰恰就是不动不作。尽管他们把樱桃园说成是自己的生命，可面临它即将被拍卖的严重情势，他们却没有采取任何挽回这种局面的行动。

在第一幕里，罗巴辛就认真地向柳鲍芙兄妹提出了一个和时间争夺

---

① 契诃夫：《契诃夫戏剧集》，焦菊隐译，上海译文出版社1980年版，第348页。
② 契诃夫：《契诃夫戏剧集》，焦菊隐译，上海译文出版社1980年版，第353页。
③ 契诃夫：《契诃夫戏剧集》，焦菊隐译，上海译文出版社1980年版，第354页。
④ 契诃夫：《契诃夫戏剧集》，焦菊隐译，上海译文出版社1980年版，第369页。
⑤ 契诃夫：《契诃夫戏剧集》，焦菊隐译，上海译文出版社1980年版，第381页。

樱桃园的有效行动方案,却立刻被加耶夫斥之为"废话",柳鲍芙则宁肯去向老仆人费尔斯打听那个毫无用处的炮制干樱桃的秘方儿,也不愿去想想罗巴辛的建议。

到了第二幕,当罗巴辛催促他们下决心行动,并恳求他们采纳自己的建议时,柳鲍芙的态度却是如此漠然:"是谁在这儿抽这种怪难闻的雪茄呀?(坐下)",加耶夫的反应更加冷淡:"(打哈欠)说谁?"①和他们在第一幕的态度一模一样,毫无变化,连"干还是不干"这种哈姆雷特式的强烈的内心冲突都没有过。

正是主人公的不动不作,喜剧冲突才推进到了第三幕的高潮。在这个高潮里,尽管喜剧主人公所处的情势急转直下,而他们自己却仍然是没有行动和变化的,就连他们的内心痛苦也是虚假造作的。表面上,柳鲍芙像一个蹩脚的悲剧演员一样夸张地喊着:"要是丢了樱桃园,我的生命就失去了意义",②当樱桃园被拍卖的消息传来,她虽然故作姿态地喊了一声,"真把我急死了",可是在内心深处,在下意识里,她并没有把樱桃园的命运放在心上,就连老仆人费尔斯为此而痛苦得变色的感情都不能理解,她问费尔斯,"你的脸色怎么这么难看呀,你觉得不舒服?去躺下睡睡去"。③ 是的,费尔斯该去睡睡了,而我们可爱的柳鲍芙并不需要去睡;她不但没有什么不舒服,还悠悠然地和皮希克跳起了华尔兹舞。而加耶夫呢,当他到城里参加拍卖回来,柳鲍芙向他问及樱桃园的命运时:

> 加耶夫:(没有回答)做了个厌倦的手势,哭着向费尔斯:"来,接过去……这是些糟白鱼和凯尔契出产的青鱼。我这一天过的是什么日子呀……我今天一整天都没吃东西。"
>
> (台球室门开着,从里边传出台球相撞声和雅沙的说话声:"七比十八"加耶夫的脸上的表情起变化,他不再哭了。)④

尽管他看着樱桃园被拍卖了,却没有忘记买鱼;一个50多岁的老头不为丧失全部家产而流泪,却为没吃上一顿饭而痛苦;更意味深长的是,

---

① 契诃夫:《契诃夫戏剧集》,焦菊隐译,上海译文出版社1980年版,第370页。
② 契诃夫:《契诃夫戏剧集》,焦菊隐译,上海译文出版社1980年版,第391页。
③ 契诃夫:《契诃夫戏剧集》,焦菊隐译,上海译文出版社1980年版,第395页。
④ 契诃夫:《契诃夫戏剧集》,焦菊隐译,上海译文出版社1980年版,第398页。

使他停止哭泣的是什么呢？台球的撞击声！他看重什么东西，青鱼、台球，还是樱桃园？他真为樱桃园的丧失而痛苦吗？这是不言而喻的了。在第三幕里，柳鲍芙和加耶夫对樱桃园的态度和他们在第一、二幕的态度有什么变化呢？仍然是那样等闲视之，戏谑为之，漠不关心，不动不作。以前也有一些研究者注意到了《樱桃园》喜剧主人公无动作性的特点（如劳逊等），但他们没有解释契诃夫怎么能用这些"无动作"的主人公组织戏剧冲突。抓住了时间是剧中的一个主角，是冲突的一个对立面这一特点，我们才能明白契诃夫赋予主人公无动作性特点的匠心：只有这些不变不动的人物才能和永恒变动着的时间构成矛盾，在这种变与不变、动与不动的矛盾中存在着最激烈的戏剧冲突。

对于戏剧来说，冲突既是形式又是内容。说它是形式，因为冲突双方的对立方式，展示着人物性格，推动着情节发展，决定着戏剧的体裁和风格；说它是内容，是指戏剧和生活矛盾的关系，冲突决定了作品的主题思想和反映生活的深度。因此，描写什么样的冲突，直接决定着戏剧的艺术价值和思想价值。那么，直接描写封建贵族与时间的喜剧性冲突有着怎样的美学意义呢？马克思曾经深刻地指出："历史不断前进，经过许多阶段才把陈旧的生活形式送进坟墓。世界历史形式的最后一个阶段就是喜剧……历史为什么是这样的呢？这是为了人类能够愉快地和自己的过去诀别。"①《樱桃园》展现的正是这种现实历史中的喜剧性冲突。《樱桃园》写于 1904 年，正是第一次俄国革命的前夜。当时，旧的东西无可挽回地崩溃了，新的东西则刚刚开始安排。这段时期的俄国历史是喜剧性的。欧洲的资本主义已经发展到帝国主义阶段了，俄国的政治制度还是极其陈腐的封建君主制度，这种旧制度大大低于世界历史的水平，已经成为现代各国历史储藏室中布满灰尘的史实，在欧洲各国人民的眼中也已经过时，已经崩溃了。但因为新的东西还刚刚开始安排，还没有及时取代这些旧的东西，因此，已经失去了存在的合理性的旧制度仍然装模作样地继续充当俄国历史的主角，自然，它也只能是"早已过时"的历史喜剧中的滑稽主角了。在《樱桃园》里，契诃夫正是用封建贵族与时间的冲突，高度概括地反映了这段喜剧性的俄国现实历史。时间，具有抽象的哲学意义，也是

---

① 《马克思恩格斯选集》（第一卷），人民出版社 1972 年版，第 5 页。

人的个性世界、社会心理世界和人类历史世界的对象。在时间定义背后，不仅隐藏着世界本身的种种抽象概念，而且隐藏着人的存在、人同世界的关系，以至某个社会集团、某种社会力量、某种社会形态同人类历史发展的关系这样非抽象的概念。因此，通过直接描写封建贵族与时间的喜剧性冲突，《樱桃园》就反映了现实历史中的喜剧，并且通过这一冲突，嘲笑早已过时的封建制度和早已过时的封建贵族，表现了封建制度和封建贵族阶级必然灭亡的重大主题，反映了人类社会历史不可遏制的正向运动。

二、特殊的喜剧人物

传统的喜剧角色不外乎两大类：正面喜剧人物和反面喜剧人物。前者如莎士比亚《第十二夜》中的薇奥拉、《威尼斯商人》中的鲍西娅等，他们是时代的先进，才智过人，充满活力，以幽默乐观的态度对待人生。后者则是最普遍最典型的喜剧形象。公元前三百多年，亚里士多德就指出："喜剧总是摹仿比我们今天的人坏的人。"[1]在欧洲戏剧史上，从古希腊的阿里斯多芬到古罗马的普劳图斯，从法国的莫里哀、博马舍到俄国的果戈理，他们的传世之作都塑造了这类"坏的"喜剧角色。而契诃夫不满于走前人走过的老路，他说："我要与众不同；不描写一个坏蛋，也不描写一个天使。"[2]《樱桃园》塑造的正是这种与众不同的喜剧角色。

《樱桃园》的喜剧主人公是柳鲍芙。这个女人显然不属于正面喜剧人物之类：她没有鲍西娅的聪明机智，更缺乏薇奥拉那种积极进取的人生态度。但也不能把柳鲍芙简单地归入坏人之列。与伪君子答尔丢夫（莫里哀《伪君子》中的人物）比，我们说她坦率单纯；与吝啬鬼阿巴贡比，我们看到她慷慨之极；与鱼肉百姓的安东·安东诺维奇市长（果戈理《钦差大臣》中的人物）比，我们不得不承认她相当善良。柳鲍芙是一个"契诃夫式"的喜剧人物。

柳鲍芙的喜剧性首先表现在她缺乏最起码的现实感和正常的时间感。作为末代贵族的代表，柳鲍芙不仅丧失了任何创造生活的能力，而且已经丧失了最起码的现实的生存能力，她一生所干的除了瞎糟蹋钱，还是

---

① 亚里士多德：《诗学》，罗念生译，伍蠡甫主编，《西方文论选》（上卷），上海译文出版社 1979 年版，第 53 页。

② 契诃夫：《契诃夫论文学》，汝龙译，人民文学出版社 1958 年版，第 395 页。

瞎糟蹋钱。喜剧开始时，她已经花光了祖宗的遗产，欠债累累，连利息都无力偿还了。可她仍然进豪华的餐馆，仍然点最昂贵的菜肴，仍然雇请乐队来家里举办舞会，仍然随意地把金币施舍给路人。面临丧失家园的威胁，她只知道一味地沉溺于对过去、对童年生活的回忆。她完全不懂现在，完全不懂现实。这使她不可能正确地认识和处理樱桃园。樱桃园是人类过去在大自然的实体之中的沉淀和凝聚，它以物的方式，以人化了的大自然的方式，肯定了人类过去的实践，象征着过去时间的诗意。但是，当时间前进到了现在——俄国资本主义已经发展，无产阶级已经崛起的"现在"，它就失去了存在的根据，为人类现在的实践所否定而成为滑稽的对象。在资产者罗巴辛眼里，它只能被砍倒，用这块地皮来建别墅；在面向未来的大学生特罗费莫夫看来，它不但没有旧日的诗意，而且已经是一个十足的丑角了。他说："你想想看，安尼雅，你的祖父，你的曾祖父和所有你的前辈祖先，都是封建地主，都是农奴所有者，都占有过活的灵魂。那些不幸的人类灵魂，都从园子里的每一棵樱桃树，每一片叶子和每一个树干的背后向你望着……啊，这多么可怕呀！"①樱桃园的美是用千百万农奴的血浸润出来的假美，它用美的面纱掩饰自己的丑。而柳鲍芙看不见这种丑，她把这个丑物奉为全省之内唯一值得注意，甚至是出色的东西。在她眼里，樱桃园从过去到现在一点也没有改样儿，仍然是那么年轻，仍然是那样充满幸福，所以她无论如何也不肯接受罗巴辛砍掉樱桃园、把地皮租给别人盖别墅的建议。她执著于自己的想法，固执地用过去的眼光认识和判断现在，充分相信过去，一心一意地追求过去的一切。在前进了的人类时间中，樱桃园明明已经失去了存在的依据，明明已经堕落成了历史喜剧中的丑角，柳鲍芙却硬要把它奉为权威；樱桃园的那种带有血腥味的诗意，以及由这种诗意所代表的过去贵族生活的一切法则，明明已经脱离了现在生活的常态，她却硬要让它们摆出一副"舍我其谁"的庄重，并据此来与无比强大、不可逆转的时间对抗。这种情形同著名的堂·吉诃德骑士硬要把自己奇丑无比的意中人当成天下第一美女，硬要不自量力地挥舞长矛同风车搏斗的喜剧又是何等惊人的相似啊！

柳鲍芙的喜剧性还表现在精神空虚堕落却又自诩高雅美好。精神空

---

① 契诃夫：《契诃夫戏剧集》，焦菊隐译，上海译文出版社 1980 年版，第 382 页。

虚堕落,这便是本质的丑。但仅仅是丑还不能构成喜剧性格,只有在丑力求自炫为美的时候,那个时候的丑才变成了滑稽。因此,剧作家在塑造喜剧人物时,必须在其后面安上一面同舞台的第四面墙同样大小的镜子,一方面让其面对观众尽情地张开那一根根插在身上的孔雀羽毛,另一方面则让他们藏在孔雀羽毛后面的乌鸦尾巴在这面镜子里暴露无遗,使观众毫不费力地看清其乌鸦本质,而嘲笑其顾头不顾腚的笨拙表演。在《樱桃园》中,剧作家主要是用"巴黎"这个意象来充当这面镜子,从而照出柳鲍芙的真正的精神价值的。柳鲍芙在观众面前张开的孔雀羽毛是"祖国",她登台不久,就充满激情地向人们表白:自己爱祖国,爱得一见到故土就得哭。当瓦里雅把两封来自巴黎的电报交给她时,她没有读就把它撕碎了,并声明自己跟巴黎的缘分已经断了,出现在人们面前的俨然是一个爱国者。可是在日常生活的言谈中,在她暂时忘记自己乔装的角色时,她灵魂深处的思想就常常脱口而出,祖国立刻让位于巴黎。第二幕,她出场不久就抱怨:"我为什么要跑到城里去吃这顿中饭呢?你们这儿的饭馆可真叫人讨厌死了,还有那种难听的音乐,那种一股胰子味儿的桌布。"①这里边包含了多么丰富的潜台词啊!从"你们这儿"的后面,我们不难听见她思想深处的隐语:你们俄国这儿的饭馆可真叫人讨厌死了,而我们巴黎那儿的饭馆可叫人喜欢死了;你们俄国这儿的音乐难听极了,而我们巴黎那儿的音乐好听极了……一个称自己的祖国、自己的故乡为"你们"的人,骨髓里能有几戈比爱国主义呢?接下去,我们还可以听到这样几段关于祖国和巴黎的台词:

柳鲍芙·安德烈耶夫娜:"……我忽然怀念起俄国,怀念起自己的祖国,怀念起我的女儿来了……(从口袋里掏出一封电报来)我今天接到这封从巴黎发来的电报……他求我饶恕他,请我回去……(把电报撕碎了)我听着好像远处有音乐吧?"(倾听)

加耶夫:"这就是我们这儿那个著名的犹太乐队……"

柳鲍芙·安德烈耶夫娜:"这个乐队还在呀?哪天咱们得请他们来一次,开个小小的晚会。"

罗巴辛:(倾听)"我什么都没有听见哪。(低唱)为了一笔钱,德

① 契诃夫:《契诃夫戏剧集》,焦菊隐译,上海译文出版社1980年版,第370页。

国人会把俄国人变成法国人。（笑）昨天晚上,我在戏园子里看了一出非常滑稽的戏,滑稽得要命!"①

这里,值得我们思考的有两个问题:

第一,柳鲍芙谈到的远处的音乐实际上有没有? 导演是否应该在舞台空间安排"远处有音乐"这个音响效果?

第二,罗巴辛的后两句台词与前面的对话有什么内在联系? 这两句台词在剧情发展中有什么作用?

这两个问题看起来细小,认真思考一下,便会觉得其中包含了丰富的内容,只有把它弄明白了,才能更准确地把握柳鲍芙的性格特征,更深刻地理解后一幕剧情发展。

远处是否有音乐? 对这个问题,剧中的三个人物有三种说法。柳鲍芙一开始提起时,只是"听着好像远处有音乐",用了"好像"这个无定性的词。加耶夫倒是肯定了有音乐,但他的话明显地只是附和柳鲍芙,况且,他的性格特征是神不守舍,常胡言乱语,所以他的话是不能当真的。那么只有罗巴辛的话才是确实可信的了,而罗巴辛却明明白白地否定了音乐的存在。既然实际上外界并没有响起音乐,柳鲍芙怎么会突然从电报扯到音乐上呢? 这是一种潜意识的联想。联系前言后语,便不难发现,巴黎在她的潜意识中占了多么重要的位置。柳鲍芙这一大段台词,主要是回忆巴黎、回忆她和"他"在法国所过的荒唐生活。在这里,她虽然第二次撕碎了电报,但这封电报已经把她带回了巴黎,她内心充满着巴黎的生活、巴黎的情夫、巴黎的音乐。她是那样如醉如痴,以致进入一个幻想的境界,以为真的听见巴黎的音乐了。巴黎是她内心深处的音乐。正是这"音乐"使她萌发了请乐队来家开晚会的念头;正是这"音乐"使她忘记了俄国,忘记了樱桃园,使她漫不经心地将舞会的日期选在八月二十二日。有了"这音乐",剧情才能发展到第三幕的舞会。在樱桃园拍卖的日子里,在舞台上,柳鲍芙是踏着巴黎的音乐翩翩起舞的。她怀里揣着巴黎的电报,心里打定了回巴黎的主意,只等樱桃园的事情一结束就走。而到了第四幕,她果然离开祖国去了巴黎,回到她那个卑鄙的情夫怀抱里去了。难怪罗巴辛在她讲起那别人听不见的"远处"的音乐之后,会低声唱起"俄国人

---

① 契诃夫:《契诃夫戏剧集》,焦菊隐译,上海译文出版社1980年版,第373—374页。

变成法国人"的歌子。面对柳鲍芙口里喊着祖国,心里想着巴黎的拙劣表演,他当然要忍俊不禁地笑出声来,并说到"一出非常滑稽的戏,滑稽得要命"!

在剧中,柳鲍芙的情夫始终没有出场,可是我们仍然认识了他。特罗费莫夫说他是一个无赖、一个一文不值的小人。柳鲍芙疯狂地爱着这样一个一文不值的小人,正好证明她的精神世界同样是一文不值的。此外,情夫这个角色是没有姓名的,他打来的电报,都被剧中人称之为巴黎发来的电报,这就强调和突出了巴黎,从中我们可以悟出剧作家所赋予的深意:巴黎——卑鄙的情夫;柳鲍芙,一个为情夫——巴黎而抛弃丈夫——祖国的堕落女人,一个精神和道德都已经完全堕落,却还要用"祖国"这类高尚字眼来装饰自己的喜剧人物。

三、特殊的表现手段

传统喜剧大多数都是描写特殊的和偶然的生活,其喜剧冲突往往带有偶然性,因此,常常借用巧合、误会、夸张等手段来表现冲突、展开情节、刻画人物。《樱桃园》写的是朴素无华的日常生活,其冲突根本排除了偶然性,这就使作家必然要抛弃与偶然性冲突相适应的巧合、误会、夸张等传统喜剧表现手法而去寻求新的表现手段。这新的表现手段就是调动各种戏剧因素,造成一种总的笼罩全剧的和冲突相适应的喜剧性气氛。契诃夫用来造成这种喜剧性气氛的方法主要有哪些呢?

(一)气氛性的布景

作为综合艺术,布景是戏剧舞台空间的重要构成。在有些剧本里,布景只是文学的附加物,和剧中人物貌合神离,对于塑造人物的性格没有任何帮助。有的则是靠华美的布景来装饰舞台,吸引观众,以掩盖人物形象的苍白。《樱桃园》则不然,它的布景绝非简单的附加物,而是喜剧主人公精神世界的物化,是以物的形式出现的传达了人物性格的台词,是喜剧冲突的积极参与者。《樱桃园》第一幕的布景是幼儿室。这一幕的主要内容是已在国外旅居五年的柳鲍芙回家。一贯重视客观、强调真实的契诃夫没有让久别归来的女主人和她的亲朋戚友像实际生活中那样相聚在客厅,抑或书房,抑或卧室,却让他们相聚在幼儿室。这决不是剧作家对生活真实的偶然疏忽,而是匠心独运之笔。请看柳鲍芙出场后的两段台词:

柳鲍芙·安德烈耶夫娜：(高兴得流出泪来)"哎呀！幼儿室呀！"

瓦里雅："天多么冷啊，我的手都给冻僵了(向柳鲍芙·安德烈耶夫娜)，你的那两间屋子，那间白的和那间浅紫的，还都是从前那个样子。"

柳鲍芙·安德烈耶夫娜："幼儿室啊！我的亲爱的美丽的幼儿室啊！我顶小的时候就睡在这儿。(哭泣)我现在觉得自己又变成小孩子……"①

只有在幼儿室里，柳鲍芙出场的第一句台词才可以是："哎呀！幼儿室呀！"接下来，尽管瓦里雅提醒她去看看现在住的房间，她却不加理睬，继续对幼儿室大发感慨。这两段与幼儿室这一布景结合得非常紧密的台词，对这个喜剧人物的塑造带有定调的作用，把她作为喜剧主人公的个性特征初步凸现出来了：一个躺在幼儿室里，用襁褓包裹着自己的老太婆。剧中柳鲍芙的年龄虽然只有 40 来岁，但她是和垂死的贵族阶级相连的，她的精神已经进入行将就木的老耄之年，而她的心理却停滞在她的幼儿时代。她这两段充满孩子气的台词，她对幼儿室的特殊眷恋，都说明她把自己当成小时候的自己，把世界当成她在幼儿室生活时的那个世界。正是这个矛盾现象构成了她喜剧性格的基础，而这一矛盾现象又是借助幼儿室这一布景才得以充分表现的。可见，幼儿室这一布景对于刻画喜剧人物，营造喜剧气氛起着举足轻重的作用。

(二)气氛性的音乐舞蹈

《樱桃园》的第三幕几乎整幕都是在音乐舞蹈中进行的。这一幕表现了剧本的中心事件——樱桃园被拍卖。契诃夫没有正面展现这一事变，拍卖是在幕后进行的；也没有渲染柳鲍芙的悲伤和眼泪，他别开生面亦别有深意地在舞台上展现了一场似乎不合时宜的舞会。在欢快、轻松的舞曲中，柳鲍芙和请来的客人们翩翩起舞，夏洛蒂则几乎拿出了她的全部看家本领来变弄各种戏法：猜扑克牌、腹语对话、用毛毯变女孩、戴高帽穿棋盘格子布裤扮小丑。这期间，柳鲍芙虽然也不无痛苦地谈到樱桃园的命运，但同时又可以由衷地为夏洛蒂的戏法大声喝彩。其他人更是打闹嬉戏，不亦乐乎。唯一心情沉重、表情痛苦的瓦里雅则一出场就遭到特罗

---

① 契诃夫：《契诃夫戏剧集》，焦菊隐译，上海译文出版社 1980 年版，第 345 页。

费莫夫的戏弄嘲笑。从这里，人们甚至不难发现闹剧的影子，这使第三幕成为全剧喜剧气氛最浓的一幕。在第三幕，冲突达到高潮，这种浓浓的喜剧气氛与喜剧冲突的高潮状态正好相映衬。这一切，又与樱桃园被拍卖这一"不幸"事件形成了鲜明的对照。契诃夫就是要借此告诉人们：应该愉快地告别旧时代、旧生活。在这里，音乐舞蹈对于营造喜剧性气氛起到了十分重要的作用。没有音乐舞蹈，夏洛蒂就不可能兴致勃勃地大变戏法；没有音乐舞蹈，剧中人物的心情就不可能那样轻松，精神就不能那样无拘无束，言行就不可能那样忘乎所以。音乐舞蹈洗刷了樱桃园被拍卖可能带来的一切悲剧和正剧色彩，也洗刷了把舞会安排在樱桃园拍卖日的柳鲍芙身上可能有的一点点悲剧或正剧人物色彩。

（三）气氛性的人物

气氛性的人物的特点在于：他们并不直接参加喜剧冲突，他们的出场常常只是为了表现出和冲突相适应的喜剧性气氛。在《樱桃园》中，喜欢变戏法的家庭教师夏洛蒂、几次抢起棍子打错人的瓦里雅、靠借债度日却依旧生活闲适奢华的皮希克、记不得身份把自己弄得像小姐的女仆杜尼亚莎、跟着主子去了一趟巴黎便不愿再见生身母亲的小厮雅沙等就属于这类人物。其中，叶比霍多夫又最为典型。他是"不幸"的拟人化。他穿着崭新锃亮但却吱吱作响的长筒靴走上台，一会儿掉了花儿，一会儿撞了椅子……他的这些不幸都是由笨拙造成的，所以都是"可笑的不幸"，不但剧中的其他人物笑他，观众笑他，而且连他自己都在笑自己，在第一幕的开头：

> 叶比霍多夫："我没有一天不碰上一点倒霉的事。可是我从来不抱怨，我已经习惯了，所以我什么都用笑脸受着。"
>
> "我得走了。（一下子撞倒一把椅子，又把椅子撞倒）你看是不是！（得意的神气）我刚才说什么来着！"[①]

请特别注意"得意的神气"这个舞台提示。叶比霍多夫倒了霉，不但不痛苦，反而露出得意的神气。他得意什么？得意的是他的倒霉证明了他每天都倒霉的自我判断，何等滑稽！不过，重要的不是这个滑稽人物本

---

① 契诃夫：《契诃夫戏剧集》，焦菊隐译，上海译文出版社1980年版，第344页。

身,而是他在全剧中所起的气氛性作用。一开场,剧作家就让观众很轻松地识别了他这种"可笑的不幸"的特征,使观众以后一见到他就会产生一种心理上的条件反射,想起"可笑的不幸"来。他在剧中的反复出现,便使"可笑的不幸"像诗歌的韵脚一样,造成一种回旋在全剧的调子和气氛。剧作家给他的头衔是管家,这使人很容易把他的性格特征与他的使命以及他所管的这个家的命运联系起来;剧作家给他的外号是"二十二个不幸",而这正好又同樱桃园拍卖日期——八月二十二日相呼应,这就使叶比霍多夫的性格和他带来的"可笑的不幸"的气氛有了某种象征意义,给喜剧冲突起了定调的作用。是的,"可笑的不幸"正是《樱桃园》喜剧性的基本调子和基本气氛。如果说柳鲍芙们与时间的冲突以及这场冲突的后果也算是一种不幸的话,那么这种不幸只能是可笑的,就像叶比霍多夫的不幸是由他自己的笨拙造成的一样,柳鲍芙们的不幸也是由他们自己不识时务的笨拙造成的。其他气氛性人物对于表现冲突所起的作用,如夏洛蒂所代表的"可笑的荒谬",皮希克所代表的"可笑的卑鄙"等就不在此一一罗列了。总之,《樱桃园》中气氛性人物对造就全剧的总的喜剧性气氛,表现喜剧性冲突,有着不可忽视的作用。

四、空间意象和人物的生活环境

《樱桃园》被称为室内剧本。但它所表现的并不是家庭或个人的主题,而是封建贵族阶级必然灭亡这样一个具有社会学和历史学的重大意义的主题。这样的主题需要比室内广阔得多的、更能体现时代色彩的空间背景来表达。注意内在戏剧性的契诃夫,用扩大戏剧的内在空间即空间意象的办法,成功地解决了这一问题。与舞台直观的空间形象不同,空间意象是指那些由人物的台词传达出来的、在人物的思维里出现的空间场所。由于它们是不可视的,观众只能根据人物的台词来想象它们的形体,所以称之为空间意象。对于任何一个剧本来说,外在的舞台空间形象都是有限的。你可以在舞台上展示大路、广场、原野,但它只能是大路、广场、原野的一角;你可以通过频繁地变换空间(布景)来表现更多样、更广阔的背景,但与人物的生活环境和社会时代背景相比,舞台上能出现的空间数量仍是微不足道的。而内在的空间意象则是无限的,它可以不受舞台限制,充分地把人物生活的环境和社会时代背景展示出来。火车,便是

《樱桃园》中最值得注意空间意象之一。

火车意象贯穿于《樱桃园》全剧。

全剧的第一句台词就是"谢天谢地,火车可算到了。"①剧作家一开始就强调,柳鲍芙是乘火车从巴黎回来的。而在第一幕开场,费尔斯又告诉我们:"当初老爷也上巴黎去过,是坐马车去的"。② 这就向读者和观众传递了一个重要信息:当贵族阶级抛开马车,登上火车时,他们的末日也就来临了。仍是在第一幕,当罗巴辛第一次提醒柳鲍芙破产迫在眉睫时,他是这样说的:

> 你的樱桃园就要被扣押了,在八月二十二日拍卖了。可是,我的亲爱的太太,你不用着急,尽管安安稳稳睡你的觉好了;有办法⋯⋯我向你建议这么一个计划。仔细听我说!你这片地产离城里才二十里;附近又刚刚修好了一条铁路;只要你肯把这座樱桃园和沿着河边的那一块地皮,划分成为若干建筑地段,分租给人家去盖别墅,那么,你每年至少有两万五千卢布的入款。"③

这就是说因为附近有了火车,樱桃园才历史必然地要变为资产者的别墅。

第二幕内容本来很难与火车联系起来,但在那琴弦突然崩裂、费尔斯联想起"那一次大灾难"之后,剧作家安排了一个流浪汉出场,他一出来劈头就问:"借光,打这儿可以一直到火车站吗?"④问路,本是最普通最常见的生活现象,而在"每一支枪都发射"的契诃夫的笔下,也被赋予了不同凡响的深意。是的,那天边传来的类似弦断的声音、费尔斯联想起的大灾难、柳鲍芙莫名的恐惧,不都与流浪汉提起的火车站、与那火车有某种内在的联系吗?难怪柳鲍芙会在这个流浪汉面前表现得如此惊慌失措,竟在即将破产的窘境中,把一个金卢布给了他。当然,以神经麻木为特征的柳鲍芙并不懂得火车与她的命运的联系,而她的恐惧心理和失态行为恰恰和火车连在一起,这不能不说是剧作家的有意安排。

---

① 契诃夫:《契诃夫戏剧集》,焦菊隐译,上海译文出版社1980年版,第342页。
② 契诃夫:《契诃夫戏剧集》,焦菊隐译,上海译文出版社1980年版,第350页。
③ 契诃夫:《契诃夫戏剧集》,焦菊隐译,上海译文出版社1980年版,第353页。
④ 契诃夫:《契诃夫戏剧集》,焦菊隐译,上海译文出版社1980年版,第379页。

第三幕，剧作家独具匠心地安排了火车站站长参加舞会，借此告诉我们，当火车站站长应邀来柳鲍芙家跳舞时，樱桃园被拍卖了，贵族之家败亡了。

第四幕与第一幕相呼应，剧中主要人物乘坐同一列火车离开了樱桃园，同一列火车把他们带到了不同的方向。因为火车，柳鲍芙失去了樱桃园，开始了她那没有祖国、没有庄园的破落贵族生活；因为火车，罗巴辛得到了樱桃园和地产，开始了他的企业主的事业；同样是因为火车，安涅愉快地告别了旧生活，跟着彼嘉踏上了新的征程。

在人类历史上，火车是科学技术达到一个新的水准的产物，是生产力发展到一个新的阶段的标志，是近代文明的象征。有了"火车"，封建的生产关系才成了社会发展的羁绊；有了"火车"，贵族庄园的诗意才堕落成了历史的喜剧；有了"火车"，柳鲍芙们才变成了真正的喜剧丑角。

火车在广阔的空间，沿着钢轨风驰电掣般地飞奔。也许，它的车牌上写着"彼得堡——莫斯科"；也许，它的车牌上写着"莫斯科——巴黎"，不管车牌上写的是什么，它都是从一个遥远的空间来，又往一个遥远的空间去。在剧中，它的出现，使我们的思想一下子就飞出了舞台空间，遨游在无比广阔的天地里。契诃夫曾要求《樱桃园》的演出者说：请给我设计一种舞台上稀有的远度。他在剧本里设计的火车这个空间意象就使剧本的内在空间有了一种稀有的远度，使人物的活动背景有了一种稀有的广度。

早在公元前三百多年，亚里士多德就在《诗学》里系统地阐述了悲剧美学理论，而对于喜剧，不过寥寥数语。此后，西方戏剧美学界似乎一直存在一种重悲剧、轻喜剧的倾向。在一些人的眼中，喜剧被看成一种低等体裁，不过是供人逗乐解闷的工具，不可能像悲剧那样表现生活中严肃的内容。对于这种情况，不能以"偏见"二字简单地加以解释，因为美学史上的每一种认识多少都与一定的创作实践有关系，而一定的创作实践又与一定社会生活的发达水准相联系。卓别林曾说过：未开化的人很少有幽默感。在未开化的时代，人类对现实的胜利很少，可供嘲笑的丑也就很少。只有社会生活愈发达，人们的物质生活、精神面貌愈提高，美愈增多，丑愈丧失其存在的合理性，从而对丑的否定才愈能采取滑稽的形态。因此，与现代的喜剧相比，古代和近代的喜剧还只是初级阶段和中级阶段的喜剧，还停留在嘲笑人的形体动作的丑和嘲笑个人精神世界的丑的上面。

到了现代，随着社会生活的日趋发达，人们精神面貌的不断改变，喜剧也必然会发展到它的高级阶段，上升到嘲笑某种社会制度、社会秩序中的丑的高度，成为真正意义上的高尚体裁。契诃夫是最先认识到现代喜剧这一使命的剧作家之一。《樱桃园》正是他把喜剧改造成"高尚的体裁"的成功实践。

卡夫卡《变形记》中的格里高尔

弗兰茨·卡夫卡(1883—1924),西方现代主义文学的奠基人之一。出身于奥匈帝国统治下的布拉格的一个犹太商人家庭。1906 年获法学博士学位,实习一年后,受聘于布拉格"劳工事故保险公司",直到 1922 年因病离职。一生酷爱文学,把写作视为"巨大的幸福"和生命的需要。从 1902 年开始至逝世前,他用业余时间创作了 78 篇中短篇小说,3 部未完稿的长篇小说:《美国》、《诉讼》(又译为《审判》)、《城堡》。

卡夫卡是一个难解的迷。从他的血管里流出来的短篇小说《变形记》是一座千回百转的迷宫。步入这座迷宫,一团团沉沉的疑雾迎面扑来。而首先扑入笔者眼帘的就是——

一、格里高尔渴望恢复人形吗?

或许,这是个不成问题的问题。有学者在论著中谈到:"尽管明知变成人是不可能的,但格里高尔始终未放弃这场维持自我的战斗,即使肉体变形,心里仍然猛烈反抗,竭力想回复到人的位置。"[①]有学者在教材中解说:格里高尔"企图摆脱甲壳的束缚,恢复人的形体与能力,他的挣扎是无望的"。[②] 如此等等,大体相同的说法还可以在其他一些论及《变形记》的论著中找到。

但是,格里高尔真如这些论著所说的那样渴望恢复人形吗?细细地研读《变形记》,其中与此相关的描写主要有一处:当公司秘书进家,客厅里闹得沸沸扬扬,而变形成虫的格里高尔仍无法开门,父母已派人去请医生和锁匠之后,小说写道:

---

① 童志刚等主编:《融合与超越》,长江文艺出版社 1989 年版,第 278 页。
② 智量、房文斋主编:《外国文学》,华东师范大学出版社 1991 年版,第 314 页。

他觉得自己又重新进入人类的圈子,对大夫和锁匠都寄予了莫大的希望,却没有分清两者之间的区别。①

这里,确实有"重新进入人类圈子"和"希望"的字样。但是,进入人类圈子,并不等于恢复人形,主人公可以人形亦可以虫形进入人类圈子。而且,联系上下文来看,这里,"进入人类圈子"主要指打开门来到人群中。所以尽管格里高尔仍然是虫身,一旦知道人们已开始想办法帮他开门,便认定自己已经"重新进入了人类的圈子"。并且,卡夫卡似乎担心读者误读,特意在"对大夫和锁匠都寄予了莫大的希望"之后,强调他"却没有分清两者之间的区别",说明格里高尔并不认为大夫比锁匠能给他以更大的帮助。

不必专家学者特别指点,打开《变形记》后,读者首先会诧异于格里高尔处变不惊的态度。变形之初,格里高尔是那样的镇静自若,漫不经意,满不在乎。他静静地躺着,轻轻地呼吸着,不断地看着闹钟,观着天气,想着职业的种种可厌和老板的种种可憎,却并没有为自己的虫身惊惧、焦虑、愁闷。他甚至准备就以虫身来继续他的人生。小说写道,当不知内情的家人和公司秘书催促他上班,他好不容易翻下床准备开门时:

他很想知道,大家这么坚持以后,看到了他又会说些什么。要是他们都大吃一惊,那么责任就再也不在他身上,他可以得到安静了。如果他们完全不在意,那么他也根本不必不安,只要真的赶紧上车站去搭八点的车就行了。②

与这种不为虫身烦恼的态度相一致,在内心深处,格里高尔并没有急切地期望别人帮他摆脱虫形。小说在第14自然段写他无法调动无数细小的脚翻身下床:

忽然想起如果有人帮忙,这件事该是多么简单。两个身强力壮的人——他想到了他的父亲和那个使女——就足够;他们只需把胳膊伸到他那圆鼓鼓的背后,抬他下床,放下他们的负担,然后耐心地

---

① 卡夫卡:《变形记》,李文俊译,《卡夫卡小说选》,人民文学出版社1994年版,第48页。
② 卡夫卡:《变形记》,李文俊译,《卡夫卡小说选》,人民文学出版社1994年版,第47页。

等他在地板上翻过身就行了，一碰到地板他的脚自然会发挥作用的。那么姑且不管所有的门都是锁着的，他是否真的应该叫人帮忙呢？尽管处境非常困难，想到这一层他却禁不住透出一丝微笑。①（重点号为笔者所加）

在这段文字里，"他是否真的应该叫人帮忙呢？"是一个并不需要别人回答的反诘句。对此问题，主人公心中已有肯定的答案，他才会洋洋自得地"禁不住透出一丝微笑"。对这忍不住的"一丝微笑"，一千个读者可以有一千种解释，但可以肯定，这个因为并不想叫人帮助而引起的"微笑"后面绝没有恢复人形的迫切愿望。而后，当家人和公司都不得不面对他变形的事实，解除了他所担负的一切人生责任之后，他便把虫形人的生活明确地看成是"自己的新生活"了。

小说中大量的细节证明，格里高尔从来没有把恢复人形作为虫生的目标，去积极地行动、奋斗。而一些学者之所以断定他始终都在为恢复人形而挣扎，极可能出于这样一种逻辑推理：当一个凡人不幸地变成了一条虫之后，还能不渴望并努力恢复人形吗？这种逻辑无疑是极正确、极明晰、极理性的。但是，人们在作如是思考时，恰恰忽视了卡夫卡独特的美学追求——在荒诞中表现真实，而恰恰只有与理性相悖才构成荒诞。格里高尔在变形后反常悖理地并不渴望恢复人形，这正是卡夫卡刻意描绘出来的一个荒诞情境。而要正确解读格里高尔，走出《变形记》这座迷宫，就必须回答这样一个问题——

二、格里高尔为什么并不渴望恢复人形？

认真研读小说，我们不难发现，早在变形之前，主人公就已经陷入了身不由己的窘境。身为旅行推销员，他起早贪黑，疲于奔命，还时时处于老板的监控之中，没有任何个人行动的自由；以己之意，格里高尔早就想辞职不干了。但是，身为一个普通市民家庭的长子，为了挣钱养家，为了攒钱还清父亲的欠债，他只有强压己意，忍气吞声，卑躬屈膝地干这份差事。己为身役，心为形役，久而久之，格里高尔的"己"被"身"消弥了，心被形消弥了。他完全丧失了作为个人标志的种种独特品格。对于公司来

---

① 卡夫卡：《变形记》，李文俊译，《卡夫卡小说选》，人民文学出版社1994年版，第43页。

说,他不过是推销产品的工具;就家庭而言,他只是一部挣钱的工具;连他自己也早已弃绝了自己。他浑浑噩噩,机械般麻木冷漠地活着,没有理想,没有追求,没有爱好,没有个人意志,他的个性被消磨殆尽,他的精神世界一贫如洗,甚至连人的正常的生命意识也丧失了。当一个人发现个体生命处于危难之中——自己一夜之间突然变成了一只大甲虫,他应该何等惊惧,何等恐慌!他嚎啕大哭,他凄然狂叫,他呐喊求救……这种种行为举止或许并不"文雅",却确实发自生命的本源,是生命固有的活力的感性显现。而格里高尔一眼瞥见自己那穹顶似的棕色肚子和许多只正在舞动的细足,明知"这不是梦",却没有为此惊慌。他着急的是:已经迟到了,却无法调动变了形的身体从床上爬起来,而下不了床,影响了公司的生意,定会遭到老板的责骂,甚至被公司解雇。接下来发生的事情,证明格里高尔的担忧有充分的现实依据。7 点 10 分,秘书主任亲自上门来问罪了。当母亲说明格里高尔平时"只知道操心公司",而今天迟迟不起,"一定是病了"时,秘书主任的回答是:"我们这些做买卖的往往就不把这些小毛小病当成一回事,因为买卖总是要做的"。接着,他毫不客气地警告格里高尔:"经理今天早晨还对我暗示你不露面的原因是什么——他提到了最近交给你管理的现款",并且毫无事实根据地严厉指责格里高尔近来的"工作叫人很不满意","整整一个季度一点买卖也不做"。① 面对秘书主任的无理责骂,格里高尔一边为自己辩解,一边不惜弄伤身体,用嘴咬住钥匙打开了房门。他倚着门,顾不上自己受伤的虫身,向惊恐万状、准备逃走的秘书主任哀告:"好吧,我立刻穿上衣服,等包好样品就动身。你是否还允许我去呢?你瞧,先生,我并不是冥顽不化的人,我很愿意工作,出差是很辛苦的,但我不出差就活不下去。你上哪儿去,先生?去办公室?是吗?……请您千万不要火上加油。在公司请一定帮我说几句好话……"②

一个平时勤勤恳恳、努力工作的职员,偶然一天有病(变虫)不能上班,不但得不到公司和老板的关心、同事的问候,反而会无端被猜疑、被责骂,这是何等冷酷的世界!人在不幸变成了甲虫之后,不是为自己生命的灾变而惊悸、痛苦,却继续为会遭到上司责难、会丢失饭碗而恐惧万分。

---

① 卡夫卡:《变形记》,李文俊译,《卡夫卡小说选》,人民文学出版社 1994 年版,第 45—46 页。
② 卡夫卡:《变形记》,李文俊译,《卡夫卡小说选》,人民文学出版社 1994 年版,第 49—50 页。

这是何等悲凉的人生！

格里高尔并不渴望恢复人形。因为，作为人，他活得太沉重，太艰辛，太卑怯，太可怜。在生活的重压下，他早已丧失了人的尊严、人的个性和个体的独立性；早已丧失了生命固有的张力、旺盛的热情和绚丽的色彩；早已丧失了人生的意义、价值和乐趣。对于他来说，人形并不能给他带来人的幸福。因此，通过格里高尔并不渴望恢复人形这一荒诞情境，卡夫卡揭示了资本主义制度下人的生存窘态。

格里高尔并不渴望恢复人形。因为从本质上来讲，他由人变虫并不是在"一天早晨"突然发生的奇事，他早就活得像一条虫豸了。卡夫卡曾这样评价资本主义制度下人的生存状态：

> 人类回归到动物，这比人的生活要简单得多。他们混在兽群里，穿过城市的街道去工作，去槽边吃食，去消遣娱乐。这是精确地算计好的生活，像在公事房里一样。没有奇迹，只有使用说明、表格和规章制度。①

> 大多数人其实根本不是在生活，他们就像珊瑚附在礁石上那样，只是附在生活上，而且这些人比那些原始生物还可怜得多。他们没有能抵御波涛的坚固的岩石。他们也没有自己的石灰质外壳，他们只分泌腐蚀性的黏液，使自己更加软弱、更加孤独。②

格里高尔正是这"大多数人"中的一个代表。在那个令人难堪的"一天早晨"之前，他虽然堂而皇之地拥有一个人形，但他的生活早已蜕变成了"虫生"，他的内心早已蜕化成了"虫心"。虫心为何要渴望恢复人形呢？国内学术界有一种比较流行的看法，认为卡夫卡"借助格里高尔由正常人变为甲虫这一荒诞情节，寓言式地揭示了这样一个人生哲理：人一旦失去了谋生的机会、手段与能力，一旦得不到任何理解、信任与同情，陷入恐惧、孤独与绝望之中，即异化为非人，实质上完全无异于一只甲虫"。③笔者认为，这个结论固然不错，却不够深刻。卡夫卡的深刻之处恰恰在于，通过格里高尔并不渴望恢复人形这一荒诞情境，揭示出在资本主义制度

---

① 古斯塔夫·雅努施：《卡夫卡对我说》，赵登荣译，时代文艺出版社1991年版，第17页。
② 古斯塔夫·雅努施：《卡夫卡对我说》，赵登荣译，时代文艺出版社1991年版，第61—62页。
③ 智量、房文斋主编：《外国文学》，华东师范大学出版社1991年版版，第314页。

下,人的异化,不是偶然飞来的横祸,而是一种躲藏在日常生活之后的普遍现象;不是从外到内的突变,而是从内到外的一种蜕化过程。总之,人的谋生手段和方式使人异化为非人,而不仅仅因为两个"一旦",人才"完全无异于甲虫"。

格里高尔并不渴望恢复人形,还因为"虫形"恰恰是对于悲凉人生的一种逃遁。当雅努施说起英国作家加尼特的小说《妻子变狐记》模仿了卡夫卡的《变形记》时,卡夫卡回答说:"啊,不对,他不是从我这里抄取的。原因在于我们的时代。我们两人都是从时代那里抄来的。比起人,动物离我们更近。这是铁栅栏。与动物攀亲比与人攀亲更容易"。①他还说:"每个人都生活在自己背负的铁栅栏后面,所以现在写动物的书这么多。这表达了对自己的、自然的生活的渴望,而人的自然生活才是人生。可是这一点人们看不见。人们不愿看见这一点,人的生存太艰辛了,所以人们至少想在想象中把它抛却。"②格里高尔的情形正是这样。借着虫形,他抛却了老板的威逼、职业的压力和生活的重负;借着虫形,他才能偷得浮生几日闲,静下心来反思自己和人生。或许,正因为这样,格里高尔在变形之后才会露出那怪异的"一丝微笑",才会把虫形人生看成是"自己的新生活"。总之,卡夫卡的主人公有充分的理由并不渴望恢复人形。那么——

三、格里高尔究竟渴望什么呢?

囚徒渴望人身自由,而具有人身自由的人不需要再去追求人身自由。人总是渴望得到自己所欠缺的东西。格里高尔渴望的是一个真正的人应该拥有的生命意识和个性自我。认真研读作品,我们不难看到,卡夫卡细腻地描绘了格里高尔自我苏醒的过程。

尽管卡夫卡的叙述方式与巴尔扎克、托尔斯泰大相径庭,但是,《变形记》仍然是以主人公的性格发展为结构依据的。小说共三章。第一章描写格里高尔变形时刻,亦即他命运和性格发展的第一阶段。这时,我们从文本中解读到的是一个克己为家、精神空虚压抑,在职业的重压下苟延残喘、逆来顺受,完全丧失了自我的弱者形象。第二章描写格里高尔变形之

---

① 古斯塔夫·雅努施:《卡夫卡对我说》,赵登荣译,时代文艺出版社 1991 年版,第 16—17 页。
② 古斯塔夫·雅努施:《卡夫卡对我说》,赵登荣译,时代文艺出版社 1991 年版,第 17 页。

初,亦即他命运和性格发展的第二阶段。此时,他终于从职业的重压下解脱出来,却陷入了家庭的重压之中。这种压力一方面来自家人对他的嫌弃;另一方面,并且是最主要的方面则来自于他对家庭的负疚。本来,一个一直担负着家庭经济重担的成员一旦倒下来,完全有资格期待家人的回报和关心帮助,也完全有理由对家人的嫌弃产生愤怒不满。而格里高尔面对家人的嫌弃,非但没有哀怨,相反只有内疚自责。或许,在潜意识中,这个从来就循规蹈矩的人觉得自己平生第一次鼓足勇气玩了一个恶作剧——变形成虫。这个恶作剧使他个人终于摆脱了职业的牢狱,却使家庭陷入生存的危机。因此,他一面乐而忘形地享受着这一"壮举"带给自己的实惠;一面为家庭的生计焦虑如焚,同时又小心翼翼地注视着家人的眼色,处处摆出自知闯祸的姿态,并为自己的恶作剧而羞愧自责。在此,我们解读到的是一个内疚忍让、关心家庭胜过自己,却又企图通过变形来挣脱社会的羁绊,寻求失落的自我生命意识的格里高尔。第三章描写身受重伤,背上嵌着烂苹果的格里高尔。这只苹果砸伤了他的身体,也砸醒了他的自我意识,他进入生命发展的第三阶段,思想性格发生了显著的变化。首先,他摆脱了对家庭的负疚感。父亲的凶狠,母亲的懦弱,妹妹最终的无情,使他终于领悟到,不但社会是一所牢狱,而且家庭也是一所牢狱。他不复为家人担忧,亦不再羞愧自责,并且对家人嫌弃自己的行为产生了义愤。其次,他开始把关注的焦点转向自我。在这之前,他满脑子装着家庭的利益和他人的感受。而今,他越来越注意考虑自我存在的需求,越来越不在乎别人的意见。再次,他终于在冥冥中产生了寻求的冲动——寻求能使自我生命充盈的养分。听到妹妹演奏的小提琴乐曲,"他觉得自己一直渴望着某种营养,而现在他已经找到这种营养了"。① 他终于明白,他需要音乐来救赎自我生命。他不顾一切地爬向正在拉琴的妹妹。在这里,音乐代表着超然于世俗生活的生动美妙的精神世界,也代表着人应该具有的超然于其他一切生物的创造力、生命力和独特的个性。格里高尔是一个小人物,但他并不缺乏巴施马奇金(果戈里《外套》中的人物)视之如珍宝的那件外套。作为20世纪的小人物,他缺乏的正是这种音乐,正是人应该拥有的活泼的生命力、鲜明的个性自我和多彩的精神生

---

① 卡夫卡:《变形记》,李文俊译,《卡夫卡小说选》,人民文学出版社1994年版,第77页。

活。对于音乐的追求，表明了格里高尔再构自我生命的一种企盼。然而，自我生命的再构是一种自我把握，也是一种自我放逐；是一种前进，也是一种中断；是一种创造，也是一种瓦解；是一种更新，也是一种葬送。况且，人的自我生命是不可能在甲虫的躯壳里再构的。因此，格里高尔的追求注定是要失败的，他的生命之火还没有燃烧起来就彻底熄灭了。

追寻主人公生命的踪迹，我们看到，失却"人形"之前，格里高尔并不认识自己，不认识自己的孤独、怯懦和空虚，也不了解自我的匮乏和需求。只有失却"人形"之后，他才跳出了灰色而没有个性的职业机器的行列，跳出了平庸的物化的世俗生活流，他才被抛回到"自我"，学会用自己的眼睛来审视这个世界，用自己的头脑来反思生活。一句话，只有失却"人形"之后，他才变成了"人"。因此，我们不妨把"人形"看成一种象征，一种身不由己、平庸琐碎、无意义、无价值的日常生活方式的象征，一种虽生犹死、令人绝望的社会化生存状态的象征。失却"人形"，既是格里高尔潜意识中的一种企盼，又是他对社会对现实的一种抗争。然而，形之不存，神将焉附？身之不存，己将焉附？格里高尔的这种抗争不过是一种怯懦的自焚式的抗争。卡夫卡的绝望也正在于此：身不由己地活着，虽生犹死；而身由己意则无法存活。在格里高尔或者说在卡夫卡的世界里，现代人已经丧失了可供自我生命栖息的家园。"目标只有一个，道路却无一条；我们谓之路者，不过是彷徨而已。"①

---

① 卡夫卡语，转引自叶廷芳：《现代艺术的探险者》，花城出版社1986年版，第103页。

《变形记》与《金驴记》对读札记

弗兰茨·卡夫卡,西方现代派文学的祖师,20 世纪文学星空一颗流光溢彩的巨星。他的短篇小说《变形记》引起了人们广泛而持久的关注。相比之下,《金驴记》(又译为《变形记》)的作者阿普列尤斯却一直被我国评论界冷落。这或许因为他老是不合时宜:在人们普遍重视欧洲古典文学的年代,他的作品尽管古典,却没有走在现实主义的康庄大道上;而到了多元化的文学格局终于得到人们普遍认同的时代,西方现代文学已经成为了人们关注的热点,这位公元 2 世纪罗马作家的作品又失之于古典。但是,犹如研究欧洲戏剧不能不研究埃斯库罗斯一样,探索欧洲小说不能不探索阿普列尤斯。因为,我们必须面对这样的事实:他的代表作《金驴记》是欧洲第一部散文体长篇小说。

两位大师,一位被誉为"欧洲小说之父",开创了欧洲古典小说的先河;一位是公认的"现代主义文学之父",领引着西方现代小说的新潮流,而他们的代表作都描写人的变形。历史为什么会出现这样惊人的相似?对《变形记》和《金驴记》进行比较分析,或者能帮助我们探寻到些许文学的底蕴。

一、古典与现代在变形中聚合离散

(一)横向拓展与纵向开掘

描写人的变异,这并非阿普列尤斯的发明,更不是卡夫卡的独创。变形是最古老、最原始的艺术思维方式和艺术表现方式之一。世界各民族童年时代的神话传说中有不少杰出的变形艺术之作。早在公元 1 世纪,阿普列尤斯的老前辈,罗马诗人奥维德就从古希腊罗马神话中精选出250 个变形故事,汇编成一部闻名遐迩的诗体故事集《变形记》。这些故事中的人物无一不变成动物、植物或者星辰、顽石等。毫无疑问,阿普列尤斯的《金驴记》受到了奥维德这部名著的影响。然而,文学史上任何一部传世杰作的价值都不在于模仿,而在于独创,在于它对世界文学宝库的新的奉献。那么,阿普列尤斯的《金驴记》与他的前辈创作相比,有什么独特之处呢?

原始神话民间故事中的变形源于原始人"万物有灵"的宇宙观,代表了原始人对于人事与自然所作的一种道德价值判断和一种善恶因果的天真解释。痴情女子阿尔库俄涅为死于海难的丈夫殉情跳海后,便和丈夫的尸体一起变成纯洁美丽的海鸥,永远相伴着飞翔在大海上;巧女阿拉克涅敢于与智慧女神比试纺织技艺,她虽然胜利了,却因不敬神和傲气而受罚变成蜘蛛永远挂在一根线上愤怒地纺织着;王子帕里索误杀了圣鹿,太阳神把他变成了一颗高雅的柏树,以成全他永远为圣鹿哭泣的心愿;纳尔戚斯孤芳自赏,顾影自怜,于是变成了河边的水仙花……在这些原始的变形故事中,人的变异,是一种结局,是造物对人事的一种最终的裁判,也是作者对读者的一种训诫。

阿普列尤斯打破了这种艺术格套。阿普列尤斯的《金驴记》描写在罗马帝国时期,有一位名叫卢齐伊的贵族青年,醉心于魔法,来到以巫术名扬四海的塞萨利亚地区,暂住一个友人家中。他听说女主人是一个法力超群的女巫,便设法与她的贴身女仆福吉达结为情侣。在福吉达的帮助下,卢齐伊终于窥见到女主人随心所欲地变成一只猫头鹰,展翅飞向远方。当卢齐伊得知只需少许草药,便能恢复人形后,激动万分地恳求福吉达让他尝尝变形的滋味。谁知,福吉达在仓促之中,拿错了药膏,使本想翱翔夜空的卢齐伊变成了一头毛驴。更为不幸的是由于命运的作弄,毛驴没能即时恢复人形,只是始终保持着人的智慧、感觉、心理和情感,成了一个名副其实的驴形人。驴形人饱经沧桑,历经磨难,最后在伊吉达女神的帮助下,脱掉驴皮,恢复人形,并从此皈依教门。在这里我们看到,变形不再是故事的结局,而是情节展开的契机;不再是人物行为的结果,而是人物性格进一步发展的动力。因此,如果说原始变形故事述说的是人变形的遭遇,那么,阿普列尤斯描绘的则是变形人的遭遇。

阿普列尤斯作这样一种艺术革新,意在寻求一种新的审美视角,并从这种新的审美视角中获得独特的观察角度和描述角度。由于面对的是一头驴子,每个人都是想干什么就干什么,想说什么就说什么,无须掩饰什么,于是,驴形人便可以亲眼见到、亲耳听到人们最隐秘的言行,了解到各种社会现象的内幕。同时,在当时等级森严的奴隶制度下,人们几乎一生下来就注定只能与社会的某一个阶层的成员生活在一起,鲜有人能亲身体验到社会各阶层的生活。而驴形人则可穿过社会的藩篱,不受门第的限制。作家可以按照自己的创作意图,随心所欲地让驴形人颠沛流离于罗马各地,相继服役于强盗、牧马人、宗教骗子、磨坊主、菜农、兵痞、厨奴、总督等。这样,通过变形人丰富的经历和广博的见闻,小说成功地塑造了三教九流,形形色色的人物,真实可感地描绘出不同社会阶层五光十色的生活画面,反映了广阔复杂的社会生活。阿普列尤斯从变形中获取了极大的创作自由。

大凡富于创新的成功之作,都不乏追随、模仿和师从者。阿普列尤斯的《金驴记》问世后,在西方,不仅有不少模仿之作,就连薄伽丘、莎士比亚、伏尔泰、普希金、巴尔扎克等大师们也从中汲取灵感;在东方,仅据刘以焕先生的考证,它不仅直接影响了印度文学,并且成为阿拉伯《一千零一夜》中"白第鲁·巴尔睦太子和赵赫兰公主"的故事以及我国唐代《幻异志》中"板桥三娘子"等故事的母题。那么,卡夫卡的《变形记》是否受到它的影响呢?虽然没有资料证明卡夫卡直接受益于阿普列尤斯,但我们也不能断定他未曾读过阿普列尤斯这部在西方流传很广的经典名著。而当我们对读这两部作品时,就不难看到,在基本构思上,与阿普列尤斯一样,卡夫卡也对主人公作了形变生理变而人心不变的艺术处理。卡夫卡的《变形记》描写一天早晨,旅行推销员格里高尔·萨姆沙从不安的睡梦中醒来,发现自己躺在床上变成了一只巨大的甲虫。变虫后,他具有了甲虫的一切生理特点,但仍保持着人的内心世界。他深感歉疚地看到他的变形给家庭带来的种种不幸,悲伤地咀嚼着他人的嫌弃,最后终于绝食而亡。卡夫卡为什么要塑造这样一个虫形人呢?他说:"艺术家试图给人以另一副眼光,以便通过这种办法改变现实。"①可见,卡夫卡描写变形人的意图同阿普列尤斯也完全一样:寻求新的审美视角。而当我们进一步追问,他们寻求新的审美视角要达到怎样的艺术宗旨时,更可以看到他们之

---

① 德·弗·扎车斯基:《卡夫卡和现代主义》,洪天富译,外国文学出版社1991年版,第52页。

间的巨大差异——

阿普列尤斯寻求新的审美视角的主要目的在于从横向拓展,以增加艺术反映现实生活的广度。而卡夫卡的主要目的在于从纵向开掘,以增强艺术表现生活的深度。他认为,"真正的现实总是非现实的",①原原本本地"摹写"客观世界外象毫无意义,"照相把目光引向表层。这样,它通常就模糊了隐蔽的本质"。② 只有"给人另一副眼光",把现实加以变形,才能做到透过现实表面的"覆盖层",窥见真实的本质。

由于艺术宗旨相异,两位大师用变形的方法对主人公的处境作了方向完全相反的限定:

首先,阿普列尤斯把本来养尊处优的卢齐伊变成一头在命运的鞭子下不得不到处奔波的驴子,让相对静止的主人公变成流动不已的驴形人;而卡夫卡把一个本来整天坐着汽车、火车满世界奔忙的旅行推销员变成一只足不出户、整天被关在屋子里爬来爬去的甲虫,把本来流动不已的主人公变成一个相对静止的虫形人。驴形人尽管丧失了语言能力,但却获得了比人更强的奔跑能力,于是他行动着,到处去看世界、听世界;而卡夫卡的虫形人既丧失了语言能力,无法与人沟通,又丧失了行动能力,无法再去观察充满活力的外部世界,于是,除了内心体验和思想,他一无所能,一无所有。这使作家可以把笔锋完全投向人的内在宇宙,集中描写人物"想什么"和"怎么想",对人的深层情感结构进行探索。

其次,阿普列尤斯把本来让人服侍的贵族公子变成一个不得不受役于人的驴,而卡夫卡则把本来服务于人的家庭主劳力变成不得不仰仗家人喂养的甲虫。变驴,使阿普列尤斯的主人公由主子变成奴隶。这是一种社会角色的逆变,这种逆变并没有超出常规的现实关系。因为,不管是在阿普列尤斯所处的时代,还是在卡夫卡生活的社会现实中,驴都具有供人奴役、使用的价值,人和驴之间本来就有着共存关系。但甲虫则不然,它对于人一无所用。在一般正常的情况下,谁都可能喂养一头驴,但谁都不会喂养一只甲虫。人与甲虫之间从来就没有共存关系。因此,变虫,使卡夫卡的主人公彻底脱离了常规的现实世界。而一旦脱离了常规,现实中人与人之间原有的那一层温情脉脉的社会关系和家庭关系的面纱也就

---

① 古斯塔夫·雅努施:《卡夫卡对我说》,赵登荣译,时代文艺出版社1991年版,第173页。
② 古斯塔夫·雅努施:《卡夫卡对我说》,赵登荣译,时代文艺出版社1991年版,第163页。

毫不留情地在他面前飘落下来；他失去了职业、同事、朋友；父亲用苹果砸他，用脚踩他；母亲一瞥见他就会吓得昏倒；妹妹一连几天忘了给他送饭。最后，他终于被抛弃，在孤独和饥饿中悄然死去。也许，虫形人临终时充分领悟了卡夫卡于 1921 年 10 月 21 日写下的这段话："一切都是幻想，家庭、职务、朋友、街道，这一切均是幻想，若明若暗的幻想，所有的一切，甚至是妻子，都是幻想；你就像用头碰击紧锁的牢房的墙壁，这就是赤裸裸的真实。"①是的，这就是"原子化"的现代社会现实：正常的社会关系和家庭关系以金钱为纽带、以互相利用为沟通方式，建立在共同利益的基础之上。当个人对他人不再具有利用价值时，个人与他人之间的亲密关系也会随之松散、消失。假如格里高尔一夜梦醒发现自己像卢齐伊那样变成了一头仍具使用价值的驴，那么，他的命运很可能也和卢齐伊一样：历尽磨难，九死一生，最终却并没有被抛弃掉。当然，这样一来，这部小说也就不再是卡夫卡式的小说，格里高尔也就不再是卡夫卡笔下的人物。卡夫卡的独创之处，恰恰就在于他让格里高尔变成了一只一无所用的大甲虫。而这个虫形人虽然没有再遇到任何称得上风险的事件，却必不可免地被他人抛弃。借虫形人的故事，卡夫卡深刻地指出：日常所见的文雅礼貌的社会关系不是真实的，日常所见的亲密友爱的家庭关系也不是真实的，维系家庭的纽带并不是家庭的爱，而是隐藏在财产共有关系之后的私人利益。这里，我们看到了阿普列尤斯与卡夫卡的巨大差异：前者让他的主人公在常规的现实关系网络之内变形，以便借着驴眼来观察广阔的社会生活，摹写五光十色的大千世界；而后者则用变形的手法打破人与人、人与社会的常规关系网络，剥去现实表面的覆盖层，力图窥见它底下的真实，力图去探求现实的深层结构和人生的深层奥秘。

最后，阿普列尤斯笔下的变形是一个双向互动的过程，人变成了驴，驴又还原为人。从中，我们可以领略到一种古朴意义上人与自然合一的乐观主义。卡夫卡描写的变形却是单向度的，人一旦变虫便进入了永劫。从中，我们强烈地感受到现代人的悲观无奈。

（二）浪漫主义与怪诞现实主义

变形既是这两部小说的思想内容，又是其艺术形式。两部小说都运

---

① 德·弗·扎车斯基：《卡夫卡和现代主义》，洪天富译，外国文学出版社 1991 年版，第 70 页。

用变形的手法来描写和表现现实生活,都具有把现实与怪诞糅合在一起的特征。但由于两位大师不同的艺术处理,两部作品呈现出完全不同的艺术风貌。

阿普列尤斯的《金驴记》描绘了现实与怪诞两个界限分明的世界。向往巫术而又放荡不羁的贵族公子卢齐伊;腰缠万贯却一毛不拔的米老内;打家劫舍、杀人如麻的强盗;欺凌老渔夫的治安官;淫荡下流的街头骗子;中饱私囊的祭司……这些人物和他们日常生活的细节与环境构成了栩栩如生的现实世界。在这个世界中,人们吃喝拉撒、喜怒哀乐、生老病死,一切都遵从现实的法则。同时作家把卢齐伊变驴作为贯穿小说的中心事件。在这一事件的前前后后,作家还穿插了一系列涉及巫术魔法的小故事。于是,读者看到了一个与现实世界完全不同的怪诞世界。这个世界由女巫们主宰着,她们可以让自己变成飞鸟,也可以把他人变成公山羊、癞蛤蟆以及别的东西。她们甚至可以摘掉星星,遮住月亮,抬起大地,点泉成石,化山为水,让阴魂升入天国,将神灵贬进地狱,"使江河迅速倒流,大海慢慢凝滞不动,风儿不再呼啸,太阳停止运行"[①]。借助于魔术、魔法、药膏,人们可以自由地或者被迫地出入于两个世界之间。这便是主人公生活的魔幻背景,在这样一个魔幻背景中,卢齐伊变驴也就成为了合乎逻辑的必然。此外,阿普列尤斯还不惜大量笔墨在小说中叙述了关于普苏克与丘比特的神话,并着意安排了伊吉达女神帮助卢齐伊恢复人形的并教导他皈依宗教的结局。这一切,使小说呈现出令人眼花缭乱的浪漫主义风貌。

在卡夫卡的《变形记》里,读者只能看到一个现实世界。尽管作家也把主人公变形作为贯穿小说的中心事件,尽管这一事件确凿无疑地属于怪诞的范畴,但是,没有女巫,没有神魔,不存在一个怪诞世界。公司秘书主任对格里高尔的无端揣度、无理责骂是现实的;父亲的凶狠、母亲的懦弱、妹妹的最终无情是现实的;房客的嫌弃是现实的;被封闭在甲虫躯壳中格里高尔的内心活动是现实的;虫形人的悲惨命运更是充分现实的。格里高尔变形没有魔幻的背景,毫无逻辑可言。卡夫卡把怪诞揉进了日常生活之中,放进了平庸普通的现实环境里。在他的笔下,怪诞与罗曼蒂

---

① 阿普列尤斯:《金驴记》,谷启珍、青羊译,北方文艺出版社 2000 年版,第 3 页。

克无缘;怪诞不在现实的彼岸,不在神秘魔幻的氛围内,恰恰就在寻常人家的寻常生活之中。卡夫卡对现实的怪诞性有着极其深刻的感受,他创造性地把幻想、怪诞从浪漫主义的田园里移植到现实主义的土壤中。他的《变形记》呈现出独特的怪诞现实主义风貌。

二、从"驴形人"到"虫形人"的文化哲思

阿普列尤斯《金驴记》中的"驴形人"和卡夫卡《变形记》中的"虫形人",一个生活在古罗马广褒的大地上,一个居住在现代大都市狭小的公寓里,却遭遇了相同的变形之灾。变形后,"驴形人"和"虫形人"都有了动物的生理特征:"驴形人"像驴一样嘶叫奔跑,咀嚼青草;"虫形人"则像虫一样爬行,嗜好腐烂的食物。而在精神上,他们却仍然是人,仍然具有人的思维能力、情感方式和心理特征。

(一)感性的"驴形人"和理性的"虫形人"

面对同样的变形之灾,"驴形人"和"虫形人"的心态和命运却大相径庭。灾难突发之时,"驴形人"狂暴不已,并立即把满腔愤怒倾泻在无意中制造了这个悲剧的福吉达身上,恨不得杀死她,但理智又叫他暂时忍受,因为如果将福吉达置于死地,他将失去任何救助与求生的希望。而"虫形人"一觉醒来发现自己变成了一只大甲虫后,却是惊人的平静与麻木:"我出了什么事啦?"他首先平静地自问。接着便以相当闲适的态度把他熟悉得不能再熟悉的卧室仔仔细细地打量了一遍,尔后得出一个确凿的结论:"这可不是梦"。但这个结论并没有使他变得慌乱,他的眼睛又转向窗外:"天空很阴暗……可以听到雨点打在窗槛上……他的心情也变得忧郁了。"[①]这里,作者明白无误地点出:他心情忧郁,却并非由于变形,而是由于天空阴暗又下着雨。接着他懒懒地想再睡一会,于是,去寻找一个舒服的睡姿,试了至少一百次,终因控制不了虫体而作罢。

变形后,由于命运的捉弄,卢齐伊没有能及时复形。为此,他焦急如焚,苦恼万分。摆脱驴皮,恢复人形,回归现世社会生活,始终是他最大的希望和奋力追求的目标。而且,阿普列尤斯也给他提供了达到目标的现实可能——只要咬一口玫瑰花,便可脱离驴体。他能否如愿,成为贯穿这

---

① 卡夫卡:《变形记》,李文俊译,《卡夫卡小说选》,人民文学出版社1994年版,第38页。

部小说的一个最大的悬念,紧紧地牵动着读者的心。而格里高尔变形后仍然在为人生焦虑。他最为惊恐的不是已经变成虫,而是没能按时上班,不能继续担起家庭的重担。对他来说,虫身不比人生更值得担忧。此后,尽管他尝尽了变形之灾的苦涩,却从没有明确地把恢复人形作为自己追求的目标,更没有为之进行过任何积极的斗争。必须恢复人形,对于卢齐伊来说,是不容置疑、简单明白的真理;而是否应该恢复人形,则成了格里高尔心中的一个疑团。

两个不同心态的变形人经历了不同的命运。

本来养尊处优的卢齐伊变成一头驴子后,不得不在命运的鞭子下到处奔波。他颠沛流离于罗马各地,相继服役于强盗、牧马人、宗教骗子、磨坊主、菜农、兵痞、厨奴、总督等,并多次陷入被宰杀的绝境。但是凭着恢复人形的强烈愿望,他在驴生的茫茫苦海中,熬过了九灾十八难,终于到达胜利的彼岸——在女神伊吉达的帮助下摆脱驴皮,并皈依教门。

而格里高尔这位本来整天坐着汽车、火车满世界奔忙的旅行锥销员变成甲虫之后,则只能整天在屋子里爬来爬去,开始了躲进小屋成一统的"宁静"生活。尽管远离自然和社会的风霜雨雪,尽管远离危及生命的惊情险境,但是他深感歉疚地看到自己变形给家庭带来的种种不幸,悲伤地咀嚼着他人的嫌弃,最后终于绝食而亡。

不同的心态和命运源于不同的生命形式。

卢齐伊是一个逃离家庭的人,他不仅始终都在旅途中,而且精神上背离家庭。他的旅居地塞萨利亚,本是母亲的故乡。但是,到此之后,这位富家公子不住姨母碧莲娜的豪华大宅,却偏偏由着朋友引荐住进了一个素不相识的吝啬鬼的茅屋。透过这异常的举动,我们可以解读到主人公生命形式的一个重要方面——逃离家庭,追求主体的独立和自由。独在异乡为异客,这种被我国古代文人反复悲叹的境况,却正是这位罗马青年所刻意追求的。对于他来说,独在异乡为异客,意味着一种无往而不在自由中的人生境遇。这种境遇,帮助他逃脱了族法家规父母兄长之控制,使他有可能真正地跟着感觉走,潇洒走一回。

格里高尔是一个附着家庭的人。他不仅始终都蛰居在家中,而且始终心系家人。变形之前,他一人独自挑着家庭的经济担子,起早贪黑,忍辱负重,从不敢有一点松懈。变形后,他既为自己不能继续供养父母妹妹而羞愧负疚,自责不已;又为家人的生计和家庭的前途焦虑得食不甘味,夜不能寐。而当他明白自己已经成为家庭的灾难时,便怀着对家人的温柔和爱意,毫不犹豫地消灭了自己。对于格里高尔来说,家庭便是他存在的意义和价值。

作为一个逃离的人,卢齐伊把满足个体生命的欲求视为人生目标。他所追求的自由归根结底就是满足生命欲求的自由。卢齐伊的生命欲求主要表现为强烈的情欲和求知欲。他好色贪欢,旅居塞萨利亚的第二天,就跟同样是欲火炎炎的福吉达海誓山盟,耳鬓斯磨。此后更是放浪形骸,纵欲无度。即使变驴后,他仍然保持着旺盛的情欲。如小说卷六描写他驮着一位年轻漂亮的姑娘逃命,一边以一种堪与一匹马相比的速度,使劲用四只蹄子敲击地面,一边瞅空向女子致以亲昵而又轻柔的嘶叫声,同时,还伴装想挠一挠背上的痒,老是扭过脖子舔一舔她的漂亮的小脚。除了无法遏制的情欲之外,卢齐伊还有着同样无法遏制的求知欲。他乐于知道一切,爱打听新鲜事儿,生来就喜欢迫不及待地了解一切稀奇古怪之事。他之所以追逐福吉达,一方面是因为欲火中烧,另一方面也为了通过福吉达来接近女巫潘菲拉,以便窥探魔法的奥秘。而当他终于偷窥到潘菲拉变成一只猫头鹰飞入夜空的全过程之后,立刻激动万分地恳求福吉达帮助他变成飞鸟。尽管误变成毛驴,历经磨难,他却痴心不悔。他曾自白:在地狱般的驴生中,唯有自己的生性好奇,能给他带来一点点消遣:因为,在他的眼前,每个人都是想干什么就干什么,想说什么就说什么,根本无所顾忌。卢齐伊这种虽九死一生也不改的好奇心正是人类固有的求知欲的体现。

作为一个附着的人,格里高尔丧失了个体的生命欲求和生命意志,丧失了作为个人标志的种种独特品格。他没有个人的爱好和需求,只关心家人的利益。变形前,他除了养家,还决心另筹资金送妹妹进音乐学院;变形后,在大白天,考虑到父母的脸面,他不愿趴在窗子上让人家看见,为了不吓着家人,他情愿挨饿,情愿钻进使自己呼吸非常困难的沙发底下;最后,为了家人的利益而牺牲了自己。他没有个人的思维、感受,只考虑他人的看法:"要是他们都大吃一惊,那么责任就再也不在他身上……如果他们完全不在意,那么他也根本不必不安。"①他没有个人的理想,只想

---

① 卡夫卡:《变形记》,李文俊译,《卡夫卡小说选》,人民文学出版社 1994 年版,第 47 页。

着家庭的前途。他变形之初,连父母的心思都"已经完全放在当前的不幸事件上,根本无法考虑将来的事"。可是格里高尔却考虑到了:"一定得留住秘书主任……他一家人的前途全系在这上面呢!"①他甚至没有真正属于个人的快乐和痛苦:变形之前,他只为能当着惊诧而又欢乐的一家人的面,把亮晃晃的圆滚滚的硬币放在桌子上而快乐;变形之后,他只为会遭到上司的责难、会丢失饭碗而恐惧万分,却不曾为自己的生命灾变而惊悸。这说明他连人的起码的生命意识也丧失了。

充满生命欲求的卢齐伊总是主动向命运挑战,以进攻的姿态在人世间碰撞冲突,寻求生存的价值。他野性而强悍,感情粗犷,思想轻松,精神乐观,行为果敢,具有强烈的冒险精神和自主自卫能力。他曾经勇敢地用剑刺杀了三个准备破门而入的强盗(尽管实际上是三具人形皮囊,但卢齐伊是当真人来拼杀的);变形后,他被人归于劣畜一族,在漫长险恶的驴生中,他一次次对来犯者暴烈地撅起屁股,扬起后蹄狠踹;一次次在生死关头憋足劲儿,挣断绳子,然后撒开四条腿夺路而逃。

无欲无求的格里高尔善良软弱、安分守己,在生活中保持着隐忍顺从的姿态,甘受命运捉弄。对于旅行推销员这份整天疲于奔命、受人钳制的差事,他早就想辞职不干了,但是为了养家还债,他一直谨小慎微、兢兢业业地履行职务,一直在老板面前忍气吞声、卑躬屈膝地小心做人。横遭变形之灾后,他首先作出的决定就是必须静静地躺着,用忍耐和极度的体谅来协助家庭克服他在目前的情况下必然会给他们造成的不方便。于是,他一声不吭地忍受着饥饿、肮脏、隔绝、孤独;忍受着因得不到医疗致使他一个月不能行动的重伤;忍受着家人的冷漠无情和他人的嫌弃,直至生命的终结。

总之,卢齐伊的生命形式是充分感性的,他尽情地张扬了固有的生命力,代表着赤裸裸的人的本能世界。格里高尔的生命形式是充分理性的,生命所有的原动力在他身上似乎都已经萎缩了,他代表了过分成熟的理性世界。

(二)具有丰富的意蕴的形象符号

尽管卢齐伊和格里高尔有着完全不同的生命形式,但是当我们对这

---

① 卡夫卡:《变形记》,李文俊译,《卡夫卡小说选》,人民文学出版社 1994 年版,第 51 页。

两个形象的内涵作深入探讨时又不难发现，在这两个看来截然相反的形象身上，蕴涵着两位艺术大师对民族精神、时代精神的深刻自省，对人生意义的追问，对人类命运和生存状态的终极关怀。"驴形人"和"虫形人"，这是两个具有丰富的意蕴和高度概括性的形象符号。众所周知，古罗马文化是对古希腊文化的直接继承。古希腊文化精神的一个重要组成部分就是肯定人的原欲，张扬发泄人的原始情欲的酒神精神。继承古希腊文化的罗马贵族则进一步把酒神精神演绎成了奢华、颓废、淫荡、堕落的风尚。卢齐伊集中体现了古罗马人自由奔放、躁动不安、张扬自我、耽于享乐、放纵欲望的个性气质。在他身上，展示出充沛的生命激情，具有一种流溢的跳腾的气势，却又喷发出过于浓厚的与文明相悖的兽性气息。从某种意义上来看，这种人生原本就是一种人形驴生。借着"驴形人"，阿普列尤斯表达了对于民族性格的隐忧。阿普列尤斯手稿的书名："Apulei Madaurensis Metarnorphoseon"直译为《马达多拉城的阿普列尤斯的变形记》。公元 5 世纪，基督教著名思想家、文学家奥古斯丁将书名改为《金驴记》。其修饰语"金"的涵义为最优良的、奇美的，即告诉读者这是关于一匹优良美好的驴子的故事。奥古斯丁对这部小说的垂青决非偶然。阿普列尤斯的"驴形人"隐含着鲜明的宗教戒律。与《圣经》中的人类始祖亚当一样，卢齐伊也是由于求知和纵欲这两大罪恶而受到了命运女神的严厉惩罚——被打入尘世人生的苦海之中。人类认识必须用理性精神约束自我、约束原欲的过程是一个痛苦的过程，一个经肉身苦修和由此产生的内省的痛苦的过程。在这个意义上，驴体，就是卢齐伊的炼狱。当他终于恢复人形时，阿普列尤斯借祭司之口总结了卢齐伊的人生：

卢齐伊，你听着！命运之神使你饱经苦难，历尽沧桑，然而风暴过后，你终于来到了宁静的港湾和仁慈的圣坛。无论是你高贵的门第，还是你养尊处优的地位，抑或是你受过的教育，都未能使你得益受恩，因为你青年时代放浪形骸，沦为无度肉欲的奴隶，而你那致命的好奇心使你备尝险恶的报应……如今你已处在另一个命运女神的保护下……让那些不信神的人们看看吧，让他们觉悟到自己的迷惘吧！看哪，是伟大的女神伊吉达救他脱离苦海的，卢齐伊正在欢庆战胜邪恶的命运女神的胜利！但是，为了使自己变得更有信心和坚强，你必须加入我们神圣的行列，因为不久前，你曾发过宏誓要加入这个教会，这样你就可以效命我们的女神，并自愿履行其清规戒律。一旦你开始效忠女神，你就能充分享受自由的伟大果实。①

亚当的罪孽之大，不但使他自己被逐出乐园，而且殃及他的子孙万代——整个人类，而他本人也没有向上帝认错、改错进而获得救赎的机会。卢齐伊则经过炼狱，终于领悟到：人生扑朔迷离，需要受到清规戒律的指引。他终于皈依上帝，并且，这个上帝不是别人，恰恰是来自东方的女神。这里，隐含着阿普列尤斯对民族精神、时代精神以及人类生存状态的深邃哲思和惊人洞见。阿普列尤斯去世（公元 180 年左右）后，公元 392 年，狄奥多西颁布了"禁止一切异教迷信活动"的诏令，确立了基督教在罗马帝国的独尊地位。欧洲历史果然走进了一片截然不同的新天地，源自东方的耶稣果然成为了救赎卢齐伊子孙们的上帝。由皈依原欲到皈依宗教，由灵取代肉、理性取代感性，这是对人性的压抑，但同时又是对人性的升华。这是人性的失落，同时又是人性的寻觅。这是人类希望自身能迈进更高阶段所作的追求与探索，尽管其目标是虚幻的，但虚幻之中又包含了切实的伦理道德的内容。

从"人是欲望的人"到"人必须用理性约束自己"，这是西方文化史上一次极为重要的转变，这预示着古典文化即将终结和中世纪文化即将开始。

创造文明，本意在于升华生命，而升华的结果往往造成对生命的压抑。理性王国使人的精神得到升华，但又束缚了自由情感。文明的进步使人类生存状态得以进化，但新的文明往往又会成为人类新的枷锁。经过九曲十八弯，西方历史的航船驶入了 20 世纪的航道，科学和理性带来了社会的巨大进步和物质的空前丰富，但是也带来了不容忽视的负面影响。称霸西方世界的物质主义、金钱主义，使现代人沦为物质和金钱的奴隶；机器化、自动化的大生产带来了劳动社会化和作息时间的同步化；经济一体化和产品的标准化带来了衣食住行、思维情感的一体化、标准化；服从社会、服从同步、服从一体和标准，成为现代人融入社会、走进正常生活的必备素质。社会意识形态畸形发达，导致了个人特异性和独立性的全面萎缩；过于发达的物质文明和过分发达的理性扭曲了原始人性，导致

---

① 阿普列尤斯：《金驴记》，谷启珍、青羊译，北方文艺出版社 2000 年版，第 262—263 页。

了人的精神世界贫乏虚弱及生命张力的丧失。格里高尔就是被扭曲异化、丧失了自我、丧失了个性尊严和生命激情的现代西方人的样本。他的软弱、卑怯、惶恐、孤独是属于西方现代人的;他无能为力、束手待毙的困境也是属于西方现代人的。在卡夫卡看来,格里高尔其实根本不是在生活,"他们就像珊瑚附在礁石上那样,只是附在生活上,而且这些人比那些原始生物还可怜得多。他们没有抵御波涛的坚固的岩石。他们也没有自己的石灰质外壳,他们只分泌腐蚀性的黏液,使自己更加软弱、更加孤独"。①

因此,"虫形人",这是卡夫卡对西方现代人生存状态的一种概括。格里高尔为什么会遭受无妄之灾? 因为没有也不需要外在原因,他骨子里本来就是一条虫。从本质上看,他由人变虫并不是"一天早晨"突然发生的奇事,他早已丧失了人的价值、尊严、个性,早已丧失了人生的激情意义和乐趣。换句话说,早在虫形化之前,格里高尔就已经是一个地地道道的人形虫了。"虫形人"是人形虫的逻辑必然。虫形不过是内在虫性的外化而已。"人形虫生"这一人类基本境况的发现,使卡夫卡对异化现象的表现获得了一种普遍的意义,因而也使他的个体主观感受在现代世界里广泛地获得了共鸣。

如同驴体是卢齐伊的炼狱一样,虫形也是格里高尔的炼狱。作为人形虫,在格里高尔身上,人类意识的两方面——内心自省和对外观察,一直处在纱幕之下。这层纱幕由社会化的偏见织成,透过它,格里高尔只能意识到自己是社会集团和家庭的一分子。成为"虫形人"之后,随处境的变化,这层纱幕慢慢地消融了,对世界和自我的考察成为了可能,格里高尔沉睡的自我生命意识开始苏醒。我们看到被父亲砸成重伤、背上嵌着烂苹果的格里高尔终于开始考虑自我存在的需要,终于产生了寻求充盈自我生命的养分的冲动。听到妹妹演奏的乐曲,"他觉得自己一直渴望某种营养,而现在他已经找到这种营养了"②。他终于明白,他需要音乐来救赎自己,他不顾一切地爬向正在拉琴的妹妹。在这里,音乐象征着超然于世俗物质生活的生动美妙的精神世界,也象征着人应该具有的超然于其他一切生物的活泼的生命力、创造力和鲜明的个性自我。对音乐的追

---

① 古斯塔夫·雅努施:《卡夫卡对我说》,赵登荣译,时代文艺出版社 1991 年版,第 61—62 页。
② 卡夫卡:《变形记》,李文俊译,《卡夫卡小说选》,人民文学出版社 1994 年版,第 77 页。

求,表明了格里高尔改变生存状态、再构自我生命的一种企盼。尽管人的自我生命是不可能在甲虫的躯壳中再构的,尽管他的生命之火还没有燃烧起来就彻底熄灭了,但是,对于音乐的追求,表明了格里高尔经过虫形的炼狱之后,开始向精神的个体回归,开始向自我回归;也表达了在物欲横流、急功近利的西方社会里,被物化的人们对精神生活的向往,对人生意义和生命本体的追问。

"虫形人"的形象隐含着卡夫卡对现代人的处境、命运和生存方式的解读,表现了卡夫卡对西方近代理性主义文化价值的忧虑、恐惧和不满,传达了他植根于西方社会的强烈的危机意识和深刻的悲剧意识,凝结着他对荒诞现实的理性思考。借着"虫形人"形象,卡夫卡表述了人应该全面发展自己,心灵的内在空间才是人的深隐之维这种新人文主义思想,在一个更高的层次上提出了索回生命本体、完善人性、改进人类生存状态的要求。

从"驴形人"到"虫形人",我们目睹了一代又一代文学家从自身的生存状态出发,怀着强烈的忧患意识和对于整个人类的深沉之爱,苦苦地探索着人类的前途和命运;目睹了人类在文明进程中的痛苦挣扎和顽强拼搏。在征服自然和自我,向文明理想之巅攀登的过程中,人类每前进一步都付出了沉重的代价。挣脱了旧的羁绊,不经意中又钻进了新的枷锁;赢得了新自由又带来了新的不自由。而打破新的枷锁、新的不自由又成为人类前进的动力和契机。生命就是在这种进退得失的磨砺中发出耀眼的光芒,心灵就是在这种痛苦的求索中闪烁出理性思辨的光彩。

"愤怒青年"与"浮士德难题"

　　怎样使个体欲求的自由发展同社会必须的道德约束协调一致？这是西方文学中著名的"浮士德难题"。康德曾经悲观地提出：人的自然欲求与社会的道德律令只能永恒地处于二律背反的矛盾之中。的确，自进入文明时代，有了道德，人类就无可奈何地卷入个体欲求与道德律令的矛盾之中。在某种意义上，我们甚至可以说，一部文明的历史，就是人类在自然欲求与道德律令的碰撞中艰难前行的历史。因此，两千多年来，探索个体欲求与道德律令之间的矛盾，既是西方伦理哲学家试图解决的一个基本课题，也是西方文学家们密切关注的问题。这方面，值得我们注意的文学现象之一就是那批被称为"愤怒青年"的小说创作。

　　"愤怒青年"诞生于 20 世纪 50 年代的英国。两次世界战争动摇了"日不落"帝国的政治经济体系，也动摇了主宰人们精神世界的传统价值体系。1945 年 5 月 7 日，在世界反法西斯战争中立下了汗马功劳、被誉为民族英雄的保守党候选人丘吉尔，因其竞选纲领体现的是维多利亚传统价值观念而在大选中败出。这标志着曾经根深蒂固的传统价值观念体系在英国开始分崩离析。而"富裕社会"、"福利国家"的"新"生活则进一步刺激了人们的物欲。不少英国人，其中相当一部分是青年知识分子，开始用新的眼光审视生活。他们"看穿"了各种说教，愤恨日趋僵化的社会制度，蔑视陈腐落后的等级观念，不满因循守旧的道德秩序，要求平等地充分地实现个人欲求。

　　作为时代的反响，"愤怒青年"小说家在他们的作品中塑造了一批视传统道德律令为粪土、尽情张扬个人欲求的"反英雄"形象。如约翰·韦恩(John Wain, 1925—)《大学后的飘泊》(1953)中的拉姆利，金斯利·艾米斯《幸运的吉姆》(1954)中的吉姆·迪克逊，约翰·布莱恩(John

Braine,1922—　)《向上爬》(*Room at the Top*,1957 又译《顶层的房间》)中的乔·兰普顿,艾伦·西利托(Alan Sillitoe,1928—　)《星期六晚上和星期天早上》(1958)中的阿瑟·西顿等。

　　《大学后的飘泊》中的拉姆利从牛津大学毕业后,无法融入上层社会而选择了与他的身份地位完全不相符的职业——打杂(如当司机、擦窗户等),并爱上了一个在小酒店里偶然邂逅的美女:维朗尼卡。为了捞大钱,以占有维朗尼卡,他铤而走险,参与毒品走私,因此而成为罪犯。

　　《幸运的吉姆》中的吉姆在一所二流大学历史系任教。他出身低微,才貌平平又玩世不恭,不满学院文化环境和那些出身高贵的所谓文化"精英"。为了保住饭碗,他竭力迎合讨好威尔奇教授,又在背后竭力诅咒、嘲笑他。威尔奇教授邀请他参加家庭音乐会,他却因睡前忘记熄灭烟头而烧坏了他家的床单、毛毯、地毯、桌子;威尔奇教授让他代表学校去演讲,他却喝醉后大放厥词继而醉倒在讲台上。最后,吉姆却成功地夺得了威尔奇儿子伯特兰的漂亮女友克里丝汀,并且在克里丝汀家人的帮助下,获得了一份伯特兰梦寐以求却不可得的好职位。

　　《向上爬》中的乔·兰普顿是工人的儿子,参加过二次世界大战。大学毕业后离开家乡,移居邻近的沃利市,任市政厅财务处会计。与上层社会有财有势的人相识后,他既痛恨那些人虚伪傲慢,又眼红他们那种奢侈的生活。为了跻身上层社会,他抛弃了自己深爱着的艾丽丝,不择手段地追求大资本家的女儿苏珊,最后在赢得这位富家女的同时,他也赢得了金钱、权利和地位。

　　《星期六晚上和星期天早上》中的阿瑟·西顿是一家自行车工厂的工人,他把工作视为挣钱糊口的手段,毫无热情。在公余时间,则纵情地酗酒、赌博、寻衅斗殴、恶作剧、凭着自己高大英俊的外表和拙劣的谎言猎取女人。他与工友的妻子布伦达鬼混,怀上私生子就去堕胎(在英国,堕胎既违反了基督教的教义,又违反了法律,是大逆不道的)。他把婚姻看成倒霉的事儿,情愿与嫉妒的丈夫结仇打架,也不愿规规矩矩地结婚。因此,即使与青年女工多琳订婚后,他继续与布伦达私通……他的生活信条是:过好日子,有活干,有酒喝,每个月换个女人玩,一直活到 90 岁。

　　"愤怒青年"小说家笔下的这些"反英雄"尽管身份、相貌、个性以及人生境遇相异,但他们的道德倾向却有着惊人的一致:在传统的道德观念、道德标准与个体欲求(包括金钱、美女、名利、地位;没有节制、不受羁绊的生活方式等)之间,他们都选择了后者。从道德的视角来分析,我们不难发现,这些"反英雄"是用功利主义道德观来对抗几千年来在英国占主导地位的基督教道德观。传统的基督教伦理观认为道德原则与个体欲求的冲突是绝对的,道德的崇高只能靠扼制个体欲求来实现。因此,节欲、克制、守序、安分被视为美德。而功利主义道德观却认为道德原则与个体欲求在根本上应该是协调一致的。英国19世纪功利主义哲学家边沁(J. Bentham)在《道德和立法原则》中写道:"自然界把人类置于痛苦和快乐这两个至高无上的主宰的支配之下。只有痛苦和快乐才能指出什么是我们应该做的,并决定什么是我们将要去做的。一方面,正确和错误的标准,另一方面,原因和结果的连接,两者都维系于痛苦和快乐的统治。痛苦和快乐支配着我们所做的一切、所说的一切、所想的一切……功利原则承认这一隶属关系,并且假定它是制度的基础,而制度的目的就是借助于理性和法律之手建立一个幸福的组织。"①另一位重要的功利主义哲学家穆勒说:"功利或最大幸福原则为道德的基础。"②在他们看来,趋乐避苦是人生的基本目的,追求幸福是人类道德的最高价值。而无论"快乐"还是"痛苦",都只能是个人的感受,而且归根结底都与个人的欲求相关。因此,功利主义哲学家强调个人权利和平等。边沁有句名言:"每个人只能当做一个人,没有人可以当做一个人以上那样对待",③美国功利主义哲学家詹姆斯(W. James,1839—1914)、杜威(John Dewey,1859—1952)等也提出:善的本质就是满足人的实际需要,个人的当前利益是一切道德行为的根本出发点和归宿,道德选择的依据不是别的,而是个人"今天的利益"和需要。

"愤怒青年"小说家笔下的"反英雄"正是这样一群把个人快乐和"今天的利益"当做行为准则的功利主义者。《星期六晚上和星期天早上》中的阿瑟·西顿认为:人的行为无所谓对错,自己对别人所干的一切都是对

---

① 汤姆·L·彼彻姆:《哲学的伦理学》,雷克勤等译,中国社会科学出版社1992年版,第121—122页。

② 汤姆·L·彼彻姆:《哲学的伦理学》,雷克勤等译,中国社会科学出版社1992年版,第112页。

③ 汤姆·L·彼彻姆:《哲学的伦理学》,雷克勤等译,中国社会科学出版社1992年版,第118页。

的，别人对自己干的一切也都是对的。既然善的本质就是满足人的实际需要，所以我干的一切(当然都出于我的欲求、需要和快乐)都是对的，别人干的一切(当然都出于别人的欲求、需要和快乐)也都是对的。正是在这种功利主义道德观的影响下，"反英雄"们抛开了二战前英国青年那种忧国忧民的责任感，丢弃了二战中英军青年战士那种为了消灭法西斯而视死如归的崇高品格，仅为个人的处境而"愤怒"……

然而，"爬"上去或者放纵了个体眼前的欲求之后，人们就幸福了满足了吗?《大学后的飘泊》中的拉姆利最终认识到维朗尼卡并不是一个值得他爱的女人而与她分道扬镳。于是，对于他来说，欲求本身也不过是泡影。《向上爬》中最终"爬"了上去的乔·兰普顿面对情人艾丽丝的死亡，痛苦地意识到自己不过是一个无耻之徒，一具令人厌恶的行尸走肉。宣称无所谓对错的阿瑟·西顿游戏生活后不可避免地被生活所游戏，他被人打得卧床不起。这促使他反省自我，最终决定痛改前非，回归正常的生活秩序。《幸运的吉姆》结束于主人公的"幸运"。但是，即使这一个"吉姆"永远陶醉于他的"幸运"，是否所有的"吉姆"都会陶醉于这种"幸运"?金斯利·艾米斯在第二部小说《那种莫名的感情》中回答了这一问题。《那种莫名的感情》中的约翰·刘易斯出身贫寒，是一座大城市的图书馆馆员。他与一个有权有势的女人格鲁菲德·威廉斯夫人通奸，并靠着这个女人的提携，终于跻身于中上层社会。但是，他不仅没有为此感到幸运，而且还常常受到良心的谴责。最后，他抛弃了已经得到的一切，回到了自己的家乡——一个穷困的矿区。约翰·刘易斯以吉姆的方式得到了"吉姆式"的"幸运"，最终却因良心谴责而主动放弃了这份"幸运"。于是，我们看到，"反英雄"们陷入了一个精神的怪圈:受到传统道德秩序的制约，他们为个体欲求得不到满足而"愤怒";一旦冲破传统道德秩序，让个体欲求得到满足或某种程度的满足，他们又为自己的不道德处境而痛苦。怎样才能使个体欲求的自由发展同社会必需的道德约束协调一致?经过一番痛苦的探索，"反英雄"及其创造他们的作家并没有找到令人们(同时也令他们自己)信服的答案。

《动物农庄》和《一九八四》:极权主义警报

    乔治·奥威尔(George Orwell,1903—1950)有着强烈而自觉的政治道德意识,他认为:"没有一本书是能够真正做到脱离政治倾向的。"[①]他公开宣称自己的小说创作就是把"政治写作变成一种艺术"。[②] 他在 20世纪西方文学史上的地位是由两部风靡世界的小说《动物农庄》(*Animal Farm*,1945)和《一九八四》(*Nineteen Eighty-four*,1948)奠定的。这两部具有极强的政治讽喻色彩的道德寓言小说,一部叙述的是动物故事,一部描绘的是未来人类的社会生活(创作于 1948 年的《一九八四》虚构了发生在 36 年之后的 1984 年的故事),题材大相径庭,其主题却完全一致:批判极权主义,呼唤人们重视政治道德问题,探寻新时代的政治道德价值观,并试图重建政治道德规范。

    欧洲近代政治伦理观的重要基础是自然法理论和契约论。起源于古希腊斯多葛派的自然法理论认为,作为上帝之子,人是平等、理性的生物,他们具有分辨善恶的能力,能够并且需要与同类共同生活,因此,人在本性上与社会和自然之间存在着一种道德上的和谐关系,这是人类组成社会的基础。起源于古希腊伊壁鸠鲁派的契约论认为,天生需要群居的个人在本质上倾向于谋求自身的利益,人们之间有着必然的利害冲突,于是,人们形成契约,避免互相伤害,以实现和平而有序的社会生活。国家、政府和法律就是基于契约而产生的。显而易见,自然法理论和契约论对奥威尔的政治伦理观有着重要的影响。

    《动物农庄》一开始就描绘了一个以原始契约为基础的自然和谐理想社会的诞生。德高望重的公猪"老少校"在临终时将自己的动物乌托邦乐

---

    ① 奥威尔:《我为什么要写作》,董乐山译,上海译文出版社 2007 年版,第 101 页。

    ② 奥威尔:《我为什么要写作》,董乐山译,上海译文出版社 2007 年版,第 102 页。

园的梦想公之于众:在那未来的黄金时代,人类的暴政将被推翻,动物将获得自由和新生,它们不再受奴役,劳动成果完全归自己。到那时,动物将彻底弃绝人的生活方式,绝不沾染人的恶习。不论是强是弱,是智是愚,所有动物都是平等的兄弟。3个月之后,在"老少校"遗言的感召下,在公猪"拿破仑"和"雪球"等领袖的组织和领导下,曼诺农庄的动物们举行革命,赶走了压在他们头上的农庄主,毁掉了象征着暴政的鞭子,摆脱了人类的统治。他们将"曼诺农庄"更名为"动物农庄",并成功地将"老少校"的"动物主义"思想归纳成"七戒":凡是用两条腿走路的,都是敌人;凡是用四条腿走路或有翅膀的,都是朋友;动物不可以穿衣服;不可以睡在床上;不可以喝酒;不可以杀任何其他动物;所有动物都是平等的。经全体动物一致同意后,"七戒"成为最高的律法和最高的道德准则。从此,动物们享有了独立、自由、平等,大家各尽所能,勤奋劳动,共创幸福的生活,"老少校"的梦想终于成为现实。然而,动物乐园建立伊始,掌握了权力的猪便以革命工作需要的名义开始了特殊化的生活:独自享有牛奶和苹果。不久,"拿破仑"利用自己驯养的9条猛犬驱逐了政治对手"雪球",取消了全体动物大会制度,改由"拿破仑"任主席的特别委员会决定农庄所有事物,其他普通动物(包括普通猪)不再具有参政议政的资格和机会。此后,"拿破仑"及同党喊着平等自由和反对人类统治的口号,以全体动物的幸福为名,逐步践踏和篡改了"七戒"。他们搬进了人类的房屋,过上了与人类相似的奢侈生活。而《动物农庄》的较低等动物比其他任何农庄的动物干的活都多,却只能享受最少的食物,一旦有动物产生不满和怀疑,便惨遭杀害。到小说结尾时,"拿破仑"等特权猪不仅学会了与人类做生意,学会了用两条腿直立行走,学会了与人类同桌喝酒抽烟玩牌,而且还公然地拿起了象征着暴政的鞭子。"动物农庄"之名也被他们恢复为"曼诺农庄"。小说借动物故事讽喻了人类社会从契约基础上的自然和谐关系走向专制独裁的政治道德败坏史,传达了作家对政治伦理的深刻反省。康德曾在《普遍历史理念》中写道:"人是一种动物,当他和其余的同类一起生活时,就需要有一个主人。因为他对他的同类必定会滥用自己的自由的;而且尽管作为有理性的生物,他也希望有一条法律来规定大家的自由界限,然而他那自私自利的动物倾向性却在尽可能地诱使他要把自己除外。因此,他就需要有一个主人来打破他自己所固有的意志,并迫使他去服从一种可以使人人都得到自由的普遍有效的意志。"①在《动物农庄》里,奥威尔用艺术的语言佐证了康德的这一思想。动物乐园之所以被败坏,其根本的原因,就在于没有一个强有力的民主制度作为"主人"来限制和阻止其领导人"滥用自己的自由"和权利,以保障全体社会成员的普遍自由和幸福。小说告诉人们:政治公正必须由民主制度来保证;专制独裁不仅使独立自由的社会成员沦为奴隶,而且也使原本服务于大众的革命领袖堕落成恶魔。

奥威尔曾经这样谈到自己的创作:"我在 1936 年以后写的每一篇严肃的作品都是指向极权主义和拥护民主社会主义的,当然是我所理解的民主社会主义。"②奥威尔在此提到的极权主义即现代专制主义,它与传统专制主义的区别在于:以更加严密的政治组织、更加先进的舆论工具来实现专制独裁,它对广大社会成员的生活和思想控制之深入之全面(英文"Totalitarianism"的直译就是"全面权力主义"),是人类历史上其他任何一种专制政权所无法望其项背的。从批判极权主义这一总主题来看,可以将《一九八四》视为《动物农庄》的续篇。《动物农庄》描写了一个动物社会的政治道德从善到恶堕落的历史过程,着重探讨了专制主义的产生;《一九八四》则栩栩如生地展示了极权主义肆虐的恐怖图景。

在《一九八四》所描写的未来社会里,经过核大战之后,世界整合成了三个超级大国:大洋国、欧亚国、东亚国,三大国之间战争连绵不断。小说主人公温斯顿·史密斯所生活的大洋国笼罩在老大哥独裁统治的铁幕中,政治道德和社会道德全面异化。

政治道德的基本目标就是实现政治公正(或正义)。亚里士多德在《政治学》中提出:"政治学上的善就是正义(公正)。"③他认为公正是政治道德的总原则、总目标。因为政治处理的是与人共同生活有关的决定,政治家处理的问题关系到全社会乃至全人类的福祉,只有政治公正才能保证全体公民的共同利益。政治公正(正义)的基本内涵是指社会的每个成员平等地享有普遍自由的权利。当代美国政治伦理学家罗尔斯指出:"每个人都拥有一种基于正义的不可侵犯性,这种不可侵犯性即使以社会整

---

① 李梅:《权利与正义:康德政治哲学研究》,社会科学文献出版社 2000 年版,第 142—143 页。
② 奥威尔:《奥威尔经典文集》,黄磊译,中国华侨出版社 2000 年版,第 5 页。
③ 亚里士多德:《政治学》,吴寿彭译,商务印书馆 1983 年版,第 148 页。

体利益之名也不能逾越。因此,正义否认为了一些人分享更大利益而剥夺另一些人的自由是正当的,不承认许多人享受的较大利益能绰绰有余地补偿强加于少数人的牺牲。在一个正义的社会里,公民的平等自由权利不容置疑,正义所保障的权利决不屈从于政治交易或社会利益的算计。"①现代政治道德要求保障社会成员的平等和普遍自由。每个社会成员都应该被平等地对待、平等地享有个人的权益,都应该普遍享有人身的自由、思想和表达的自由、参与政治的自由、选择自己的世界观和生活方式的自由等。然而,在大洋国里,根本没有平等自由的权利可言。老大哥通过各种不同的组织,例如核心党、外围党、邻里活动中心、青年反性同盟、少年侦察队等将人们(从成人到孩子)牢牢地监控着。"原则上,一个党员没有空暇的时间,除了在床上睡觉以外,总是有人作伴的。凡是不在工作、吃饭、睡觉的时候,他一定是在参加某种集体的文娱活动;凡是表明有离群索居的爱好的事情,哪怕是独自去散步,都是有点危险的。新话中对此有个专门的词,叫孤生,这意味着个人主义和性格孤僻。"②人们没有行动的自由,更没有思想的自由。大洋国政府四大部门之一的"真理部"负责将老大哥思索出来的"真理"灌输到全体社会成员的头脑之中。为了让全社会的思想和舆论整齐划一,"真理部"操纵了一切舆论和文化艺术工具。比如小说,是由小说司的机械工人将计划委员会的总指示输入小说写作器写出初稿,再由改写小组最后润饰定稿的。老大哥认为,"谁控制过去就控制未来;谁控制现在就控制过去"。③ 因此,为了更深入地控制人们的思想,他们还努力控制人们的记忆。主人公温斯顿·史密斯任职于"真理部"的"纪录司",他的工作任务就是捏造和篡改历史。捏造和篡改的标准是:一切历史资料必须证明老大哥和官方今天的绝对正确。比如,有关老大哥曾经肯定过或与之亲切合影而后来又被清除掉之人的资料;官方曾经承诺过而今天无法兑现的诺言;只能证明今天在衰退而不是繁荣的历史数据等。过去所有的报纸、书籍、期刊、小册子、招贴画、传单、电影、录音带、漫画、照片——凡是可能具有政治意义或思想意义的一切文献书籍,都必须根据今天的需要来不断地反复地加以改写。"真理

① 罗尔斯:《正义论》,何怀宏译,中国社会科学出版社 1988 年版,第 1—2 页。
② 奥威尔:《一九八四》,董乐山译,上海译文出版社 2003 年版,第 81 页。
③ 奥威尔:《一九八四》,董乐山译,上海译文出版社 2003 年版,第 37 页。

部"的办公大楼里，到处都留有忘怀洞，这成千上万个忘怀洞都与一般人不知藏放在何处的大锅炉相连，用来随时销毁一切不合时宜的资料。历史被取消了，真相被取消了。盲从和愚蠢成为了一种生存必需的美德，而个人的智慧，尤其是思想智慧，则不可避免地给人带来灾难。只要与老大哥的"真理"相悖，常识、个人经验，甚至个人耳闻目睹的客观现实都是必须被抛弃和否认的异端。老大哥以党的名义宣布二加二等于三，你就不能自由地说二加二等于四。思想警察无时不有，无处不在。思想罪被认为是根本大罪。

在西方，自古以来，博爱和仁慈一直都是价值观和道德观的基础，同时又是人们普遍认同的道德基本准则。然而，大洋国的寡头政府则公然地标榜仇恨和残酷。他们不仅定期组织人们隆重地举行"仇恨周"活动，高唱《仇恨歌》，而且还要求人们每天都参加"两分钟仇恨会"。残忍被视为美德。四大政府部门之一的"友爱部"负责拷打镇压。其办公楼连一扇窗户也没有，环绕着它的是重重铁丝网、铁门、隐蔽的机枪阵地以及穿着黑色制服凶神恶煞的警卫。一切仁爱的情感，不论是同情、友情还是爱情、亲情，都遭到鄙视和摧毁。体现着自然欲念的性爱被视为罪恶，夫妻间以生孩子为目的的性生活被解释为对党的义务；把父母睡梦中的话或私房话报告给思想警察的孩子被称颂为"小英雄"。子女与父母、男人与女人、人与人之间都不能有感情的联系。除了爱老大哥以外，没有其他的爱。除了因打败敌人而笑以外，没有其他的笑。以老大哥为首的寡头政府不仅每隔一两年要对成千上万的人进行大清洗，公开审判叛国犯和思想犯，让他们摇尾乞怜地认罪然后加以处决，而且比较经常的是，干脆让党所不满的人就此失踪，不知下落。小说主人公温斯顿·史密斯最后也因曾经有过的自由主义而被"友爱部"秘密处决。

通过"大洋国"这个反面乌托邦，作家至少给人们传达了两大重要的道德警示：

1. 科技进步不等于政治道德的进步。大洋国的科技不可谓不发达。在这里，普通的电视已经被淘汰，取而代之的是一种名为电幕的装置。它能够同时接收和放送——在播放音像的同时，灵敏地接收一切声音和画面。对于活动在一定范围之内的人，从身体任何一个不易察觉的细微表情动作到心跳的速度，电幕都能够接收并记录下来。然而，科技的发达不仅没有带来政治道德的进步、经济的繁荣以及人类生活的普遍幸福，反而如伯特兰·罗素所分析的那样："现代科技加强了统治者的权力，使他们有可能按照某个人的头脑构造社会，而这在从前是不可能的。这种可能也使人们热衷于制度，而在这种热衷中，个人的基本要求被遗忘了"①。对于老大哥来说，科技首先是权力的工具、独裁政治的工具。无论是监狱，还是办公室；无论是街道广场等公共场所，还是私人的起居室，到处都安装着电幕。人们的一言一行、一举一动都受到监视，私生活已经宣告结束。从某种意义上来说，正是凭借着高科技的力量，老大哥才能用"个人的头脑构造社会"，实行着历史上任何一个寡头暴君无法实现的极权主义统治。因此，通过《一九八四》，奥威尔提醒人们：在科技愈来愈发展的现代社会，人们更应该关注政治道德的完善和进步。

2. 极权主义是导致非正义和社会道德全面沦丧的根源。《一九八四》形象地说明：大洋国的一切罪恶都源于把权力视为目的的极权主义统治。绝对的权力必然导致绝对的腐败和绝对的恶。要净化社会道德，实现政治公正，其前提就是排除独断专行，尤其是排除独断专行的权力。在小说结尾，作家引用了美国《独立宣言》的名句来呼唤人们高度警惕和防止极权主义的滋生和繁衍："我们认为这些真理不言自明，人人生来平等，造物主赋予他们一定的不可让与的权力，这些权力有生活的权力、自由的权力和追求幸福的权力。为了取得这些权力，人类创建了政府，政府则从被治理者的同意中得到权力。任何政府形式一旦有背这些目的，人民就有权改变它或废除它，组织新的政府……"②对于在 20 世纪曾经目睹和感受过希特勒的纳粹主义、墨索里尼的法西斯主义等寡头独裁政治罪恶的现代人来说，奥威尔的呼唤无疑是有着重要意义的。

---

① 伯特兰·罗素：《伦理学和政治学中的人类社会》，肖巍译，中国社会科学出版社 1992 年版，第 33 页。

② 奥威尔：《一九八四》，董乐山译，上海译文出版社 2003 年版，第 303 页。

格林政治小说的人性因素

究其本质,政治是人们之间、阶级之间、社会集团之间重大现实利害关系的反映,它牵涉到每个人的命运,因而具有内在的道德性。政治道德既是社会道德一个不可或缺的重要组成部分,又是社会道德的重要基础。正如康德所说:"一个民族良好的道德的形成首先就要期待于良好的国家体制。"①战争是政治的最高形式。经历过二次世界大战,不少对政治的巨大强制性力量有着深切感受的西方作家把笔触伸向政治领域,审视政治与道德的关系,描绘历史嬗变过程中政治道德的蜕变,思考并试图重建政治道德的新秩序。英国小说家格雷厄姆·格林(Graham Greene, 1904—1991)就是其中的优秀代表。

政治和宗教是格林小说的两大基本主题。他早期主要写宗教小说,同时也表现出对政治问题的关注。二战后创作了大量政治小说,如《问题的核心》(*The Heart of the Matter*, 1948)、《沉静的美国人》(*The Quiet American*, 1955)、《我们在哈瓦那的人》(*Our Man in Havana*, 1958)、《喜剧演员》(*The Comedians*, 1966)、《名誉领事》(*The Honorary Consul*, 1973)、《人性的因素》(*The Human Factor*, 1978)等,这些政治小说又无不交织着宗教的主题。尽管一辈子热衷于政治和宗教,格林却没有完全追崇任何一种宗教理念或政治主张,也就是说,在某种严格的意义上,他既没有坚定的政治信念,又没有坚定的宗教信念。他始终保持着思想的独立和自由。作为一个文学家,他认定自己"起码有两项义务:一是根据他自己的观察来反映真实情况,二是不接受政府的任何特殊优惠"②。他认为,文学家的最高职责是如实地向人们展示生活的真相,以利于消除不

---

① 李梅:《权利与正义:康德政治哲学研究》,社会科学文献出版社 2000 年版,第 142 页。
② 陆建德:《现代主义之后:写实与实验》,中国社会科学出版社 1997 年版,第 151 页。

平与罪恶,完善人的自我和社会。因此,道德关怀和道德探索才是格林政治小说的"问题的核心"。

格林政治小说的主人公多为受聘于政府的官员、警察、间谍等,常常处身于政治事件、政治斗争的旋涡之中。其特殊的社会位置和职业利益,要求他们具有明确的政治目标、敏锐的政治意识、坚定的政治立场,遵守一些特殊的政治原则和规范,用政治思维和政治逻辑处理个人情感、人际关系和社会问题。然而正如伯特兰·罗素所指出的:"政治所涉及的是群体而不是个人,因而政治上重要的激情是在一个特定的群体中各个不同的成员都感觉相同的那些激情。要建立政治大厦所必须依赖的那种广泛的本能机制,就是一个群体内部的合作和对其他群体的敌对。群体内部的合作永远都是不完善的。总有一些意见并不一致的成员,他们在字源学的意义上就是'异己的',也就是说,是在群体之外的。这些成员是低于或高于通常水平的那些人。他们是:白痴、罪犯、先知和发明家。"①格林政治小说的主人公就是这样一批"异己者"。

《问题的核心》中的斯科比少校是一个正派勤勉的警察局长,在英国殖民地尼日利亚任职已经长达 15 年。然而,作为一个天主教徒,斯科比身上有着一种与他的职位并不相容的道德情感和道德品格:怜悯。他同情弱小,认为自己有责任帮助一切陷入困境的人。他怜悯妻子,冒险向不法商人借钱,使自己陷入经济困境;他怜悯密藏信件的葡萄牙船长,私自将信件烧毁,而没有按规定上交,犯下了原则性的错误;他怜悯半路抛锚的商人优素福,给他提供帮助,最终却被优素福拖进了走私钻石的犯罪活动;他怜悯在海难中丧夫的年轻寡妇罗尔特太太,结果坠入了婚外情的尴尬境地。怜悯使斯科比偏离了一个警察局长应有的行为规范,一步步走向悲剧,最后只得以自杀的方式来求得解脱。

《人性的因素》中的莫里斯·卡瑟尔在英国情报部门工作。这个职业要求从业者生活在箱子里,成为国家机器和官僚机器的一部分,忠于上司,服从上司,防范并随时准备向上司告发一切其他人,包括自己的亲人和恋人,不容许有个人的思想意志和情感爱好。小说揭示出,正是这种所谓国家利益高于一切的价值体系,掩盖了对人和人性的无情摧残。小说

---

① 伯特兰·罗素:《伦理学和政治学中的人类社会》,肖巍译,中国社会科学出版社 1992 年版,第 173 页。

的中心事件是情报局处理泄密问题。尽管问题并不严重,只不过泄漏了一点"琐碎和无足轻重的情报",如果按照正常程序由法庭审判,"不管他是谁,他都不会像布莱克一样够上四十年。假如监狱比较安全的话,可能会服十年刑"。① 但是,在主管大臣看来,对于国家和情报机构来说,让公众知晓他们出现了泄密的问题,比情报泄漏本身的破坏性还大。于是,他们选择了秘密清除的方式,决不公开审理。仅凭分析和猜测认定泄密者之后,在珀西瓦尔医生的精心设计下,原本健康的戴维斯便"自然"死亡于肝病。即使后来发现戴维斯无辜被害,也没有任何人需要承担谋杀的罪责,而且参与谋杀者不必感到良心不安,不必内疚。因为个人的一切,包括生命,在国家利益和政治需要面前都是无足轻重的。然而,莫里斯·卡瑟尔始终无法接受他的职业所要求的这套价值体系。他没有坚定的信仰,既不信仰宗教和上帝,也不信仰共产主义和马克思。他认为,唯一能够给人带来幸福的,是心灵安宁之城。而心灵安宁是用人性之爱来浇灌的。作为一个人,他无法抛弃正常的情感需要,他必须爱人,也必须得到爱,他无法忍受被孤独地留在这个世界上的处境。因此,他重视友情,善待身边的同事,别人有困难要他帮忙,不管意味着什么,他很少能拒绝。他爱自己的第一任妻子玛丽,但玛丽在牛津街头被炸成碎片时,他却在里斯本执行任务。他为自己没能保护她,没能和她死在一起而遗憾终生。这种遗憾使他加倍地珍爱现任妻子萨拉。萨拉来自非洲,他说"我爱上萨拉时就成了一个真正的黑人"②。他爱萨拉而及萨拉的种族,他爱萨拉而及萨拉的孩子萨姆,他爱萨拉而及萨拉的恩人卡森。如果没有卡森,萨拉很可能已经死于南非的监狱。出于对共产党员卡森的感激,他把绝密情报传递给了苏联人。已经在英国情报局任职 30 多年,莫里斯·卡瑟尔很清楚泄密的性质和面临的风险:他将作为一个叛国者被唾弃、被清除。然而,他坚信,人是有着丰富情感生活的高级生命体;情感是人的基本需求,是人性最重要的因素之一,也是人类精神生活的核心部分。是人就应该有人性,讲感情,应该知恩图报,应该有权利表示感激。更何况,他爱萨拉高于一切,萨拉就是他的祖国。于是,"人性的因素"——他的爱,他那以人性和情感为价值准绳的道德观念,促使他执拗地走向了政治的深渊。

---

① 格雷厄姆·格林:《人性的因素》,苏晓军译,译林出版社 2001 年版,第 34 页。
② 格雷厄姆·格林:《人性的因素》,苏晓军译,译林出版社 2001 年版,第 136 页。

　　人道原则与政治的冲突是格林小说道德主题的重要表现。自文艺复兴运动以来,人道主义就成为大多数西方人所信奉和遵从的最高道德原则。人道原则要求把人本身视为最高价值,主张重视每一个人的生命和尊严,善待一切人,爱一切人。然而,在现实中,政治常常被理解为"一种普遍的智虑学说,亦即一套如何选择对既定的目标最为有利的权宜手段的准则的理论"。① 于是,目的与手段的分离成为了现代激进政治理论的一个重要特点。目的是理想主义的,而手段往往是马基雅维里主义的。只要目的是善的,手段的恶似乎也可以转化为善。因此,在残酷复杂的政治斗争中,人道原则常常受到挑战。《名誉领事》的主人公是代表着人道原则的普拉尔医生,他以治病救人为天职,重视亲情和友情。他学生时代的朋友利瓦斯是南美某革命组织的头目,该组织决定绑架前来访问的美国大使,以作为交换条件,迫使当局释放关押在监狱中的 20 位政治犯。利瓦斯找到普拉尔医生,要求他利用自己的社会地位了解并提供大使来访的行程安排。普拉尔医生自认为算得上是个政治难民,他的父亲因从事反对当局的活动在很多年以前就已经杳无音讯,不知是被关进了监狱,还是已经被杀害;抚养他成人的母亲一直抱怨父亲是一个对家庭没有责任感的人。或许与其成长背景相关,普拉尔医生从来就不愿意卷入政治活动。但是,考虑到被绑架后美国大使的生命没有任何危险(为了美国大使,当局一定会让步),而他那或许仍被关押在监狱里的父亲以及其他一些政治犯将会获救,再加上碍于老同学老朋友的面子,普拉尔医生为他们提供了准确的情报。然而,他们却阴差阳错地绑架了英国派驻该城的名誉领事查理·福特那姆。查理·福特那姆也是普拉尔医生的朋友,已经60 多岁,超过了退休年龄,只是由于名誉领事并不算正式职务,而这个城市又只有两个半英国人(普拉尔医生的父亲是英国人,母亲是巴拉圭人,只能算半个英国人),英国方面才没有及时正式发文让他退休。而且英国并没有像美国那样卷入革命组织与政府当局之间的战争。无论从哪个角度来看,福特那姆都是无辜的。普拉尔医生强烈要求释放名誉领事。利瓦斯却认为革命利益高于一切,即使错误地绑架了一位名誉领事,也是进行持久战过程中的一个小小的战术胜利,既可以证明组织的实力,又可以

---

　　① 康德语,转引自李梅《权利与正义:康德政治哲学研究》,社会科学文献出版社 2000 年版,第137—138 页。

杀鸡给猴看。因此利瓦斯不仅不打算放人,而且还随时准备撕票。为了挽救福特那姆的性命,普拉尔医生四处奔走,敦促英国政府出面干预此事,希望市政府和警察局能积极处理此事。而福特那姆在英国政府官员眼中只值小小的一杯啤酒,并无任何特殊政治价值,他们需要维护国家的威严,决不会屈服绑架者的威胁勒索。负责处理此案的佩来兹警长也认为这只是一件很小的事情,他告诉普拉尔医生:"市长是想能拖就拖地把事情一直拖下去。如果我们能拖着不采取行动,拖到一定时间的话,假如我们还算走运,那么就可能会有人在外地找到福特那姆的尸体。那时候就不会有人批评我们办事不慎重了,勒索也会不击自败。大家都会满意。"①于是,福特那姆这个有血有肉的生命,在"革命利益"和"国家利益"等政治逻辑的演进中就蜕变成为了棋盘上一颗可以随时被剔出局的小卒子。普拉尔医生无论如何都无法理解更无法接受这种政治逻辑。他奉行人道的原则,不仅希望能救出无辜的福特那姆,而且还希望能够挽救所有绑架者的生命。当佩来兹警长带领伞兵包围了绑架者营地,双方对峙,一触即发的危险时刻,他一方面尽力阻止已经绝望的绑架者杀害福特那姆,另一方面准备劝说他多年的好朋友佩来兹警长不要采取过激行动,争取和平解决事件。然而,这个自以为游离于政治斗争之外、最没有生命危险的医生一走出绑架者的营地,立刻就被警方打死了。事后,警方宣布普拉尔医生死于绑架者的枪口。

通过这场残酷而又荒谬的政治绑架事件,小说向读者展示了政治斗争的残酷无情以及政治逻辑与人道原则的背离,呼吁把人当做目的而非实现政治目标的手段,主张从个人权利出发来检验和证明国家政治的合法性和正当性。

---

① 格雷厄姆·格林:《名誉领事》,杜争鸣译,译林出版社 1999 年版,第 167 页。

斯诺的《新人》与科技伦理

　　20 世纪下半叶,科学技术取得了以往任何一个历史时期都无法比拟的巨大成就,也给人类社会带来了以往任何一个历史时期都无法比拟的巨大影响。西方人在享受着科技高度发达所带来的日益舒适的生活的同时,也真切地感受到了科技给社会带来的许多始料不及的负面影响。伯特兰·罗素曾写道:"新技术对于其组织和思维习惯都适于更古老制度的社会的冲击,带来了一些很复杂的问题。在人类的历史上,发生过两次以这种方式进行的巨大的革命。第一次是农业革命,第二次是科学工业革命。在这两种情况下,先进的技术总是人类悲剧的一个导因。农业革命带来了农奴制、用人献祭、妇女的屈从以及从古埃及王朝至罗马衰落的专制王朝。科技发展造成的令人恐怖的灾难还刚刚开始。最大的灾难就是加剧了战争。"[①]西方有识之士无不清醒地意识到:在这个全新的时代,人类正面临着新的伦理处境。因此,一些具有强烈道德使命感的文学家关注科技发展对传统道德的冲击,思考科技原则与道德原则的关系,试图解决科技发展给社会带来的负面影响。

　　英国作家查·珀·斯诺(Charles Percy Snow,1905—1980)于 1954 年发表的《新人》(*The New Men*)是世界文学史最早涉及核武器和核伦理的作品之一。小说以第二次世界大战为背景,叙述者刘易斯·艾略特是英国主管战时科研项目的政府官员。为了遏制法西斯,英国政府决定试制原子弹。于是,在刘易斯等人的组织、调配之下,其弟马丁和一群英国科学家,应召聚集在位于沃立克郡的巴福特实验中心,开始了研制原子弹的工程。对于巴福特实验中心的科学家们来说,科学原则当然是至高无

---

　　① 伯特兰·罗素:《伦理学和政治学中的人类社会》,肖巍译,中国社会科学出版社 1992 年版,第 33 页。

上的。科学是人类寻求客观规律的认识活动,其基本原则是求真。为了求真——求得关于制造原子弹的客观规律,他们日以继夜地奋战在实验室里,甚至不惜牺牲自己最宝贵的健康和生命。实验中心主任沃尔特·卢克于实验的紧要关头在来不及做任何保护措施的情况下从核反应堆里取出燃料棒,致使身体受到严重的伤害,不得不住院治疗。年轻科学家沙布里奇继卢克之后,也有过同样的壮举。主人公马丁也与同事们一样,在工作中认真奉行科学原则,兢兢业业,踏踏实实,为早日研制出原子弹而奋力拼搏。然而,得知作为盟友的美国已经率先成功地试制出原子弹(1945年7月16日,美国第一颗原子弹试爆成功),并即将用于共同的敌国——日本之后,这些科学家无不忧心忡忡,他们十分清楚投放原子弹的可怕后果,更不忍目睹大量无辜的平民百姓成为核战争的牺牲品。他们甚至打算派代表赴美国阻止这种滥用科学成果的行动,诺贝尔奖获得者蒙德内更是在激愤中表示要公开声明自己的立场。广岛事件(1945年8月6日和9日,美国在日本的广岛和长崎投掷了两颗原子弹)发生后,马丁深感震惊和内疚,并强烈地意识到一个科学工作者对人类的命运负有道义上的责任。他在一封公开信中写到:"作为一名四年来受命研制原子弹的科学家,我认为有必要就在广岛投原子弹一事作两点评论。首先,这和战争没有必然的联系:消息灵通人士都知道,日本几周以来已经在试探如何提出投降。其次,即便不是这样,或者提议失败,对人类最起码的尊重仍要求在向男女老少聚居的地方投弹前演示炸弹的威力,例如在无人区。残忍地对广岛投原子弹是人类所做的最可怕的事,希特勒德国那样的国家多年来罪行累累,但是有史以来还没有国家有能力、有意志在几秒钟之内杀害如此众多的生灵……"[①]马丁打算把这封公开信寄给《泰晤士报》,却遭到了哥哥刘易斯的劝阻。刘易斯并不否定信中的思想观点,但作为一个兄长,他清醒地看到这种激烈的举动很可能影响弟弟的个人前途。马丁思量再三,接受了刘易斯的意见,但到小说结尾时,他却最终放弃了自己一直渴望的巴福特实验中心主任的职位,回到了剑桥大学教书。

　　《新人》描写的这群从事最新的科学事业的"新人",似乎还称不上品

---

① C·P·斯诺:《新人》,程雨民译,山西人民出版社1984年版,第149—150页。

格崇高、堪称楷模的道德意义的"新人"。然而,这部小说却毫无疑义地融入了作家对科学与道德关系的严肃思考。这种思考至少在以下两个重要的层面展开:

1. 如何评价科学的伦理价值。小说的一条重要线索是马丁的婚姻生活。马丁的妻子艾琳曾与一位名叫韩金斯的文人关系密切,现在尽管她已为人妻,韩金斯依然不断地给她递情书。艾琳担心此事会影响丈夫的心绪,进而影响丈夫正在进行的重要工作,便请刘易斯去劝阻韩金斯。当韩金斯听说马丁正在从事一项关系到政治大局的科学实验之后,不以为然地回答:"刘易斯,你以为你弟弟的事重要吗? 也许那是你听到的最微不足道的事?"①在这里,身兼物理学家和小说家的斯诺艺术地展示了科学与人文"两种文化"对立的局面。1959 年 5 月,斯诺在剑桥大学作了题为"两种文化和科学革命"的著名演讲题,指出当今世界已经形成了人文和科技两种不同的文化,这种文化格局不利于人类文明的发展,呼吁人文和科技知识界的沟通合作。这一思想后来被称之为"斯诺命题"。小说中,刘易斯站在"科学文化"的立场上,认为科学技术可以济世救民,要求个人为崇高的科学放弃情感的追求。与此相对立,一部分当代西方人文学者师从卢梭,认为科学技术破坏了人类的生存条件,是罪恶的渊薮、文明社会种种弊病的根源。韩金斯蔑视科学工作的态度正是这种所谓"人文文化"的体现。对于这两种截然不同的评判,斯诺都不赞同。他认为科学技术具有两面性:行善和威慑。

> 在全部历史中它都给我们带来了福和祸……诚然,当人们最初制成原始的工具并爬到开阔的草原的时候,这些工具最初的用途之一似乎就是为了杀人。诚然,农业的发明改变了社会生活,却也造就了某种可供调动的有组织的军队……技术这种两面性的最明显的事例,也许要算是医药的效力。对于人类来说,医药是所有技术中最重要的一种。在过去的两代中它扩展到了全世界。即使在最贫困的国家,它也把婴儿死亡率减低到二百年前英国大多数特权家族所无法置信的程度。这绝对是件好事,没有人——除非他丧尽了天良——

---

① C·P·斯诺:《新人》,程雨民译,山西人民出版社 1984 年版,第 133 页。

愿意取消。但是它却直接把我们卷进了今后五十年中将成为最大危险的人口洪水之中。①

因此,在小说中,斯诺既以美国投放原子弹残害无辜的事实驳斥了刘易斯的科学万能的观点,又讽刺和批判了韩金斯的反科学主义。他主张以积极掌握和发展科技来控制科技,"我们必须用以反对技术恶果的唯一武器,还是技术本身,没有别的武器。我们无法退入一个根本不存在的没有技术的伊甸园……只有合理运用技术,控制和知道技术的所作所为,我们才有希望使社会生活比我们自己的生活更如人意"②。

2. 如何认识以及担当起科学家的道德责任。斯诺反对科学的伦理中立说,他认为:

> 在科学活动本身的核心之中有一种内在的道德要素。寻求真理的愿望本身就是一种内在的道德冲动,至少是包含着道德冲动……科学在道德上并不是中立的。③

科学家的"所作所为对人类至关重要。它从精神上改变了我们时代的气氛。对整个社会来说,它将决定我们的生死存亡,并决定我们怎样生或怎样死。它拥有行善和作恶的决定性力量"④。这就决定了科学家应该比其他人负有更大的道德责任,"说科学家负有一个公民的责任是不够的。他们负有大得多的责任,而且又是不同种类的责任"⑤。《新人》中的科学家们都强烈地意识到了自己的这种道德责任。

然而,具有道德责任意识并不等于能肩负起道德责任。在现实生活中,责任往往意味着代价和牺牲。斯诺清醒地看到了这一点。

《新人》中,巴福特实验中心的科学家们打算派代表赴美阻止核战悲剧发生却没有派;诺贝尔奖获得者蒙德内打算公开发表反美声明却没有发表;马丁打算投寄谴责美军的公开信却没有投寄。究其原因,主要有二:一是科学道德与个人欲求构成了冲突,二是新的科学道德与传统社会

---

① C·P·斯诺:《两种文化》,纪树立译,生活·读书·新知三联书店 1994 年版,第 4 页。
② C·P·斯诺:《两种文化》,纪树立译,生活·读书·新知三联书店 1994 年版,第 4—5 页。
③ C·P·斯诺:《两种文化》,纪树立译,生活·读书·新知三联书店 1994 年版,第 212 页。
④ C·P·斯诺:《两种文化》,纪树立译,生活·读书·新知三联书店 1994 年版,第 206 页。
⑤ C·P·斯诺:《两种文化》,纪树立译,生活·读书·新知三联书店 1994 年版,第 219 页。

道德构成了冲突。这两者既密切相连，又有巨大的差异。与个人欲求对抗，虽牺牲了自我，却能得到一种道德崇高感的满足；而作为先觉者，以新的科学道德对抗传统社会道德，不仅会丧失个人利益，而且还会遭遇传统社会道德的强烈谴责，甚至在一段时间内声败名裂。而这正是《新人》中科学家们所面临的道德困境。研制原子弹是英美政府在战时为了遏制法西斯所作的重要决策。从某种意义上来说，正是出于对此决策的理解和认同，巴福特实验中心的科学家们才会以一切都在所不惜的姿态来为祖国研制核武器。遵循传统社会道德，作为反法西斯阵线上的普通一兵，巴福特实验中心的科学家们应该从朴素的爱国主义出发，坚决支持自己的盟友——美军用新武器给纳粹法西斯以致命的打击。况且，当时绝大多数科学家都认为，纳粹差不多是人类社会所能做出的极恶。然而，巴福特实验中心的科学家们既是普通一兵，又不是普通一兵。尽管看不出有什么证据可以表明研制具有极大毁灭性武器的科学工作在任何理智方面不同于其他科学工作，但是在道德上则不同。这个不同就在于：在世界范围内，没有人比他们更清楚地知道核武器将给人类所带来的毁灭性的灾难以及将对地球生态系统的严重破坏。作为科学的先驱，科学家有一种道德律令要他说出他所知道的事情，他们有责任成为科学道德的先驱。"士兵必须服从。这是他们的道德基础。但这不是科学道德的基础。科学家必须提问题，必要时还必须造反。"[1]但是，履行科学道德的职责，反对美军使用核武器，在反法西斯战争这个特殊的背景下，他们则可能遭受到纵容邪恶、反政府甚至叛国的道德谴责，进而成为不受自己的国家和同胞欢迎和尊重的人。这，只有英雄而非大多数普通的善良人才有力量承受。

回顾自己二十年的政府官员生活，斯诺曾经自我剖析道：

> 我逐渐隐藏到制度的背后，我逐渐失去了说个不字的权利。作为一个有组织社会的成员，只有十分勇敢的人才能保持说个不字的权利。我告诉你这一点，我不是十分勇敢的人，也不是那种安于离开同事而孤立的人。[2]

---

[1] C·P·斯诺：《两种文化》，纪树立译，生活·读书·新知三联书店1994年版，第216页。
[2] C·P·斯诺：《两种文化》，纪树立译，生活·读书·新知三联书店1994年版，第217—218页。

　　或许，正是由于这种扪心自问，斯诺没有在《新人》里给我们塑造出哪怕是一个敢于坚持新的科学道德的崇高的新人。然而，通过这些并不崇高的人物，《新人》充分展示了科技新人艰难的道德处境，呼吁人们关注高新科技给人类社会带来的新的伦理命题，期盼能尽快建构起符合新时代需要的新科技伦理规范，以保障人类的和平与幸福。

文学诠释与罗伯-格里耶诠释

文学阅读和研究是一种交往活动——既是与作家作品交往的活动，又是与其他读者和研究者交往的活动。而且，作为一个研究者，他的研究往往要靠与他人的交往才能被激活。基于这种认识，笔者怀着感激之情，读了王长才博士生针对拙作《后工业城市"幻象化"的现实——试论罗伯-格里耶的城市小说》（载于《外国文学评论》2004 年第 4 期）撰写的批评文章《如何理解罗伯-格里耶——兼与张唯嘉教授商榷》（载于《外国文学评论》2006 年第 2 期，以下简称《如何理解》，本文凡未注明出处的引文均引自该文）。读后，脑海中涌现出一些疑问，诸如：

> 在文学阅读和文学批评的实践中，应该以什么为"依据"和"出发点"？必须以作家的"小说观念"为"依据"或"出发点"来解释其小说文本吗？
>
> 罗伯-格里耶的"形式本体论"应该成为我们评价其创作的准则吗？是否"不宜"从"小说内容"而只能从"小说形式"入手来研究罗伯-格里耶或其他主张形式本体的作家吗？
>
> "罗伯-格里耶不重视对外部世界的真实再现"吗？主张"虚构"的非现实主义流派小说家创作的小说能脱离现实吗？

笔者以为，这一系列问题，既是罗伯-格里耶研究的基础，又具有普适性，是文学诠释学的基本问题，所以写下了这篇题为"文学诠释与罗伯-格里耶诠释"的论文，作为与王长才博士生和其他读者、研究者交往的引玉之砖，并祈大方之家是正。

一、作家的"小说观念"与文本解读

《如何理解》强调"罗伯-格里耶的小说观念"是"本文"的主要"依据"

之一，多次批评拙文的"出发点"与"罗伯-格里耶的小说观念相去甚远"，因此落入了"一厢情愿的解释"和"过度诠释"的"歧路"。可见，在其心目中有一把批评的标尺：必须以作家的"小说观念"为"依据"和"出发点"来解读其文学创作；或者，换句话来说，文学解读必须符合作家的"小说观念"。这把批评标尺准确与否，笔者觉得有待批评和辨析。

细读全文，《如何理解》所说的"小说观念"主要有两重内涵：一是作者意图，二是作家的小说理论。尽管二者有着不可分割的联系，仍有着一定的差别，试分别述之。

1. 作者意图与文本解读

作者意图确实在诠释学和文学诠释学的历史中占据过霸主的位置。

在中国，当儒家学说的创始人孔子声明"信而好古"、"述而不作"时，就已经设定了"古"（即周礼）之"作者"是唯一合法的真理创造者，而后人所能做的只是对"古"之的真理的准确理解和合"礼"应用。在这样的思想背景之下，孟子的"以意逆志"成为我国古代文学诠释学的基本原则。尽管古代学人们对"以意逆志"有不同的理解：或主张"以己意迎取作者之志"①，或强调"以古人之意求古人之志"②，却毫无争议地都把追寻作者意图作为文本解读的核心目标。

在西方，以圣经为对象的神学诠释学是最早出现的诠释学派之一。神学诠释学将圣经视为上帝的书，设定上帝是可能存在，也是唯一存在的真理创造者（真正意义上的作者），而诠释学的任务就是正确理解上帝话语，准确传达上帝旨意。到近代，随着科学和理性主义的发展，世俗著作开始受到重视并进入诠释的视野，诠释学领域由神圣的著作逐渐扩大到所有流传下来的精神作品，神圣的或者说特殊的诠释学发展成施莱尔马赫所命名的"普遍诠释学"③。对于"普遍诠释学"的任务，施莱尔马赫曾这样表述："要与讲话的作者一样好甚至比他还更好地理解他的话语"④。

---

① 朱熹：《四书集注》，岳麓书社 1987 年版，第 440 页。

② 吴淇：《六代选诗定论缘起》，郭绍虞主编，《中国历代文论选》，上海古籍出版社 1979 年版，第 87 页。

③ 施莱尔马赫：《诠释学讲演》，洪汉鼎译、洪汉鼎主编，《理解与解释·诠释学经典文选》，东方出版社 2001 年版，第 48 页。

④ 施莱尔马赫：《诠释学讲演》，洪汉鼎译、洪汉鼎主编，《理解与解释·诠释学经典文选》，东方出版社 2001 年版，第 61 页。

由此,"解释的重要前提是,我们必须自觉地脱离自己的意识(Gesinnung)而进入作者的意识"①。因为,"对作者的观念材料的认识愈精确,那么这种解释就愈容易和愈确切"②。于是,作者意图取代上帝话语成为诠释目标。在文学批评的实践中,我们看到,一方面,西方近代文学批评史上确实存在着不同的文学诠释流派,有着大相庭径的美学观念。例如,19世纪的浪漫主义文学诠释流派重视作家的主观感情,热衷于研究天才、灵感、激情;而实证主义文学诠释流派重视作家思想形成的条件,热衷于研究作家的生平与心理等。而另一方面,学人们在追寻作者意图这个研究基点上是完全一致的。

不管中国也好,西方也好,哲学也好,文学也好,历代的诠释者们无论对上帝旨意还是对诗人之志,都有不同的理解。从来没有人理解并诠释出为古往今来的学人所共同认可的唯一准确的"上帝"旨意或诗人之志——如同不少诠释者所自以为是的那样。但是,在对作者意图的执著追寻中,从来就隐含着两个信念:

其一,存在一个原始的、客观实在的、固定不变(固化在文本之中)的作者意图,这个作者意图就是文本的意义,作者意图的客观性和唯一性,决定了文本意义的客观性和一义性,也决定了诠释的本质——趋近作者原意,以达重构或复制作者意图的目标。

其二,类似于全知全能的上帝,作者是把握着真理和智慧的天才,是读者当然的导师,神圣的作者意图值得人们去孜孜不倦地去探询。

那么,读者是否可以超越作者,对文本做出创造性的理解呢?施莱尔马赫说:

> 第一,存在有一种作者和读者双方能分享的理解;第二,存在有一种作者所特有的理解,而读者只是重构它;第三,存在有一种读者所特有的理解,而这种理解即使作者也能作为一种特殊的外加的意义加以重视……第三种理解类型应当称之为调解(accommodation)。它不属于一般诠释学,而是适应于推论的(离题的)或偶然的著作和

---

① 施莱尔马赫:《诠释学箴言(1805—1810)》,洪汉鼎译、洪汉鼎主编,《理解与解释·诠释学经典文选》,东方出版社 2001 年版,第 23 页。
② 施莱尔马赫:《诠释学讲演》,洪汉鼎译、洪汉鼎主编,《理解与解释·诠释学经典文选》,东方出版社 2001 年版,第 72 页。

争论。①

在此，施莱尔马赫不仅承认读者也可能有所发现有所创造，而且还承认其发现和创造有着一定的价值，就连"作者也能作为一种特殊的外加的意义加以重视"。但是，从传统诠释学的基本立场出发，他将读者创造性的理解"称之为调解（accommodation）"，并认定"它不属于一般诠释学，而是适应于推论的（离题的）或偶然的著作和争论"，从而粗暴地将它驱逐出诠释学领域。由此可见，在传统诠释学的语境中，读者被默认为作者意图的接受者或附和者，只能聆听，无权创造。

然而，在尼采宣告"上帝死亡"之后，到了 20 世纪，这种作者意图雄霸诠释学天下的局面终于被打破。

20 世纪初叶，俄国形式主义美学家们高扬文学性的旗帜，悬置起作家意图，把诠释的重心倒向文本的语言形式和结构。30—40 年代崛起并兴盛的英美新批评派把文学作品看成是一个独立自足的客体，强调以文本为中心，将传统的作者意图标准斥之为"谬见"。② 罗兰·巴尔特更是惊世骇俗地宣布："从法律上讲，作者已经死了。"③

20 世纪 30—40 年代，在重视文本的同时，现象学美学家开始关注读者在诠释活动中的主体作用。英伽登提出：作品作为"主体间际的意向客体（an intersubjective intentional object）同一个读者社会相联系"④，文学文本是"艺术家和观赏者共同的产品"，⑤因为，作为一种包含着若干不定点"图式化构成（a schematic formation）"⑥文学作品的完成或"具体化"有赖于读者的"重建"活动——阅读过程中的创造性理解。到了 20 世纪下

---

① 施莱尔马赫：《诠释学箴言（1805—1810）》，洪汉鼎译、洪汉鼎主编，《理解与解释·诠释学经典文选》，东方出版社 2001 年版，第 25—26 页。

② 维姆萨特：《意图谬见》，罗少丹译，张德兴主编，《二十世纪西方美学经典文本》（第一卷），复旦大学出版社 2000 年版，第 573—579 页。

③ 罗兰·巴尔特：《阅读的快乐》，怀宇译，李钧主编，《二十世纪西方美学经典文本》（第三卷），复旦大学出版社 2001 年版，第 448 页。

④ 英伽登：《对文学的艺术作品的认识》，陈燕谷、晓禾译，陆扬主编，《二十世纪西方美学经典文本》（第二卷），复旦大学出版社 2000 年版，第 732 页。

⑤ 英伽登：《艺术的和审美的价值》，朱立元译，陆扬主编，《二十世纪西方美学经典文本》（第二卷），复旦大学出版社 2000 年版，第 736 页。

⑥ 英伽登：《对文学的艺术作品的认识》，陈燕谷、晓禾译，陆扬主编，《二十世纪西方美学经典文本》（第二卷），复旦大学出版社 2000 年版，第 731 页。

半叶,解释学、接受美学和解构主义等美学家将研究重点转向读者的阅读活动。阅读被认为是"诠释学和解释的中心"①。读者的创造权力得到了充分肯定:"文本的意义超越它的作者,这并不只是暂时的,而是永远如此的。因此,理解就不只是一种复制的行为,而始终是一种创造性的行为。"②

从崇拜"作者意图"到肯定创造性的阅读活动,西方文学诠释学观念的转变,在罗伯-格里耶身上也留下了鲜明的印记。例如,20 世纪 60 年代,罗伯-格里耶曾经不无失望地对记者谈到《在迷宫里》:

> 人们对它的赞扬比对《嫉妒》的谴责更使我感到惶恐不安。对于读者来说,这个主题是一种形而上学的深化;然而对于我来说,那个士兵似乎只是一个连环画上的人物。他的奇遇和他的外形都是没有超俗、没有内在灵魂的表面,就像塞尚的苹果不是立体的而只是画出来的平面一样。③

在此,作家明确地告诉我们:他创作《在迷宫里》的初衷是实践"平面化"写作,驱逐意义,"铲除陈旧的深度神话";④他为读者没有能正确理解"主题"——没能准确地把握自己的意图(即"作者意图")而"惶恐不安"。

然而,十几年后,罗伯-格里耶却消除了当初的"惶恐不安"。1984 年6 月,罗伯-格里耶在接受中国学者的访谈时,曾这样论及《在迷宫里》:

> 对于我这本颇能引起遐思的书,读者阅后各有各的想法。教徒从宗教的角度去理解,他们把许多动作都看作十字架的标志。弗朗索瓦·莫里亚克说:"这盒子里藏着死者的灵魂,应当交给上帝,但无法可交,那么就交给医生;在非宗教小说中,医生代替了神甫的作用。"他用宗教去诠释,但我实在没有这个意思。苏联人又是另一种说法。有一次,我去维也纳开一个文学讨论会,会上有法国、苏联等

---

① 伽达默尔:《在现象学和辩证法之间——一种自我批判的尝试》,夏镇平译,洪汉鼎主编,《理解与解释:诠释学经典文选》,东方出版社 2001 年版,第 604 页。

② 伽达默尔:《真理与方法》(上卷),洪汉鼎译,上海译文出版社 2004 年版,第 383 页。

③ 罗伯-格里耶:《我开始成了一个相当出名的作者》,杜莉译,陈侗、杨小彦选编,《与实验艺术家的谈话》,湖南美术出版社 1993 年版,第 323 页。

④ 罗伯-格里耶:《自然、人道主义、悲剧》,柳鸣九译,伍蠡甫主编,《现代西方文论选》,上海译文出版社 1983 年版,第 317 页。

国的作家出席。西蒙诺夫赞扬这本书,认为其中写的是苏联卫国战争中的列宁格勒,他称此书为社会主义现实主义小说。对于这些评论我一概不表示态度,也无异议。为什么不? 这是因为我觉得对于小说,只有一种讲法并不好;每个人读后有各自不同的理解,这很好。最怕的是只有一种唯一的、准确的理解。①

在此,我们不难看到罗伯-格里耶在诠释学观念上的转变:20 世纪 60 年代,他希望读者按照他的意图来理解文本;而到了 80 年代,他反对"唯一的、准确的理解",并以自己的作品"颇能引起遐思"而自豪。

当然,正如伽达默尔所描述的那样:"诠释学是相互理解(Verstaendigung)的艺术。然而,对诠释学的问题要达到相互理解,却似乎具有特别的困难"。② 今天,世界各地的思想家们仍然围绕着诠释学的基本问题展开着激烈的论争。维护诠释学传统的学者们在学术争鸣活动中,亦提出了不少值得重视的问题和理念。然而,可以肯定的是,作者意图在诠释学领域里的霸主地位已成昨日黄花。文学诠释是一种创造性的精神活动,其本质并非重构或复制作者意图,已经成为相当多学人的共识。并且,我们还应该看到,文学诠释不仅是一种理论,更是一种生活实践。从文学阅读和诠释的实践来考察,或许,我们可以在大学的文学课堂上规定专门"学"文学的学子应该而且必须按作家意图来阅读和诠释。但是,在日常生活中,广大读者的文学阅读过程是自由的:他轻松地敞开心扉去迎接文本,他的思想和意识自由地在令他心动的词句间跳跃、遨游,自由地(往往是不自觉地)诠释着文本。没有谁可以命令他只许按作者意图来理解文本。因为,他的阅读过程是生命体验的过程,而且归根结底,他阅读的是自己的生命体验。

2. 罗伯-格里耶的小说理论与小说创作

或许,我们可以把罗伯-格里耶与小说理论视为一种独特的悖论关系。

罗伯-格里耶曾经郑重其事地宣布:

---

① 徐知免:《访问法国"新小说"作家阿兰·罗伯-格里耶》,《当代外国文学》1985 年第 1 期。
② 伽达默尔:《答〈诠释学和意识形态批判〉》,洪汉鼎译,洪汉鼎主编,《理解与解释·诠释学经典文选》,东方出版社 2001 年版,第 381 页。

我不是一个小说理论家。我只是，无疑，跟所有的小说家一样，无论是过去的还是现在的，被引导着对我写过的书，对我读到的书，对我准备写的书，作了某些批评性的思考。①

在回顾自己的理论写作时，他说：

当我开始写点理论的东西时，并不是针对有准备的读者的。那些只是报刊上登的文章，而且是《快报》向我约的稿……我继续以一种并不严肃的态度看待这种理论活动，而更多地把它看作是一种游戏。②

可见，罗伯-格里耶对理论持一种否定的态度。他之所以否定理论，是因为，归根结底，理论总是意味着某种确定无疑的"意义"。而这种"意义"正是他强烈反对的。③ 但另一方面，他否定理论，又不得不通过理论的方式来进行。因此，当他用理论来否定理论的时候，无形中便已经肯定了理论的作用。于是，宣称"不是小说理论家"的罗伯-格里耶，又不由自主地充当了理论家的角色。而且，作为"新小说派"领袖，罗伯-格里耶既是"新小说派"的首席代表，又是最有影响的新小说理论家。

罗伯-格里耶小说理论的一个鲜明特征是矛盾性：在其小说及其小说理论之间，有着不大协调统一的地方；同时，其理论本身亦存在着某些矛盾之处。

关于其"作品"与其"理论"的矛盾，一方面，罗伯-格里耶认为，这两者之间"可能存在的唯一关系，恰恰具有辩证的性质：一种又一致又相反的双重游戏"④。也就是说，在他看来，这两者之间原本就是一种对立统一的关系。有矛盾是正常的，没有矛盾才不正常。另一方面，与否定理论的基本立场相一致，当"作品"与"理论"发生矛盾的时候，罗伯-格里耶总是坚定不移地站在"作品"一边。他说：

---

① 罗伯-格里耶：《为了一种新小说》，余中先译，湖南美术出版社 2001 年版，第 71 页。

② 转引自张容《法国新小说派》，生活·读书·新知三联书店（香港）有限公司 1992 年版，第 32 页。

③ 关于罗伯-格里耶对"意义"的非难，可参见张唯嘉《罗伯-格里耶的非意义论》，刊载于《外国文学研究》2001 年第 4 期。

④ 罗伯-格里耶：《为了一种新小说》，余中先译，湖南美术出版社 2001 年版，第 76 页。

我们早就看到问题根本不是要建立一种理论,一种预制的模具,好在里头浇铸未来的作品。[①]

与作品比起来,概念留存得很短暂,没有任何东西能代替作品……在任何情况下,作品始终是他(指作家,笔者注)计划最好的和唯一可能的表达。假如他有能力给它提出一个更为简单的定义,或者用清晰的话语把他二三百页的书简化为某个信息,一个词一个词地诠释其运作,一句话,给出它的理由,那么,他就感觉不到需要写这本书了。[②]

至于其理论自身的矛盾,罗伯-格里耶诠释说,如果人们在他的论文集中发现:"从一篇文章到另一篇文章存在着什么发展变化的话,那也不是一件奇怪的事。当然,那并不是由过于漫不经心的——或不怀好意的……而是在一个不同层面上的重新继续,是重新考察,是同一个概念的第二张脸,或者,是一种补充"[③]。罗伯-格里耶不仅没有否认或掩饰其小说理论的矛盾,而且还视之为当然:新小说的兴起归根结底是为了推进小说体裁的发展,而任何事物都只能在矛盾运动中发展。没有矛盾,便没有运动,没有发展。

笔者认为,作为一种叙述方式,罗伯-格里耶的小说理论具有原创性和不可替代的独特价值,亦有其瑕疵和不足,并非其小说创作的最佳总结、最佳诠释、最佳阐发,更不是放之四海而皆准的绝对真理。他的小说创作也绝非对其理论的简单图解。读者和研究者可以将其小说理论作为解读其创作的参照,但并非必须从以其小说理论为"依据"和"出发点"来解读其小说文本。

二、"形式本体论"与诠释对象

《如何理解》明确提出:因为罗伯-格里耶主张"形式本体论",所以,"从'内容'去研究罗伯-格里耶是不太恰当的",只有"从小说形式入手才是研究罗伯-格里耶更为可取的方式"。对此,笔者有不同的认识。

---

① 罗伯-格里耶:《为了一种新小说》,余中先译,湖南美术出版社 2001 年版,第 76 页。
② 罗伯-格里耶:《为了一种新小说》,余中先译,湖南美术出版社 2001 年版,第 77 页。
③ 罗伯-格里耶:《为了一种新小说》,余中先译,湖南美术出版社 2001 年版,第 76 页。

首先,这一立论的逻辑起点有误。很明显,其逻辑起点即文学解读必须符合作家之"小说观念"。对此,前文已有论述。这里,只是就事论事地反问一句:如果对于持"形式本体论"的罗伯-格里耶之作品的研究,只能"从小说形式入手",那么,对于将"宗教意识"视为文学基础和文学批评标准①的托尔斯泰之作品的研究,是否就只宜从"宗教意识"入手,而不宜研究其小说形式呢?

其次,这一立论隐含着一个前提:罗伯-格里耶的"形式本体论"是人们必须认同的"真理"。这一前提有误。

不错,罗伯-格里耶的确持"形式本体论"。在《关于几个过时的概念》一文中,他把"形式与内容"等斥之为过时的概念;到了晚年,他更是提出"好作家就是没有东西可讲"的作家,认为"内容"一词只能用于科学论文,不能用于文学领域。② 然而,罗伯-格里耶如是说,并不等于我们必须如是听。笔者认为,罗伯-格里耶的"形式本体论"既有其积极意义,亦有其不足。其积极意义主要在于坚持文学的主体性,重视小说形式的存在与价值,强调作家的创造权利和创造使命。其理论缺陷主要有三点:

1. 理论基点存在着误区。罗伯-格里耶形式本体论的理论基点是:小说是一个独立自足的艺术世界。这一理论基点的误区在于把小说当成一种自然物,轻视小说的意识形态性质,轻视小说与人类社会的联系。作为人类意识和精神的产物,小说和其他文学艺术形式一样,天生就具有意识形态的特性,天生就是一种特殊的意识形态。连结构主义流派中极负盛名的保裔法籍学者托多洛夫也承认:"说文学不是外部意识形态的反映并不证明它与意识形态毫无关系:文学并不反映意识形态,它就是一种意识形态。"③巴赫金说过:"物理和化学的物体存在于人类社会之外,意识形态的一切创作只在人类社会之中和为它而成长。"④作为一种意识形态的创作,小说不是一只松鼠,不是一块岩石,不是任何一种自然存在物。它不可能独立于人类社会而自足地存在。它无可选择

---

① 参见托尔斯泰《什么是艺术?》,丰陈宝译,伍蠡甫主编,《西方文论选》(下卷),上海译文出版社 1979 年版,第 432—444 页。

② 徐知免:《访问法国"新小说"作家阿兰·罗伯-格里耶》,《当代外国文学》1985 年第 1 期。

③ 托多洛夫:《批评的批评》,王东亮等译,生活·读书·新知三联书店 2002 年版,第 190 页。

④ 巴赫金:《生活话语与艺术话语》,吴晓都译,《巴赫金全集》第二卷,河北教育出版社 1998 年版,第 80 页。

地是一种社会现象。

2. 在强调不能把文学混同于政治、经济、历史、哲学、道德等其他意识形态的同时,罗伯-格里耶忽视了文学与其他艺术形式的区别。他常常把小说与音乐美术等类比来证明小说的纯艺术和纯形式特性。他说:"作家使用词与句子创造形式,犹如画家使用颜色和形状,音乐家使用音符,雕刻家使用黏土和云石一样。"①但是,与颜色、音符、黏土、云石等截然不同,"词和句子",即语言,从来就不是一种自然物。语言是一种社会行为,而且是唯一任何社会成员都参与的一种社会行为。语言是人类一切存在的栖身之所,人类无法走出语言。语言是人类的文化地质层。在这个地质层里记载着人类物质文明与精神文明发展的历史。作为语言艺术的小说,既是语言的本己存在(语言形式自身),又是语言所揭示的意义世界。小说家进行创作,既是考虑"句子的运动、结构、词汇、语法结构"的过程,同时又是用语言表达和揭示意义的过程。读者在阅读语言本身的同时,又在阅读语言所指的意义世界。不包含意义内容的纯形式的小说从来就不可能存在。

3. 罗伯-格里耶以形式取代内容,提出的作家应当"没有内容这一概念"也是十分荒谬的(不知是否受到罗伯-格里耶的影响,《如何理解》似乎也羞于使用"内容"一词,专门在第一次使用该词时加了一个注释)。文学艺术家不一定想表达某种真理,但是文学艺术家在创作时一定有要表现的东西。当画家面对画板时,他的头脑里一定有想表现的对象,譬如,一棵树、一个少女,或者某种几何图案。当音乐家坐在钢琴边开始谱写一首新曲时,他心中一定有需要表达的情绪,或欢快、或悲哀、或激昂、或沉郁的情绪。人们把这个对象叫做内容。这个内容是很难被否定掉的。当初,俄国形式主义否定了"内容"与"形式"的二元表述后,又不得不用"材料"和"手法"替换之。而罗伯-格里耶在强调好作家"没有东西可讲"的同时,也不得不承认作家跟客观世界接触后,才产生创作冲动,想表现客观世界。那么,想表现客观世界不就是有东西可讲么?这个作家想表现的东西不叫内容又叫什么呢?即使换一种表述又有何实质上的区别呢?

德国哲学家弗里德里希·阿斯特有一句名言:"内容就是曾经被塑形

---

① 转引自张寅德《叙述学研究》,中国社会科学出版社1989年版,第491页。

的东西,而形式就是塑形了的内容的表现。"①内容与形式是相辅相成、无法分割的统一体。不存在一个只有形式没有内容的文本,也不存在一个只有内容没有形式的文本。倡导"介入文学",要求文学听命于社会责任的萨特的小说有其独特的艺术形式;声称形式本体的罗伯-格里耶的小说也有其独特的内容。《如何理解》得出的结论:"罗伯-格里耶小说的思想价值和美学价值都主要体现在艺术形式方面";"从'内容'去研究罗伯-格里耶是不太恰当的",只有"从小说形式入手才是研究罗伯-格里耶更为可取的方式"。这一结论无形中将罗伯-格里耶的小说文本视为一种纯形式的文本(或者说"主要"为形式的文本),不符合文学文本包括罗伯-格里耶文学文本的实际。

三、"再现"、"虚构"与"真实"

《如何理解》指责拙文"针对罗伯-格里耶小说的内容来立论,与罗伯-格里耶重形式探索而不重现实再现的观念有一定偏离";批评拙文从社会学的角度去解读罗伯-格里耶小说文本中的"幻象化"现实是"将具有颠覆性的罗伯-格里耶的小说写作重新纳入他所反感的巴尔扎克小说模式之中";并得出结论:"罗伯-格里耶不重视对外部世界的真实再现","说罗伯-格里耶的小说是想象力的产物,比说是对社会的反映或许更适合"。对此,笔者亦有不同的理解。

首先,罗伯-格里耶并非"不重现实再现"。的确,作为"新小说"派的领袖、一个后现代主义文学家,罗伯-格里耶一生都在坚定不移地拒绝巴尔扎克式的现实主义叙事规范。但是,与此同时,他却理直气壮地自称是"现实主义"者:

所有的作家都认为自己是现实主义的。从来没有任何一个作家自称是抽象的、幻术的、幻象的、异想天开的、凭空作假的……现实主义是每个人都挥舞着对付左邻右舍的意识形态旗帜,是每个人都以为只有自己才具有的品质……如果说,他们之间无法互相理解,那是因为,每个人对现实的概念都是各自不同的。古典派认为现实是古

① 弗里德里希·阿斯特:《诠释学》,洪汉鼎译,洪汉鼎主编《理解与解释:诠释学经典文选》,东方出版社 2001 年版,第 5 页。

典的,浪漫派认为它是浪漫的,超现实主义者认为它是超现实的,克洛代尔认为它有着神圣的本质,加缪认为它是荒诞的……每个人都照着他所看到的样子谈论世界……①

如何理解我们的现实?换言之,我们所处的现实世界是一个怎样的世界?这既是古往今来的哲学家所力图解答的基本问题,也是所有的美学家、文学家所面临的基本问题。正是在这个意义上,罗伯-格里耶认为"现实主义是每个人都挥舞着对付左邻右舍的意识形态旗帜,是每个人都以为只有自己才具有的品质"。而一代又一代的文学家之所以要打出文学革命的旗帜,提出新的"主义",开展新的"运动",引导新的"潮流",归根结底,是因为他们自认为对"现实"有了更为正确的理解——发现了新的"现实"。假如什么时候,人们确认:这现实世界已经被彻底发现完了。那么,"最明智的做法将是完全彻底地停止写作"。② 因此,与历史上一切具有革新意识的真正的文学创作者一样,罗伯-格里耶和他的新小说同仁之所以反对巴尔扎克,之所以倡导新小说革命,就在于他和他们对"现实"有了新的——后现代主义的理解:

> 从巴尔扎克到"新小说"派,小说艺术发生了很深刻的变化,巴尔扎克笔下有真实,"新小说"派笔下也有真实,两种真实是有差异的。巴尔扎克的时代是稳定的,刚建立的新秩序是受欢迎的,当时的社会现实是一个完整体,因此巴尔扎克表现了它的整体性。但 20 世纪则不同了,它是不稳定的,是浮动的,令人捉摸不定,它有很多含义都难以捉摸,因此,要描写这样一个现实,就不能再用巴尔扎克的那种方法,而要从各个角度去写,要用辩证的方法去写,把现实的飘浮性、不可捉摸性表现出来。③

在罗伯-格里耶眼中,20 世纪的现实完全不同于 19 世纪的现实,后者的基本特点是确定,即"稳定"和"完整",而前者的基本特点是不确定,即"漂浮性、不可捉摸性"。因此,他并没有简单地否定巴尔扎克,而是在肯

---

① 罗伯-格里耶:《为了一种新小说》,余中先译,湖南美术出版社 2001 年版,第 227—228 页。
② 罗伯-格里耶:《为了一种新小说》,余中先译,湖南美术出版社 2001 年版,第 228 页。
③ 柳鸣九:《"于格诺采地"上的"加尔文"——在午夜出版社访罗伯-葛利叶》,《文艺研究》1982 年第 4 期。

定巴尔扎克小说历史价值的同时,强调在不确定的 20 世纪现实中,巴尔扎克式的叙事模式已经成为了昨日黄花:"19 世纪的小说创作,在一百年前的当时是生机勃勃的,而在今天,它只剩下了一副空洞的程式"。① 罗伯-格里耶甚至断言:"如果巴尔扎克生在今天,他也不会像他曾经写过的那样写作,而会写作'新小说'。"②

总之,罗伯-格里耶并不是反对巴尔扎克再现现实,而是反对用巴尔扎克那种稳定完整、确定无疑的叙述方式来再现 20 世纪不确定的现实。《如何理解》一文在反对解读罗伯-格里耶小说之"现实"的同时,主张探究罗伯-格里耶所采用的矛盾、悖谬、空缺等不确定叙事策略。殊不知,这位新小说家使用不确定叙事策略的目标不是别的,就是为了反映他所理解的 20 世纪之"飘浮"的、"不可捉摸"的现实世界。

进一步分析,假如我们有足够的资料确认罗伯-格里耶本人"不重现实再现",那么他的小说就真的与现实世界无涉,以至不可能从任何社会学的角度去解读了吗?

这是一个涉及小说本质或者说文学本质的重要问题。

罗兰·巴尔特认为文学的能力有三种:知识性、摹拟性和记号性(即符号性)。在谈到文学的前两种能力时,他说:

> 文学包含着许多知识,例如,在《鲁滨逊漂流记》这样一部小说中,有历史的、地理的、社会的(殖民问题)、技术的、植物的、人类学(鲁滨逊从自然状态过渡到文化状态)等知识……所有学科出现在文学的大殿中。因此,人们可以说,不管文学被冠以什么流派,文学绝对并毫无疑问地是现实主义的,它就是现实,即真实的光芒……③(引文中的着重符号为笔者所加)

> 文学的第二种能力就是再现(représentation)的力量。从古代直到先锋派的探索,文学都努力再现某种事物。再现什么? 恕我冒然断言:再现真实。但真实并不是可再现的,正是因为人们企图不间

---

① 罗伯-格里耶:《新小说》,董友宁译,伍蠡甫等主编,《西方文艺理论名著选编》(下卷),北京大学出版社 1994 年版,第 258 页。

② 徐知免:《访问法国"新小说"作家阿兰·罗伯-格里耶》,《当代外国文学》1985 年第 1 期。

③ 罗兰·巴尔特:《文学符号学》,钮渊明译,李钧主编,《二十世纪西方美学经典文本》(第三卷),复旦大学出版社 2001 年版,第 421 页。

断地用词来再现真实,于是就有一个文学史……文学也同样顽固地是"非现实主义"。① (引文中的着重符号为笔者所加)

在此,罗兰·巴尔特精辟地指出:文学(当然包括小说)与现实世界的关系是一种悖谬关系;小说只能是现实主义的,也只能是非现实主义的。

小说只能是现实主义的。"表面看来,历史与小说的差异就在于他们同现实世界的联系。小说可以不像历史那样忠于现实:小说可以杜撰出'一个世界'来。但更深沉地反思一下,便可发现小说中的'世界'始终都与现实世界发生联系;而且这种联系往往是复杂的和深刻的。"②对于小说与现实世界的种种复杂深刻的联系,笔者在这里仅列举其三:第一,小说是语言的艺术,而语言——根据日常语义学派奥古斯汀等人的界定——是人类现实生活行为的形式,而文本——在利科尔等思想家看来——既是一种符号体系,也是"语义上凝结的生活表现"③;第二,小说是作家的创作的成果,而作家不可能是非现实世界中人,他创作的文本(哪怕是他彻底"虚构"或想象出来的文本)不能不包括此在本身的现实世界经验;第三,小说的素材,无论是"真实"的还是"虚构"的,无论是关于人的还是关于动物的或者关于静物的,都与人类生活的现实世界有着千丝万缕的联系。总之,正如海登·怀特所云:"所有的诗歌中都含有历史的因素"④;"我们同样也体验到伟大小说是如何阐释我们与作家共同生活的世界"⑤。

小说也只能是非现实主义的。小说是虚构的艺术,它从来就不是现实。从作家创作的角度来看,小说文本从来就不是一种静态的形式,而是一种结构化的过程。这种结构化乃是一种组织工作,一种在叙述行为中完成的、对各种素材所作的安排和选择工作。通过这种结构化的过程,文本才成为一个整体。而"叙述性文本一旦形成,就向我们的面前端出'一

---

① 罗兰·巴尔特:《文学符号学》,钮渊明译,李钧主编,《二十世纪西方美学经典文本》(第三卷),复旦大学出版社 2001 年版,第 423 页。

② 高宣扬:《利科的反思诠释学》,同济大学出版社 2004 年版,第 154 页。

③ 王岳川:《现象学与解释学文论》,山东教育出版社 1999 年版,第 233 页。

④ 怀特:《作为文学虚构的历史文本》,包亚明主编,《二十世纪西方美学经典文本》(第四卷),复旦大学出版社 2000 年版,第 589 页。

⑤ 怀特:《作为文学虚构的历史文本》,包亚明主编,《二十世纪西方美学经典文本》(第四卷),复旦大学出版社 2000 年版,第 590—591 页。

个世界'来,这个文本中的世界,一旦被端出来,便自然地与现实世界发生了矛盾,产生出'差距'"。① 因此,小说创作的过程,实质上就是作家重新安排和重新调置人与现实的关系的过程。无论是自称"模仿"一个世界,还是自称"虚构"一个世界,作家都以自己的方式"重作"了一个世界。这个"重作"的文本世界绝不可能与现实世界完全一致。因为,"用拓扑学的术语来说,人们承认不能使一个多维世界(真实)与一个单维世界(言语)契合"。② 而且,不仅仅是小说。列维-施特劳斯指出:"历史从未完全脱离神话的本质。"③海登•怀特也证明:历史学家们的编撰工作"从根本上说是文学操作,也就是说,是小说创造的运作",④从来以"真实"自居的历史文本,其深层结构实质上是诗性的,"所有的历史叙事中都存有虚构成分"。⑤

　　笔者以为,正是小说与现实世界这种既是现实主义的又是非现实主义的悖谬关系,决定了所有流派的小说文本都既是现实的又是虚构的。无论是自称忠实于现实和自然的现实主义作家、自然主义作家,还是宣称仅抒写情感、理想和想象的浪漫主义作家,抑或是呼唤着"超现实"、"潜意识"、"元小说"或"虚构"的现代主义后现代主义作家,其创作既不可能彻底脱离现实,又不可能绝对一致地"再现"现实。因此,读者和批评家可以从忠于现实或自然的巴尔扎克或左拉的小说文本中,解读出"虚构"和非现实、非自然;也可以从初民们"想象"出来的神话文本中,解读出远古时代的人类社会现实;亦可以从罗伯-格里耶"虚构"的新小说文本中解读出西方后工业社会的现实。

　　① 高宣扬:《利科的反思诠释学》,同济大学出版社 2004 年版,第 155 页。

　　② 罗兰•巴尔特:《文学符号学》,钮渊明译,李钧主编,《二十世纪西方美学经典文本》(第三卷),复旦大学出版社 2001 年版,第 423 页。

　　③ 怀特:《作为文学虚构的历史文本》,包亚明主编,《二十世纪西方美学经典文本》(第四卷),复旦大学出版社 2000 年版,第 583 页。

　　④ 怀特:《作为文学虚构的历史文本》,包亚明主编,《二十世纪西方美学经典文本》(第四卷),复旦大学出版社 2000 年版,第 577 页。

　　⑤ 怀特:《作为文学虚构的历史文本》,包亚明主编,《二十世纪西方美学经典文本》(第四卷),复旦大学出版社 2000 年版,第 590 页。

中西"空白"观之比较

　　"空白",是中国古代艺术理论中常常涉及的美学概念,然而人们往往在考察"意境"、"虚实"等问题时才谈到它,很少将它作为一个独立的审美范畴来研究。在西方艺术理论中,"空白"则是一个颇具现代意味的先锋术语。20 世纪 60 年代,波兰现象学美学家罗曼·英伽登率先把"空白"概念引进西方艺术理论。70 年代,德国著名接受美学家沃尔夫冈·伊瑟尔相继推出《文本的召唤结构》(1970)、《潜在的读者》(1972)、《审美过程研究——阅读活动:审美响应理论》(1876)等著作,创造性地将"空白"概念发展成为一种系统的理论。80 年代,法国新小说家罗伯-格里耶在"新自传"三部曲《重现的镜子》(1984)、《昂热丽克或迷醉》(1988)、《科兰特的最后日子》(1994)中,总结新小说创作的实践,提出颇具革命意义的"空白说"。比较中、西艺术理论中的"空白"观的异同,探讨中、西"空白"观的由来,全面认识"空白"范畴的内涵和意义,对于考察、梳理不同文化背景下的文艺思想的共性与特性,建构和发展中国特色的文艺美学体系,有着不可忽视的意义和价值。

一

　　中西美学家都把"空白"视为一个涉及艺术创作内在规律的美学概念,都高度肯定"空白"的美学价值和意义。

　　在中国古代艺术理论中,"空白"是艺术美不可或缺的重要构成。传统书论认为,书法是黑、白架构的艺术,墨出形,白藏象,"计白以当黑,奇趣乃出",[①]书法的韵致就蕴藏在无墨的"白"之中。戴熙《习苦斋画絮》

---

　　① 　清邓石如语,见《艺林名著丛刊·艺舟双楫》,中国书店 1983 年影印本,第 73 页。

说："画在有笔墨处，画之妙在无笔墨处"，①"元人高逸一派，专于无笔墨处求之，所谓脱尘境而与天游耳"②；恽格《南田画跋》云："今人用心在有笔墨处，古人用心在无笔墨处"，"作画至于无笔墨痕者，化矣"；③笪重光《画筌》指出："位置相戾，有画处多属赘疣。虚实相生，无画处皆成妙境"；④唐代著名书画家张彦远《历代名画记》也批评道："夫画物特忌形貌采章，历历具足，甚谨甚细，外露巧密，所以不患不了，而患于了"。⑤由此可见，"空白"关系书画创作的成败，有着举足轻重的作用。

不惟构图艺术注重"空白"，语言艺术也离不开"空白"。在肯定"空白"的价值与意义上，中国的诗论家与画论家可谓英雄所见略同。如：李调元《雨村诗话·卷上》提出"文章妙处，俱在虚空"，⑥刘熙载《诗概》认为，"律诗之妙，全在无字处"，⑦黄生《诗麈》赞扬国风"虚处余音余韵，使人得之言外"；⑧王夫之《姜斋诗话》评论盛唐诗歌，"墨气所射，四表无穷，无字处皆其意"。⑨贺贻孙形象地描绘："诗家化境，如风雨驰骤，鬼神出没，满眼空幻……不得以字句诠，不可以迹相求。"⑩

不惟抒情文学如此，叙事文学亦然，中国曲论家也强调戏曲应留有"空白"。陈继儒指出："曲不尽情为妙"；⑪金圣叹论道："《西厢记》是一无字"，⑫"夫所谓妙处不传者，正是独传妙处之言也"；⑬沈际飞认为《牡丹亭》感人至深的奥秘就在于它能"从无讨有，从空撼实"。⑭

由上可知，在古代文艺理论家眼中，"空白"不仅是文学艺术不可或缺的组成部分，而且是艺术的肯綮和机窍。它扩大了艺术的容量，给欣赏者

---

① 转引自邓乔彬：《中国绘画思想史》，贵州人民出版社 2001 年版，第 1311 页。
② 转引自邓乔彬：《中国绘画思想史》，贵州人民出版社 2001 年版，第 1313 页。
③ 转引自邓乔彬：《中国绘画思想史》，贵州人民出版社 2001 年版，第 106 页。
④ 《艺林名著丛刊·画筌》，中国书店 1983 年影印本，第 9 页。
⑤ 张彦远：《历代名画记》，人民美术出版社 1983 年版，第 26 页。
⑥ 李调元：《雨村诗话·卷上》，郭绍虞：《清诗话续编》，上海古籍出版社 1983 年版，第 1519 页。
⑦ 刘熙载：《诗概》，《清诗话续编》，上海古籍出版社 1983 年版，第 2437 页。
⑧ 陈良运等：《中国历代诗学论著选》，百花洲文艺出版社 1998 年版，第 908 页。
⑨ 王夫之：《姜斋诗话》，丁福保：《清诗话》，上海古籍出版社 1978 年版，第 19 页。
⑩ 陈良运等：《中国历代诗学论著选》，百花洲文艺出版社 1998 年版，第 814 页。
⑪ 秦学人等：《中国古典编剧理论汇辑》，中国戏剧出版社 1984 年版，第 108 页。
⑫ 金圣叹：《贯华堂第六才子书西厢记》，甘肃人民出版社 1985 年版，第 19 页。
⑬ 金圣叹：《贯华堂第六才子书西厢记》，甘肃人民出版社 1985 年版，第 318 页。
⑭ 秦学人等：《中国古典编剧理论汇辑》，中国戏剧出版社 1984 年版，第 90 页。

留下了想象和再创造的广阔天地。其妙处不在笔墨描绘之中,而在言语图画之外;不在穷工极相之能,而在虚无缥缈之美。所谓"象外之象"、"景外之景"、"味外之旨"、"韵外之致"都是从"空白"中生发出来的。因此,"空白"是"无象"中的"有象","无形"中的"有形","空白"中包孕着艺术美的极致。

令人惊异的是,与中国古代艺术理论家相隔数千年、相距数万里,西方当代文坛竟传来了跨越历史、跨越重洋的"空谷回音"。西方小说理论家在当代哲学思潮的感召下,也提出了"空白"说,认定"空白"是文学艺术的构成和特征。

英伽登指出:艺术作品是一种"意向性的客体",它既不同于山水树木等"真实客体",也不同于独立存在于个人头脑中的"理想客体"。"意向性的客体"的最大特征就在于它的组合是各各不同、飘忽不定、千变万化的,其"图式结构"(aschematic formation)中包含有若干"不确定性的点"(places of indeterminacy)。"每一部不论何种类型的艺术作品都有独特的性质,因此,它不是那种一切方面都完全由其初级特质所决定的事物,换言之,在明确性方面,它在自身之内包含有明显特性的空白,即各种不确定的领域:它是纲要性、图式性的创作。"①从结构图式分析,一切艺术作品都由"实现的"和"潜在的"(即"空白"的成分)两种质素构成。前者为作家所创作、所给定;而后者则有待"观赏者"的挖掘、补充和"具体化"。

继英伽登之后,伊瑟尔《文本的召唤结构》(1970)从分析文学语言的特征着手,进一步论证了"空白"是文学作品的基本结构。在他看来,正是由于文学文本语言包含了许多"不确定性"和"空白",所以文学语言才成为一种"具有审美价值的表现性语言",文学文本也才成为一种"召唤结构"。在《审美过程研究——阅读活动:审美响应理论》中,伊瑟尔还深入考察了不同类型的文学作品的空白结构特征:主题小说出于教诲和灌输的需要,一般都严格控制并尽量压缩空白;分期连载的系列故事为了吸引阅读群体、实现商业目标,则注重设置空白,以便引起悬念,于是"读者通过填补这些额外的空白被迫发挥了更主动的作用";现代对话体小说,"空

---

① 英伽登:《艺术的和审美的价值》,朱立元译,陆扬主编,《二十世纪西方美学经典文本》(第二卷),复旦大学出版社 2000 年版,第 736 页。

白自身变成了主题"。①

新小说派领袖罗伯-格里耶更是张扬"空白"。他不仅大声呼吁而且身体力行用充满"空白"的新小说颠覆传统小说的完整结构,击碎次第分明、环环相扣的情节链。他把空白看成新小说区别于传统小说的一个重要特征,明确提出:新小说是一种空白的"会聚场",小说写作"正是从空白到空白才构成叙事的"。②

尽管西方艺术理论中的"空白说"是近 50 年才提出来的,而且主要是就小说创作提出来的,但它同样强调"空白"符合文艺的本质,反映出文艺的内在规律,是文学艺术的重要特征。"空白"使文艺作品既有显现的一面,又有潜藏的一面,既有联系,又有省略,从而引发艺术的流动、思维的跳跃,激发了文学欣赏的活力,开阔了艺术创造的空间。这与中国古代的认识竟是那么相似!

二

当然,应该承认,古代中国和当代西方所论述的"空白"存在着种种差异,他们对"空白"的理解并不尽相同。

中国古代艺术理论中的空白说,就其表层含义而言,在不同的艺术领域也有各各不同的反映。例如,在书画理论中,它指作为书画作品材料(如纸素)原初的白,即不着笔墨之处。从操作层面来看,书画论者谈论"空白",实际上就是讨论为什么要"布白"以及如何"布白"的问题。在诗论词论中,"空白"具体表现为"句中无其辞,而句外有其意",③"无一语及于事实,而言外无穷"。④ 从创作实践看,就是描写、抒情、议论都言而不尽,引而不发,含蓄有致。其最佳境界是"不着一字"——没有用词语明确提到的东西,而"尽得风流":姿态横逸,意趣横生,令人揽之不得,挹之不尽。在曲论中,它既代表不具实景的虚拟舞台形象,又代表戏曲中的不语之事、言外之韵、留蓄之情。但是,就"空白"的深层内涵而言,各种艺术都

---

① 伊瑟尔:《审美过程研究——阅读活动:审美响应理论》,霍桂恒、李宝彦译,中国人民大学出版社 1988 年版,第 263 页。

② 罗伯-格里耶:《重现的镜子》,杜莉、杨令飞译,《罗伯-格里耶选集》(第三卷),湖南美术出版社 1998 年版,第 205 页。

③ 陈良运等:《中国历代诗学论著选》,百花洲文艺出版社 1998 年版,第 456 页。

④ 刘熙载:《诗概》,《清诗话续编》,上海古籍出版社 1983 年版,第 2419 页。

是一致的,即都指向古代哲学的"空相"。无论书论画论,还是诗论曲论,"空白"的本质都是宇宙万物之终极本体——"空无"。南朝宋王微《叙画》所谓"以一管之笔,拟太虚之体",①一语中的,艺术家的职责就是用"一管之笔"来表现空无之宇宙本体。因此,在中国古代文艺中,空白是万象之源泉,万动之根本,具有最广阔的潜在内蕴。正如刘禹锡所云:"虚而万景入",②亦如苏轼所谓:"空故纳万境"。③ 在空白中荡漾着"视之不见"、"听之不闻"、"搏之不得"④的"道",蕴藏着一切和无限。它以其无形无象实现了对现实万象的超越,而成为无限大的形象。这就是所谓"大象无形"。中国古代艺术理论中的"空白"说到底是一个哲学问题。

在西方,"空白"主要是一个技术问题。英伽登论著中的"空白"主要指艺术作品图式化构成中所包含的若干"不确定性的点",亦即"存在于意向性客体的确定性之中、或者存在于由艺术作品'图式化了的方面'组成的系列之中的间隙"。⑤ 因此他告诫说,文学创作不应只关注确定性描写,还应注意于"不确定性的点",注意留有种种"间隙"。

伊瑟尔的空白观则有一个发展演变的过程。在 20 世纪 60 年代末和 70 年代初的论著中,伊瑟尔基本认同英伽登的概念,称空白是"文本'未写出来的部分'",⑥"是文本的内在结构中通过某些描写方式省略掉的东西"。⑦ 而发表于 1976 年的最重要代表作《审美过程研究——阅读活动:审美响应理论》却有了重大的修正。他批评英伽登的概念和理论失之于机械呆板,"没有把'不确定性的地方'或者作品的具体化作为交流概念来考虑"。⑧ 他认为:"与其说不确定性和本文自身有关,还不如说它和读者

---

① 转引自邓乔彬:《中国绘画思想史》,贵州人民出版社 2001 年版,第 221 页。
② 陈良运等:《中国历代诗学论著选》,百花洲文艺出版社 1998 年版,第 288 页。
③ 郭绍虞:《历代艺术理论选》(第二册),上海古籍出版社 1979 年版,第 303 页。
④ 《老子道德经》,《百子全书》,岳麓书社 1993 年版,第 4418 页。
⑤ 伊瑟尔:《审美过程研究——阅读活动:审美响应理论》,霍桂恒、李宝彦译,中国人民大学出版社 1988 年版,第 249 页。
⑥ 伊瑟尔:《潜在的读者》,朱立元译,李钧主编,《二十世纪西方美学经典文本》(第三卷),复旦大学出版社 2001 年版,第 678 页。
⑦ 伊瑟尔:《文本的召唤结构》,章国锋译,章国锋、王逢振主编,《二十世纪欧美艺术理论名著博览》,中国社会科学出版社 1998 年版,第 290 页。
⑧ 伊瑟尔:《审美过程研究——阅读活动:审美响应理论》,霍桂恒、李宝彦译,中国人民大学出版社 1988 年版,第 244 页。

在阅读过程中建立起来的、存在于文本和读者之间的联系有关。"①他提出：作家不但要留下空白，还要引导读者主动创造空白，使空白成为文学交流的基本结构。只有当空白成为"存在于文本和读者之间的相互作用的一种基本成分"，②作品的内容才变得丰富多彩，创作的意义也才能真正体现出来。

罗伯-格里耶所说的"空白"既有省略、缺少的意思，也有缺陷、矛盾、破碎等含义。他以空白来颠覆西方传统艺术理论中的完整律。在他看来，"完整"蕴涵着时间上的连续性、事理逻辑上的因果关系、体系上的严密无缺、结构上的封闭以及生态上的静止，而"空白"则意味着瞬间性、悖论、破碎、开放和流动。

从表面上看，西方与中国对"空白"的认识非常相似，西方学者也承认"文学文本中的不确定性和空白是产生作用的基本条件和前提"。③ 空白是造就文学生命运动和生命活力的源泉。一部作品包含的空白越多，审美价值越高，越能激发和调动读者阅读和参与创造的积极性。福楼拜的《包法利夫人》之所以成功，就在于"这部作品的结构中移动着一些洞，正因为这样文本才得以成活"。④ 但是，必须看到西方艺术理论中的"空白"一般都停留在技术层面，是比较单纯的结构问题、技巧问题。西方艺术理论家主要是从艺术技巧上来论述这一问题的。

伊瑟尔曾指出，"空白是一种典型的结构"。它破坏了文学文本的可联结性，悬置了读者所期待的"良好的绵延"（good continuation），因而为读者提供了联结文本图式的可能性和必需性，给读者造成了格式塔心理学家所说的"完形压强"，激发并引导他们的观念化活动，促使他们进行联结性运作——构造想象性客体，尽力把被中断的文本图式联结起来。具体说来，"空白"在视野网络的运作过程中，发挥着三方面的重要功能：第

---

① 伊瑟尔：《审美过程研究——阅读活动：审美响应理论》，霍桂恒、李宝彦译，中国人民大学出版社 1988 年版，第 247 页。

② 伊瑟尔：《审美过程研究——阅读活动：审美响应理论》，霍桂恒、李宝彦译，中国人民大学出版社 1988 年版，第 266 页。

③ 伊瑟尔：《文本的召唤结构》，章国锋译，章国锋、王逢振主编，《二十世纪欧美艺术理论名著博览》，中国社会科学出版社 1998 年版，第 291 页。

④ 罗伯-格里耶：《重现的镜子》，杜莉、杨令飞译，《罗伯-格里耶选集》第三卷，湖南美术出版社 1998 年版，第 205 页。

一,"空白"组织读者参与到文本之中,引诱读者把文本部分联结起来,让游移视点构成一个参照性视域。第二,"空白"把文本位置的相互作用传输给读者的意识,标示出读者的游移视点所要走的道路,"把读者游移视点的参照性视域转化成一种自我调节结构"①防止读者陷入任意性之中,促使读者在文本部分之间建立一种确定的联系。第三,不断转变的"空白"导致读者视点从主题到视界的迅速而又持续不断的转变,促使读者站在不同的立场上来观察文本部分,指导并制约着读者的观念化活动,最终促使读者把文本的视野转化成文本的审美客体。因此,"空白建立了阅读的句法轴(syntagmatic axis)",②它既是激发读者想象的源泉和动力,又把某些局限性强加到了读者的想象力之上。空白组织各种各样的相互作用的模式,"在文本和读者的相互作用过程中发挥着核心作用"。③

总之,中国艺术理论中的"空白"因其本质上是一个哲学问题,所以它是一个模糊概念,是一个无限的范畴。它既反映出一种省略,又表现为一种流动,更代表着一种境界,也就是庄子所谓"无极之境"。它"含蓄无垠,思致微渺,其寄托在可言不可言之间,其指归在可解不可解之会,言在此而意在彼",④从而引导人们泯端倪而离形象,绝议论而穷思维,作多层次多方面的想象和创造,它本身也因观者的欣赏玩味而不断丰富、充实和升华,永远不会完结和消失。而西方艺术理论中的"空白"则是一个具体清晰的概念,是一个相对单纯的技术问题,是一个有限的领域。英伽登认为,在阅读的"具体化"过程中,所有"不确定性的点"——空白,都将被读者的构造性活动消除。伊瑟尔也明确地说:"空白并不是文本中不存在的、可以由读者根据个人需要任意填补的东西,而是文本的内在结构中通过某些描写方式省略掉的东西。它们虽然要由读者运用自己的经验和想象去填补,但填补的方式必须为文本自身的规定性所制约。"⑤"空白是文

---

① 伊瑟尔:《审美过程研究——阅读活动:审美响应理论》,霍桂恒、李宝彦译,中国人民大学出版社 1988 年版,第 275 页。
② 伊瑟尔:《审美过程研究——阅读活动:审美响应理论》,霍桂恒、李宝彦译,中国人民大学出版社 1988 年版,第 290 页。
③ 伊瑟尔:《审美过程研究——阅读活动:审美响应理论》,霍桂恒、李宝彦译,中国人民大学出版社 1988 年版,第 279 页。
④ 陈良运等:《中国历代诗学论著选》,百花洲文艺出版社 1998 年版,第 919 页。
⑤ 伊瑟尔:《文本的召唤结构》,章国锋译,章国锋、王逢振主编,《二十世纪欧美艺术理论名著博览》,中国社会科学出版社 1998 年版,第 290 页。

本看不见的结合点,因为它们把文本的图式和文本视野互相区分开来,同时在读者方面引起观念化的活动。理所当然,当读者把文本图式和文本视野联结起来时,空白就'消失'了。"①

三

怎样才能创造出具有"空白"美的艺术品呢? 对此,中、西方的认识既有相同的一面,也有不同的一面。

相同的一面在于,中国古代和西方当代的艺术家都认为创作主体心灵的虚空是不可或缺的前提条件。中国古代特别强调,在艺术创作之初,作家必须进入"虚静"的精神境界。刘勰《文心雕龙》云:"陶钧文思,贵在虚静";②陆机《文赋》说:"课虚无以责有,叩寂寞以求音";③笪重光《画筌》具体解释道:"山川之气本静,笔躁动则静气不生;林泉之姿本幽,墨粗疏则幽姿顿减";④苏轼《送参寥师》也总结说:"欲令诗语妙,无厌空且静。静故了群动,空故纳万境。"⑤为达此境界,南朝宋画家宗炳提出了"澄怀味象"、⑥"澄怀观道"⑦的问题。作家欲创作出富于审美空白的文本,首先必须"澄怀"。只有澄清胸怀,澡雪精神,熄灭一切尘世的心机,排遣每一缕俗念,泯灭一切尘缘,才能最终消除物我之界,进入主客相融、真幻两忘的创作佳境;才能超越有限的物质时空,观照出空无开朗的永恒境象。

无独有偶,西方后现代主义文学家罗伯-格里耶也认为,作品的空白性源于作家意识的虚空。罗伯-格里耶在谈创作体会时说:"我很清楚,只是因为在我的意识中存有虚空(就是阿伯里希斯锻造的金指环的空的中心),一个在我面前的世界,一个由我脱空了自我存在所反映和实现的世界才能够露出真面目来。"⑧所谓"阿伯里希斯锻造的金指环",源于德意

---

① 伊瑟尔:《审美过程研究——阅读活动:审美响应理论》,霍桂恒、李宝彦译,中国人民大学出版社 1988 年版,第 249 页。

② 周振甫:《文心雕龙今译》,中华书局 1986 年版,第 249 页。

③ 郭绍虞:《历代艺术理论选》(第 1 册),上海古籍出版社 1979 年版,第 171 页。

④ 《艺林名著丛刊·画筌》,中国书店 1983 年影印本,第 11 页。

⑤ 郭绍虞:《历代艺术理论选》(第二册),上海古籍出版社 1979 年版,第 303 页。

⑥ 转引自邓乔彬:《中国绘画思想史》,贵州人民出版社 2001 年版,第 216 页。

⑦ 转引自邓乔彬:《中国绘画思想史》,贵州人民出版社 2001 年版,第 215 页。

⑧ 罗伯-格里耶:《昂热丽克或迷醉》,升华译,《罗伯-格里耶选集》(第三卷),湖南美术出版社 1998 年版,第 343 页。

志民族的英雄史诗《尼伯龙根之歌》,是西方耳熟能详的神话物象。著名哲学家黑格尔曾用"金指环"隐喻着人类的精神:金指环闪闪发光,而它的中心却是一个空洞。人类的精神也是以圆环的形式出现的,环内那无金状态的空洞便是绝对精神的中心。空洞——正是自由的发源地,人类精神的发源地。罗伯-格里耶十分赞同黑格尔的观点,他认为,人们的意识是由被社会赋予的用以规范、奴役人们的种种观念构成的。它是一种充实、稳固、清晰的结构。而意识结构的充实、稳固和清晰与精神结构的空洞、自由和模糊是对立的。文学家只有尽可能地排除被给定的观念,让自己的意识出现虚空,才能获得自由的精神,才有可能窥探到世界和自我的空白性本真,从而创造出最切合现实本来面目的作品。

相异的一面则在于:中国古人所云之"澄怀",主要指"出尘",即弃绝一切功利性的世俗欲念。司空图《诗品》提出作家进行创作时,应当去除心灵的杂质,进入"超心炼冶,绝爱缁磷,空潭写春,古镜照神"①的境界。李日华《论画》写道:画家"必须胸中廓然无一物,然后烟云秀色,与天地生生之气自然凑泊,笔下幻出奇诡。"②吴宽《书画鉴影》论王维作品时也说:"右丞胸次洒脱,中无障碍,如冰壶澄澈,水镜渊停,洞鉴肌理,细现毫发,故落笔无尘俗之气。"③而要达到虚空的境界,关键就在于屏除自我。《庄子·齐物论》就通过"庄周梦蝶"的寓言,形象描绘了身与物化的情状:"昔者庄周梦为蝴蝶,栩栩然蝴蝶也,自喻适志与,不知周也。俄然觉,则蘧蘧然周也。不知周之梦为蝴蝶与? 蝴蝶梦为周与?"④思维主体完全遁于冥漠恍惚之境,分不清庄周梦蝶还是蝶梦庄周,正反映出神游物外,物我相融,离形去智,出神入化。苏轼《书晁补之所藏与可画竹三首》也介绍了表弟文同进入创作情境时的忘我状态:"与可画竹时,见竹不见人,岂独不见人,嗒然遗其身;其身与竹化,无穷出清新。"⑤只有彻底"不见人"、"遗其身",完全进入忘世忘机的无"我"之境,小我方能与创作对象化为一体,与无穷尽、无终极的空无融合同一;清新的艺术境界方能从"无穷"中悠然而出。

① 陈良运等:《中国历代诗学论著选》,百花洲文艺出版社 1998 年版,第 323 页。
② 转引自邓乔彬:《中国绘画思想史》,贵州人民出版社 2001 年版,第 630 页。
③ 转引自邓乔彬:《中国绘画思想史》,贵州人民出版社 2001 年版,第 100 页。
④ 《庄子》,《百子全书》,岳麓书社 1993 年版,第 4533 页。
⑤ 苏轼:《东坡诗》,岳麓书社 1992 年版,第 205 页。

西方所说的虚空只是要排除社会赋予的用以规范、奴役人们的种种观念,却毋须屏除自我。并且恰恰相反,"脱空"意识目的正在于强化自我,突出自我,以纯粹的"自我"来观照世界。罗伯-格里耶说:"艺术家在把他造就成如此的创造性工作中,不断地意识到他的自我(特殊的、怪异的、孤独的),并把自我看成是构成感觉的唯一可能的来源……他总是会继续从自己身上一再感受到世界的精神,并由此感受到许多世纪以来的真正精神。艺术家用他独特的双手创造了这个世上仅有的一个上帝,他大概不会同意自己只是一个集体的上帝的一个匿名的部分。"①他认为,人类的现实首先是经验的现实,即感性的存在。人们感性存在于现实中。这种感性存在具体、多样、丰富,充满差异性、独特性。艺术之所以成为艺术就在于它呈现了感性存在的独特和差异——它是独创的。真正艺术家的深刻动机是创新——用他独特的双手创造"这个世上仅有的一个上帝",而不是隐匿在集体意识形态之中,成为集体上帝的一部分。由此,罗伯-格里耶主张在创作时"悬搁"思维的历史,"悬搁"意识形态这个"集体的上帝",用"虚无意识"注视世界。"在一种虚无意识的注视之下,事物陡然地显现出来,这给了处于这个世界上的我们猛烈的一击",使我们直观世界的自在状态,并从中领悟到"特殊的、怪异的、孤独的"精神。

四

为什么中国古代艺术理论会将"空白"视为艺术的本原呢?为什么历史长河在流淌了数千年之后,西方艺术理论又会在"蒹葭苍苍"的"空白"一方低回宛转,溯游从之呢?

前面谈到,中国古代艺术理论中的"空白"本质上是一个哲学问题。艺术的"空白"与宇宙的"空无"是相通的。古代哲学认为,虚空是世界的本原。老子云:"无形无名者,万物之宗也";②庄子也说:"虚静恬淡,寂寞无为者,万物之本也";③严遵亦谓:"万物之生也,皆元于虚,始于无"。④

---

① 罗伯-格里耶:《昂热丽克或迷醉》,升华译,《罗伯-格里耶选集》(第三卷),湖南美术出版社1998年版,第256页。

② 《老子道德经》,《百子全书》,岳麓书社1993年版,第4419页。

③ 《庄子》,《百子全书》,岳麓书社1993年版,第4558页。

④ 严遵:《道德指归论》(卷八),转引自《中国学术名著提要》,复旦大学出版社1992年版,第168页。

在这种宇宙本体观的支配下,古人自然而然地认定,"有起于无,动起于静",①整个物质世界都是从虚无中生发出来的。由于中国古代的哲学家往往同时是美学家、艺术家,这种认识很容易移植到精神生产领域中来。超行迹的"空无"或"空白"既是宇宙万物之本体,更是艺术美和艺术创造的本源。因此,"空白"这一范畴贯穿审美的全过程,适应于艺术创作、艺术欣赏各方面。

首先,它是艺术活动的起点。宋人葛立方指出,"诗思多生于杳冥寂寞之境,而意志所如,往往出乎埃磕之外"。② 元好问也说创作之道在于,"万虑洗涤,深入空寂,荡元气于笔端,寄妙理于言外"。③ 刘熙载赞扬:"东坡诗善于空诸所有,又善于无中生有,机括实自禅悟中来。"④如果说这些论述过于笼统,那么清人况周颐《惠风词话》则细致描绘了作家进入创作境界的具体过程:"人静帘重,灯昏香直,窗外芙蓉残叶飒飒作秋声,与砌虫相和答。据梧冥坐,澄怀息机,每一念起,辄没理想排遣之。乃至万缘俱寂,吾心莹然开朗忽如满月,肌骨清凉,不知斯世何世也"。⑤ 明人汤显祖更形象道出了由"虚无"而"得意"、由神闲虑静而笔下生风的神奇效果:"机来神熟,作者亦不之其思之如流、气之如云、致之如环矣"。⑥

其次,它是艺术创造的支点。艺术贵在创新,而创新的诀窍又在"虚空"。刘勰《文心雕龙·神思》指出:"意翻空而易奇,言征实而难巧",⑦清人马位也说,"文章于虚里摹神,所以超凡入圣耳"。⑧ 在书画创作中,南朝齐王僧虔《书赋》同样强调"情凭虚而测有,思沿想而图空",书法艺术创作的终极目标就是"图空"——表现并臻于空无之境界。耐人寻味的是,书法美学把运笔叫做"布白",把接近枯笔状态时所留下的黑白相间的墨迹称为"飞白"。本来,笔走龙蛇是布黑、飞黑的过程,却偏要称为"布白"、"飞白",目的当然只有一个,即强调"白",强调从本原的空白出发来考虑

① 《老子道德经》,《百子全书》,岳麓书社1993年版,第4420页。
② 陈良运等:《中国历代诗学论著选》,百花洲文艺出版社1998年版,第440页。
③ 陈良运等:《中国历代诗学论著选》,百花洲文艺出版社1998年版,第536页。
④ 刘熙载:《诗概》,《清诗话续编》,上海古籍出版社1983年版,第2432页。
⑤ 陈良运等:《中国历代词学论著选》,百花洲文艺出版社1998年版,第699页。
⑥ 秦学人等:《中国古典编剧理论汇辑》,中国戏剧出版社1984年版,第81页。
⑦ 周振甫:《文心雕龙今译》,中华书局1986年版,第250页。
⑧ 陈良运等:《中国历代诗学论著选》,百花洲文艺出版社1998年版,第832页。

黑的分布。

最后，它是艺术韵味的源泉。老子早就说过："大音希声，大象无形"，①庄子亦云："唯道集虚"，②袁枚《续诗品》更明确指出："诗人之笔，列子之风"，"万古不坏，其惟虚空"。③ 虚无缥缈中自有多种多样的意义发射和无穷无尽的情感弥漫。艺术创作中留有空白，就留下了余韵。正是有鉴于此，晚明的陈继儒总结道："人有一勺不需而多酒意者，淡而有味故也；有一笔不染而多画意者，淡而有致故也；有一偈不参而多禅意者，淡而有神故也。妙人如是，妙文何独不然！"④

西方艺术理论中的"空白"观的出现也不是偶然的。推本溯源，它与当代西方哲学的非实体主义转向紧密相连。与中国哲学传统截然不同，"虚无"在西方传统文化中没有根基和地位。两千多年来支配着西方哲学思考的核心范畴是"有"——实体。然而，从 19 世纪开始，一些反传统的哲人逐渐把"虚无"推上了西方哲学的舞台。深受《奥义书》影响的叔本华提出：世界及其一切现象不过是意志的客观化。随着意志的降服，"所有那些现象也废除了……在我们面前的确只有虚无"。⑤ 自认为是叔本华后继者的尼采振聋发聩地宣布：上帝死了，西方人将置身于"空虚的空间"。此后，崇敬老子庄子的海德格尔承认："无"（Nichts）是万有涌现的背景。而后现代主义哲学家伊哈布·哈桑说："现在我们一无所有，没有一样东西不是暂时的、自我创造的、不完整的，在虚无之上我们建立我们的话语。"⑥总之，在 20 世纪，随着上帝之死，"虚无"迈开大步走进了西方世界。当代西方艺术理论家的空白观便伴着这片虚无而来。罗伯-格里耶明确地指出：现实世界是飘忽动荡的过程，是支离破碎的废墟和杂乱无序的存在。这个不确定的现实世界本身是一个谜，"这个谜在我看来已经像是在我本人含意深远的继续中的一种空白了，怎么能想象用它做一个充实的没有缺点的叙述呢？在一种对人对己都十分荒谬的关系中，一切

---

① 《老子道德经》，《百子全书》，岳麓书社 1993 年版，第 4437 页。
② 《庄子》，《百子全书》，岳麓书社 1993 年版，第 4536 页。
③ 袁枚：《续诗品》，见《清诗话》，上海古籍出版社 1978 年版，第 1032 页。
④ 秦学人等：《中国古典编剧理论汇辑》，中国戏剧出版社 1984 年版，第 109 页。
⑤ 罗素：《西方哲学史》（下卷），马元德译，商务印书馆 1982 年版，第 785 页。
⑥ 哈桑：《后现代的转向》，刘象愚译，时报文化出版企业股份有限公司 1993 年版，第 279—280 页。

东西都是双重性的、相互矛盾的和不可捉摸的,而我能'很简单地'用这种关系来表述什么呢?"[①]正是鉴于纷繁错杂的世界充满荒谬空缺,现实社会充满不确定性,罗伯-格里耶认定,新一代文学家不应对现实做那种充实无缺、明白易解的"很简单的"叙述。新一代文学家要用具有"空白"的艺术文本去重构具有"空白"的世界。

因此,西方艺术理论中的"空白"说虽然主要谈论的是技巧问题,但归根结底也包含了对现实世界的反思。学术界一般都认为,当代西方哲学非实体主义转向的思想背景主要来自东方,来自周易、道家和佛学的现代诠释。因此西方艺术理论"空白"观虽然没有直接受到中国艺术理论"空白"观的启迪,但从思想根源上挖掘,中西艺术理论在"空白观"上的遐然神交、悠然会合,又不无机缘,不无联系。

---

① 罗伯-格里耶:《重现的镜子》,杜莉、杨令飞译,《罗伯-格里耶选集》(第三卷),湖南美术出版社 1998 年版,第 42 页。

下　编

柏拉图《苏格拉底之死》解读①

在人类文明史上,有一些屈指可数的思想巨子,他们的精神有着无法估量的魔力,不仅影响着一个或者数个学科的历史发展,而且影响着人类生活的各个方面。阅读入选中学语文教材的散文《苏格拉底之死》,我们格外幸运地同时亲近了这类思想巨子中的两位——该文的作者柏拉图及其笔下的人物苏格拉底。

柏拉图于公元前427年5月7日出生在雅典的一个名门贵族之家。本名"阿里斯多克勒"(意为高贵典雅或最好又最有名的人),后因其体格容貌的特征被人称为"柏拉图"(意为肩膀宽阔或额头宽阔)。青少年时代,柏拉图受过良好的教育,以博学多才著称于雅典。20岁拜苏格拉底为师,在老师身边学习了8年。苏格拉底死后,柏拉图离开雅典,在埃及、意大利和西西里岛等地游历了12年。公元前387年返回雅典后开办了举世闻名的阿卡德米(Academy)学园。阿卡德米学园是欧洲历史上第一所大学性质的综合学校,前后存在了916年(学园于公元529年被东罗马帝国皇帝查士丁尼下令关闭),培养了亚里士多德等对人类文明有重要贡献的著名科学家和人文学家。柏拉图一生著述颇丰,最重要的有《申辩篇》、《克里托篇》、《美诺篇》、《国家篇》(又译为《理想国》)、《斐多》、《会饮篇》、《斐德罗篇》、《巴门尼德篇》、《蒂迈欧篇》等对话录。

柏拉图终生敬仰的老师苏格拉底更是西方文化史上的一个奇人。他的名字涵盖了整部古希腊哲学史。他之前的古希腊哲学流派被统称为"前苏格拉底派",他之后的被分为"大苏格拉底派"和"小苏格拉底派"。古希腊哲学是西方哲学的源头和宝库。因此,有学者认为:全部希腊哲学

---

① 《苏格拉底之死》选自柏拉图《斐多》,入选中学语文教材,标题为编者所加。

史,乃至欧洲哲学史都是由苏格拉底决定和左右的,"整个西方文化都是苏格拉底和基督教的遗产"。① 然而,考察起来,这位统御哲学世界和西方文化的人物竟然没有留下任何著作。其思想成果主要记载在他的两个学生柏拉图和色诺芬的作品中。色诺芬是一位重要的历史学家和政治家。但是,在西方文化史上,其地位和影响无法与柏拉图比肩。柏拉图的对话录被誉为哲学和文学史上的千古绝唱。除了最后创作的《法律篇》,柏拉图的所有对话录都出现了苏格拉底的身影,而且苏格拉底是柏拉图大多数对话录的引导者和主角。可以说,作为一个伟大的思想家,苏格拉底主要活在柏拉图的对话录中。要区分历史上真实的苏格拉底与柏拉图笔下的苏格拉底是十分困难的。要区分苏格拉底的思想与柏拉图的思想同样是十分困难的。

苏格拉底的巨大声誉与他震撼历史的死亡方式有着密切的联系。公元前 399 年 4 月的一天,由 501 位普通公民组成的雅典法庭以"创立新神,不信旧神"和腐蚀青年的罪名判处苏格拉底死刑。② 翌日,恰逢城邦举行神圣的宗教祭祀活动,暂缓处决死囚,于是,苏格拉底被投入监狱。其间,他每天都和前来陪伴的朋友、学生探讨哲学问题,直到约一个月后从容就义。柏拉图有 4 篇对话录涉及苏格拉底的受审、囚禁和死亡:《游叙弗伦》描述了苏格拉底即将上法庭时,在王宫前廊与游叙弗伦的对话;《申辩篇》记录了苏格拉底在法庭上的慷慨陈词;《克里托篇》记载了苏格拉底临死前 3 天就是否应该越狱的问题与朋友克里托(即克里)的对话;《斐多》描述了苏格拉底死亡之日的思想和行动。

《苏格拉底之死》为《斐多》的节选,文章开门见山,第一句便点出了主旨:"修养道德、寻求智慧"。③ 以我们今天的眼光,这八个字涉及道德和智慧(知识)两大范畴。但对苏格拉底和柏拉图来说,道德与智慧(知识)却是同一的。在希腊文中,哲学(philosophia)一词的本义为"爱智慧"。然而不同的哲学家对"智慧"有不同的理解。古希腊的"前苏格拉底学派"也常常被称为"自然哲学派"。因为那些哲学家研究的重心是自然(即宇宙万物)的本质。而苏格拉底是第一个把哲学从天上拉到人间,将研究的

---

① 让·布伦:《苏格拉底》,傅勇强译,商务印书馆 1997 年版,第 116 页。
② 柏拉图:《游叙弗伦》,严群译,商务印书馆 1999 年版,第 13 页。
③ 柏拉图:《斐多》,杨绛译,杨绛:《杨绛文集》(第 8 卷),人民文学出版社 2004 年版,第 370 页。

重心转向怎样做一个德性崇高的好人。苏格拉底哲学的核心命题为："美德就是知识。"①他所谓的"知识"，不是关于外部事物的规律，而是内在的道德知识。该文第二自然段提到德性崇高之人"一辈子不理会肉体的享乐和装饰，认为都是身外的事物，对自己有害无益；他一心追求知识；他的灵魂不用装饰，只由自身修炼，就点缀着自制、公正、勇敢、自由、真实等种种美德"②。这里，作者实际上点明了值得人们"一心追求"的"知识"就是"自制、公正、勇敢、自由、真实等种种美德"。苏格拉底把美德（善）提升到本体论的高度，认为美德（善）是最高的主宰、最高的目标；是创造的本源、规范的本源，是照亮万物的光。"财富不会带来美德（善），但是美德（善）会带来财富和其他各种幸福，既有个人的幸福，又有国家的幸福。"③因此，最根本的知识就是关于美德的知识。

至于何谓"美德"，美德范畴的具体内容是什么，《苏格拉底之死》并没有给出确切的答案。这不是作家的疏漏。苏格拉底反复申明他一无所知，他本人不知道也从未见过有谁知道美德究竟是什么。他所能做的是永不停息地与人们探讨美德。他是那个时代声誉最高的老师，有众多追随左右无比敬仰他的弟子。但是他从不以老师自居，从不提供问题的答案。《苏格拉底之死》第二段第一句："当然，一个稍有头脑的人，决不会把我所形容的都当真"，④就一如既往地申明了他的态度，强调了他并不肯定自己所说的完全正确，更不代表绝对真理。他不断地提出问题，诘难人们，努力帮助人们打开心扉，让人们自知无知，反省人生，重视自我的道德修养。该文第四自然段，在回答克里有何临终"嘱咐"的询问时，苏格拉底强调要与他"经常说的那些话"相一致，他唯一的"嘱咐"就是"只要你们照管好自己"。⑤联系上下文和苏格拉底的一贯思想，这里，"照管好自己"就是指照管好自己的灵魂。在他看来，美德不仅是最根本的知识，而且是最具体的日常伦理实践；追求美德首先就是实践美德；人生的最高任务和头等大事，不是照管身体和财富，而是"照管好自己"的灵魂。他的哲学因

---

① 让·布伦：《苏格拉底》，傅勇强译，商务印书馆1997年版，第90页。
② 柏拉图：《斐多》，杨绛译，杨绛：《杨绛文集》（第8卷），人民文学出版社2004年版，第370页。
③ 柏拉图：《柏拉图全集》（第一卷），王晓朝译，人民出版社2002年版，第18页。
④ 柏拉图：《斐多》，杨绛译，杨绛：《杨绛文集》（第8卷），人民文学出版社2004年版，第370页。
⑤ 柏拉图：《斐多》，杨绛译，杨绛：《杨绛文集》（第8卷），人民文学出版社2004年版，第370—371页。

此被视为一种"自我照看的伦理"(福柯语)。

在这里,作者以形象的审美观照取代抽象的理论思辨,寓深奥的哲理于鲜明具体的文学形象之中,用文学家的生花妙笔记述了苏格拉底在死亡之日"照管好自己"的伦理实践,进一步深化了文章的主旨。

在柏拉图笔下,身处死亡逆境的苏格拉底就是美德的化身。

面对死亡,苏格拉底仍然在坚持不懈地探讨和追求真理。多年来,他像一只"牛虻"一样,"整天飞来飞去,到处叮人",[①]指责人们不应该沉醉于肉欲享受和实际利益,而应该注重灵魂的完善。他的敌人就是因为容不得这只"牛虻"的"叮咬"才以宣扬异教、毒害青年的罪名将他告上法庭的。从法庭审判的过程来看,多数审判者也不是非处死苏格拉底不可,只是想要他表示悔过并从此闭嘴。作为雅典最有智慧的人,苏格拉底洞悉多数审判者的意愿,清楚自己怎样才能逃避死亡。但是,他认为,"在法庭上,就像在战场上一样,我和其他任何人都不应当把智慧用在设法逃避死亡上。逃避死亡并不难,真正难的是逃避罪恶"。[②]因此,他不仅没有屈从,反而冒天下之大不韪,在法庭上坚持自己的立场,慷慨激昂地宣传他的学说,以致激怒了多数审判者。在死亡之日,他仍然泰然自若地与朋友、学生论证灵魂与肉体的关系以及生死的终极问题,孜孜不倦地告诫人们:肉体的需要,包括个人死后尸首的处理都是无须理会的小事,只有灵魂和精神才是值得高度重视的;人生的最高价值和意义在于"尽力修养道德、寻求智慧","照管好自己"的灵魂。在关注困扰全人类的重大哲学命题的同时,他没有忘记实践美德,承担起自己应当承担的哪怕是十分细小的责任:喝毒药之前镇定自若地洗了澡,以免麻烦别人来清洗自己的遗体;给妻儿留下遗言后让他们离开,以免他们过于悲伤并在此哭号;最后还不忘交代友人为他向医药神祭献一只公鸡。

面对死亡,苏格拉底仍然在坚定不移地维护着公正。三天前,同龄挚友克里来到牢房劝他为了朋友和年幼的儿子保全性命,逃离死刑。国内外的朋友们已经为此做好了一切准备,只要他点头同意,随时可以逃出牢房,到国外开始新的生活。然而,苏格拉底回答:"不要考虑你的子女、生

---

① 柏拉图:《柏拉图全集》(第一卷),王晓朝译,人民出版社2002年版,第19页。

② 柏拉图:《柏拉图全集》(第一卷),王晓朝译,人民出版社2002年版,第28—29页。

命或其他东西胜过考虑什么是公正。"①法律是公正的基础和保证。逃监行动实质上表明你不承认法律的效力,实质上是在个人能力所及的范围内"摧毁法律和整个国家"。② 尽管眼下国家和法律错判了他的死刑,他也不能反叛国家和法律。因为"人在任何处境下都一定不能作恶……即使受到恶待也一定不能作恶。"③"真正重要的事情不是活着,而是活得好……活得高尚、活得正当。"④苏格拉底拒绝逃监,他宁可承受不公正,也不肯犯下不公正之罪。因此,即使在死亡之日,对于自己的冤案,苏格拉底也没有一句抱怨之词,更没有迁怒于执法者。文章第七自然段借行刑者——牢狱的监守之口告诉读者,每当他奉命叫死刑犯喝毒药时,这些人无不凶他骂他。只有苏格拉底"明白谁是有过错的",不生他的气,始终公正地和善地对待他。他称赞苏格拉底是"监狱里最高尚、最温和、最善良的人"⑤。传达上司命令之后,这位以执行死刑为天职的监守竟然忍不住为苏格拉底即将受死而失声痛哭。除了监守的哭,《苏格拉底之死》还在第十自然段写了"我们"——苏格拉底的朋友和学生的哭。苏格拉底斥责"我们"的哭泣"真没道理"、"这等荒谬";而对于监守,苏格拉底的评价是:"他是个最好的人,他这会儿为我痛哭流泪多可贵啊!"⑥为什么对于同样的哭泣行为,苏格拉底有着截然不同的评价呢?这是因为,在"我们"的眼泪里,苏格拉底看到的主要是情感的力量,是人对于肉体生命的本能留恋,他要求"我们"以哲学家的理性来勇敢地对待死亡。而在监守的哭声中,苏格拉底听到的主要是理性和公正的力量,他赢得了监守对公正原则的认同。

面对死亡,苏格拉底一如既往地保持着人的尊严、高贵与勇敢。没有愤世嫉俗的怒号和怨尤,更没有自爱自怜的倾诉与悲鸣,苏格拉底以哲学家的博大胸怀和深邃理性坦然地面对自己的厄运。别的死囚"听到命令之后,还要吃吃喝喝,和亲爱的人相聚取乐,磨蹭一会儿"才喝那毒药。而苏格拉底觉得这种贪恋肉体生命的做法十分可笑,他不肯拖延时间,而是

① 柏拉图:《柏拉图全集》(第一卷),王晓朝译,人民出版社 2002 年版,第 49 页。
② 柏拉图:《柏拉图全集》(第一卷),王晓朝译,人民出版社 2002 年版,第 44 页。
③ 柏拉图:《柏拉图全集》(第一卷),王晓朝译,人民出版社 2002 年版,第 43 页。
④ 柏拉图:《柏拉图全集》(第一卷),王晓朝译,人民出版社 2002 年版,第 41 页。
⑤ 柏拉图:《斐多》,杨绛译,杨绛:《杨绛文集》(第 8 卷),人民文学出版社 2004 年版,第 372 页。
⑥ 柏拉图:《斐多》,杨绛译,杨绛:《杨绛文集》(第 8 卷),人民文学出版社 2004 年版,第 372 页。

勇敢坚定地迎接死亡:接过装着毒药的杯子,"非常安详,手也不抖,脸色也不变","高高兴兴、平平静静地"①喝下毒药,然后一丝不苟地按照掌管毒药人的要求安安静静地行走、安安静静地躺下……

　　苏格拉底在安静中死去。他以无与伦比的"智慧"击败了生命本能,超越了与生俱来的死亡恐惧,捍卫了自己的信念和理想,进入一种崇高境界。这"安静"中迸发出震撼西方文化史的惊雷,也迸发出至今仍然震撼着我们每一个读者心灵的惊雷。而他的天才学生、《苏格拉底之死》的作者柏拉图,通过描写他的"安静"之死,塑造出"最善良、最有智慧、最正直"的圣人形象,生动而圆满地演绎了"修养道德、寻求智慧"的主旨。

　　① 柏拉图:《斐多》,杨绛译,杨绛:《杨绛文集》(第8卷),人民文学出版社2004年版,第373页。

附录:苏格拉底之死①

苏格拉底说:"不过,西米②啊,为了我们上面讲的种种③,我们活一辈子,应该尽力修养道德、寻求智慧,因为将来的收获是美的,希望是大的。"

"当然,一个稍有头脑的人,决不会把我所形容的都当真。不过有关灵魂的归宿,我讲的多多少少也不离正宗吧。因为灵魂既然不死,我想敢于有这么个信念并不错,也是有价值的,因为有这个胆量很值当。他应当把这种事像念咒似的反反复复地想。我就为这个缘故,把这故事扯得这么长。有人一辈子不理会肉体的享乐和装饰,认为都是身外的事物,对自己有害无益;他一心追求知识;他的灵魂不用装饰,只有自身修炼,就点缀着自制、公正、勇敢、自由、真实等种种美德;他期待着离开这个世界,等命运召唤就准备动身。这样的人对自己的灵魂放心无虑,确是有道理的。西米、齐贝和你们大伙儿呀,早晚到了时候也都是要走的。不过我呢,现在就要走了,像悲剧作家说的,命运呼唤我了,也是我该去洗澡的时候了。我想最好还是洗完澡再喝毒药,免得烦那些女人来洗我的遗体。"

克里等他讲完就说:"哎,苏格拉底,我们能为你做些什么事吗?关于你的孩子,或者别的事情,你有什么要嘱咐我们的吗?"

他回答说:"只是我经常说的那些话,克里啊,没别的了。你们这会儿的承诺没什么必要。随你们做什么事,只要你们照管好自己,就是对我和我家人尽了责任,也是对你们自己尽了责任。如果你们疏忽了自己,不愿意一步步随着我们当前和过去一次次讨论里指出的道路走,你们就不会有什么成就。你们现在不论有多少诺言,不论许诺得多么诚恳,都没多大意思。"

克里回答说:"我们一定照你说的做。可是,我们该怎么样儿葬你呢?"

苏格拉底说:"随你爱怎么样儿葬就怎么样儿葬,只要你能抓住我,别让我从你手里溜走。"他温和地笑笑,看着我们说:"我的各位朋友啊,我没

---

① 柏拉图:《斐多》,杨绛译,杨绛:《杨绛文集》(第8卷),人民文学出版社2004年版,第370—374页。

② 西米与下文中的齐贝、克里、阿波等人都是苏格拉底的弟子和朋友。

③ "上面讲的种种"指此前关于灵魂的归宿等问题的讨论。

法儿叫克里相信,我就是现在和你们谈话、和你们分条析理反复辩证的苏格拉底。他以为我只是一会儿就要变成尸首的人,他问怎么样儿葬我。我已经说了好多好多话,说我喝下了毒药,就不再和你们在一起了。你们也知道有福的人享受什么快乐,而我就要离开你们去享福了。可是他好像以为我说的全是空话,好像我是说来鼓励你们,同时也是给自己打气的。"他接着说:"我受审的时候,克里答应裁判官们做我的保证人,保证我一定等在这里。现在请你们向克里做一个相反的保证,保证我死了就不再待在这里,我走掉了。这样呢,克里心上可以轻松些。他看到我的身体烧了或埋了,不用难受,不要以为我是在经受虐待。在我的丧事里,别说他是在葬苏格拉底,或是送苏格拉底进坟墓,或是埋掉他。因为,亲爱的克里啊,你该知道,这种不恰当的话不但没意思,还玷污了灵魂呢。不要这么说。你该高高兴兴,说你是在埋葬我的肉体。你觉得怎么样儿埋葬最好,最合适,你就怎么样儿埋葬。"

他说完就走进另一间屋里去洗澡了。克里跟他进那间屋去,叫我们等着。我们就说着话儿等待,也讨论讨论刚才听到的那番谈论,也就说到我们面临的巨大不幸。因为我们觉得他就像是我们的父亲,一旦失去了他,我们从此以后都成为孤儿了。他洗完澡,他的几个儿子也来见了他(他有两个小儿子,一个大儿子)。他家的妇女也来了。他当着克里的面,按自己的心愿,给了他们种种指示。然后他打发掉家里的女人,又来到我们这里。他在里间屋里耽搁了好长时候,太阳都快下去了。他洗完澡爽爽适适地又来和我们坐在一起,大家没再讲多少话。牢狱的监守跑来站在他旁边说:"苏格拉底,我不会像我责怪别人那样来责怪你;因为我奉上司的命令叫他们喝毒药的时候,他们都对我发狠,咒骂我。我是不会责怪你的。自从你到了这里,不管从哪方面来看,你始终是这监狱里最高尚、最温和、最善良的人。我知道你不生我的气,你是生别人的气。因为你明白谁是有过错的。现在,你反正知道我带给你的是什么消息了,我就和你告别了,你得承受的事就努力顺从吧。"他忍不住哭起来,转身走开。苏格拉底抬眼看着他说:"我也和你告别了,我一定听你的话。"他接着对我们说:"这人多可爱呀!我到这里以后,他经常来看看我,和我说说话儿,他是个最好的人,他这会儿为我痛哭流泪多可贵啊!好吧,克里,咱们就听从他的命令,毒药如果已经配制好了,就叫人拿来吧;如果还没配制好,就叫人配制去。"克里说:"可是我想啊,苏格拉底,太阳还在山头上,没下山呢,我知道别人到老晚才喝那毒药。他们听到命令之后,还要吃吃喝喝,和亲爱的人相聚取乐,磨蹭一会儿。别着急,时候还早呢。"

苏格拉底说:"克里,你说的那些人的行为是对的,因为他们认为这样就得了便宜。我不照他们那样行事也是对的,因为我觉得晚些儿服毒对我并没有好处。现在生命对我已经没用了。如果我揪住了生命舍不得放手,我只会叫我自己都觉得可笑。得了,听我的话,不要拒绝我了。"

克里就对站在旁边的一个男孩子点点头。那孩子跑出去待了好一会,然后带了那个掌管毒药的人进来。那人拿着一杯配制好的毒药。苏格拉底见了他说:"哎,我的朋友,你是内行,教我怎么喝。"那人说:"很简单,把毒药喝下去,你就满地走,直走到你腿里觉得重了,你就躺下,毒性自己会发作。"

那人说着就把杯子交给苏格拉底。他接过了杯子。伊奇啊,他非常安详,手也不抖,脸色也不变。他抬眼像他惯常的模样大睁着眼看着那人说:"我想倒出来一点行个祭奠礼,行吗?"那人说:"我们配制的毒药只够你喝的。"苏格拉底说:"我懂。不过我总该向天神们祈祷一番,求我离开人世后一切幸运。我做过这番祷告了,希望能够如愿。"他说完把杯子举到嘴边,高高兴兴、平平静静地干了杯。我们大多数人原先还能忍住眼泪,这时看他一口口地喝,把毒药喝尽,我们再也忍耐不住了。我不由自主,眼泪像泉水般涌出来。我只好把大氅裹着脸,偷偷地哭。我不是为他哭。我是因为失去了这样一位朋友,哭我的苦运。克里起身往外走了,比我先走,因为他抑制不住自己的眼泪了。不过阿波早先就一直在哭,这时伤心得失声号哭,害得我们大家都撑不住了。只有苏格拉底本人不动声色。他说:"你们这伙人真没道理!这是什么行为啊!我把女人都打发出去,就为了不让她们做出这等荒谬的事来。因为我听说,人最好是在安静中死。你们要安静,要勇敢。"我们听了很惭愧,忙制住眼泪。他走着走着,后来他说腿重了,就脸朝天躺下,因为陪侍着他的人叫他这样躺的。掌管他毒药的那人双手按着他,过一会儿又观察他的脚和腿,然后又使劲捏他的脚,问有没有感觉;他说:"没有";然后又捏他的大腿,一路捏上去,让我们知道他正渐渐僵冷。那人再又摸摸他,说冷到心脏,他就去了。这时候他已经冷到肚子和大腿交接的地方,他把已经蒙上的脸又露出来说

（这是他临终的话）："克里，咱们该向医药神祭献一只公鸡。去买一只，别疏忽。"克里说："我们会照办的，还有别的吩咐吗？"他对这一问没有回答。过一会儿，他动了一下，陪侍他的人揭开他脸上盖的东西，他的眼睛已经定了。克里看见他眼睛定了，就为他闭上嘴、闭上眼睛。

伊奇啊，我们的朋友就这样完了。我们可以说，在他那个时期，凡是我们所认识的人里，他是最善良、最有智慧、最正直的人。

华兹华斯《孤独的割禾女》解读

华兹华斯(William Wordsworth,1770—1850),英国浪漫主义文学先驱。出身在英国坎伯兰郡考克茅斯一个律师家庭。1791 年从剑桥大学毕业,获文学士学位。受卢梭思想的影响,对大自然怀有深厚的感情。从1795 年开始,直至 1850 年逝世,在长达半个多世纪的岁月里,他隐居乡间,描写湖光山色,美化中古宗法制的农村生活,诅咒城市文明,因而与柯勒律治、骚塞等诗人一道被称为"湖畔派"。华兹华斯的诗作注意从大自然和日常生活中捕捉细节,表现瞬间情感变化和丰富的心灵感悟,语言清新朴实。

关于他的著名诗作《孤独的割禾女》,国内一些论著和教材认为它体现了诗人的民主主义思想,表达了对劳动者的同情和关爱。这种解读固然谈不上错误,却不甚准确。结合诗人的美学思想来细读文本,我们不难看出:这首诗的主要倾向不是同情而是赞颂,赞颂作为自然之子的农家少女。

> 你瞧那孤独的山地少女,
>
> 　一个人在田里,割着,唱着①

诗歌一开篇就用质朴无华的语言勾勒了一道寻常的乡村风景线:田野上,一个农家少女边收割边歌唱。然而,就是这幅原本十分寻常的画面令诗人怦然心动! 因此,他将它视为罕见的美景。于是,还来不及尽情诉说心中的感慨,他先情不自禁地嘘道:"别惊动她呵,快停下脚步,要不就轻轻走过!"生怕惊扰了这可遇而不可求的奇境。接着,诗人再让我们分

---

① 华兹华斯:《湖畔诗魂——华兹华斯诗选》,杨德豫译,人民文学出版社 1990 年版,第 193 页。

享他所发现的美：画面美，画中人那久久回荡在峡谷之中的"凄婉"的歌声更美。想想吧，那些在莽莽沙漠中艰难跋涉的过客终于找到一片绿阴，听到树上夜莺的啼啭，心中会感到怎样的慰藉；那些在赫伯利群岛熬过漫漫寒冬的居民，听到杜鹃啼春的鸣叫，精神该多么的振奋。而对于诗人来说，这位农家少女的歌声比那夜莺、那杜鹃的鸣啼更美妙。姑娘唱的是什么呢？是历史，还是今天，抑或未来，使她感到哀伤？诗人不知道，也并不想寻根究底地把它弄明白，他只管凝神屏息地听着，因为，不论姑娘在唱些什么，这歌声都是最美妙、最动人的。最后，诗人咏叹：

> 后来，我缓步登上山坡，
> 那歌调早已寂无声响，
> 却还在心底悠悠回荡。①

显而易见，这首诗通篇都在赞颂农家少女的歌声。那么，这歌声为什么会令诗人如此沉醉痴迷呢？因为，这是一个正在田野里干活的少女的歌声。在这歌声中，诗人听到了他终其一生所追求的理想境界：人与自然和谐统一。

作为一个浪漫主义诗人，"自然"在华兹华斯的心目中占据着至高无上的地位。他自称为"自然的永恒的崇拜者"，把自然视为"我最纯净的思想的寄托，我心灵的保姆、向导和守护人，我所有善良的本质的精魂"。在他看来，大自然不仅是人类安身立命之根本，而且富于灵性，具有神的光晕。它是人类精神的家园：

> 它有一种力量
> 能使我们的一生从欢乐
> 走向欢乐。它能如此丰富地启发
> 我们内在的心灵，给它留下
> 如此的美和恬静，给它灌输
> 如此崇高的思想。②

---

① 华兹华斯：《湖畔诗魂——华兹华斯诗选》，杨德豫译，人民文学出版社1990年版，第194页。
② 华兹华斯：《丁登寺赋》，顾子欣译，聂珍钊主编，《外国文学作品选》（二），华中师范大学出版社2000年版版，第267—268页。

华兹华斯认为大自然能陶冶人的情怀,荡涤人们内心的忧郁悲伤,给人以坚毅进取的力量。因此,华兹华斯崇尚卢梭"回归自然"的理想。他认为,日月星辰在自然之中昼夜运行,花草树木在自然之中荣枯盛衰,飞禽走兽在自然之中完成生命的循环。同样,人也应该在自然之中劳作和生活。"回归自然"就是要回归自然之子的生活,恢复人与自然的亲密关系。在华兹华斯的眼中,生活在大自然之中的乡间劳动者是最值得崇敬的。他们远离尘嚣,善良仁爱,勤劳朴实,敦厚纯真,与自然和谐相处。他们便是最高贵最伟大的自然人。

《孤独的割禾女》中所描写的这个农家少女,正是这样一个心性未被工业文明扭曲的自然之子。诗的第一节就点出了她的生存环境:山地、田野、深邃的峡谷。毫无疑问,这里是大自然的一角,也是大自然的一个缩影。它有着恒久不变的幽静、淳朴和安谧,与充斥着喧哗与骚动的现代工业城市形成了鲜明的对照。而这位年轻的姑娘正在与大自然亲密接触:她在田间又割又捆,举着镰刀弯下腰去,边干活儿边歌唱。田间劳动本身是辛苦的,在自然中谋衣食的生存之道是充满艰辛的。但是,歌声告诉我们,她正以一种乐天知命的姿态,恬然地面对生活的艰辛。而令诗人怦然心动的正是歌声所包含的这份恬然。因为这份恬然不仅流露出主人公勇敢而坚毅的生活态度,而且蕴涵着她对生命真谛的深刻把握——尽管这种把握或许是浑然不自觉的。

诗人赞颂歌声,更赞颂唱歌的农家少女——这位与大自然神交共化的自然人。

还有两个问题值得一谈。

第一,"她"的歌声"凄婉",饱含着"痛苦、失意、忧愁"。而以我们当代中国人的思维,"痛苦",当然是值得同情而非赞美的人生景况。那么,诗人为什么要赞美这"凄婉"的歌声呢?西方的基督教传统文化从来就把忍辱负重、默默地承受苦难视为人的美德。而华兹华斯在自传体长诗《序曲》中明确地把筋骨之劳、体肤之饿看成是上天给人们的恩惠。在他眼中,大自然的一切都是神的意志的体现。而依存于自然的劳作和生活必然伴随着艰苦和辛劳,有着忧伤和痛苦。这种忧伤和痛苦是自然人生的重要组成部分。它是生活中"平凡的曲子",当今如此,"以前有过的,以后还会有"。我们也应该将其视为上天的恩赐。正如荷尔德林的名言:"人充满劳苦愁烦,但还诗意地栖居于大地之上。"因此,在诗人看来,能恬然面对忧伤和痛苦的"她"以及"她"的"凄婉"的歌声是值得赞颂的。

第二,"她"是一个"孤独"的割禾女。除了用标题标示出主人公的孤独之外,诗歌的第一节两次出现"独自"一词,以特别强调她孤独的境遇。而以我们的眼光,"孤独",也是值得同情而非赞美的一种人生景况。那么,为什么诗人要特别强调他所赞美的歌者是孤独的呢? 这首诗写于1805 年。当时,随着资本主义经济的迅速发展,英国工业化、城市化的进程加速,人的私欲和物欲也日益膨胀起来。越来越多的人离开乡村,走进都市。而华兹华斯自己则早在 10 年前,即 1795 年,就已经退出城市的名利场,隐居在湖光山色之中。并且,从那时起,一直到 1850 年逝世,他一直隐居在乡间。他痛感城市文明对人性的异化、浸染和腐蚀,认为只有在大自然中才能找到符合人的天性的生活。他的生活理想以及反映了这种理想的诗歌在当时并不为大多数人所赏识。因此,"孤独"既是诗人的自况,又是诗人对他所崇尚的自然人处境的一种概括。在诗人看来,只有在这种孤独的境遇中,人的灵魂才能与大自然神秘地交融沟通,从而找到永恒的真理。因此,在"她"的"孤独"中,既有一种淡淡的离群索居的忧郁,更有一种独立不羁、不同流俗的高洁。

城市是人类文明的结晶。但是,人类进入文明社会只有几千年,而从真王的人——能使用原始工具的"直立人"算起的话,人类的历史已有150 万年。在漫长的原始时代,人类生活在原野和丛林,与山川树木一样,是自然不可分割的一部分。在本质上,人确实是华兹华斯等浪漫主义诗人所歌咏的"自然之子"。因此,人与城市的关系,一开始就是微妙而复杂的。一方面,城市是人依照自己的需要而建造的。城市给人以庇护、满足和快乐。人不断地发展城市、完善城市,以获取更大的满足。另一方面,作为非自然的人造物,城市又使"自然之子"感受到本质被异化的痛苦。于是,人迁怒于自己的造物,不断批判文明,呐喊着逃离城市,"返回自然"。当然,"返回自然"注定只能是一个伟大而空洞的梦幻。历史只能前进。人类一旦进入文明,便不可能再返回到亚当夏娃的伊甸园。尽管如此,人对自然的眷念仍然是人类文明进程中不可或缺的精神动力。它映衬出现有文明苍白脆弱的一面,同时又为未来文明勾勒出一种来自远古的理想,从而驱使人们尽快确立一种源于宇宙和大地的价值参照,促使人类文明不断地摆脱污秽,走向纯真。在某种意义上,甚至可以说,科技来自人类逃离原始的冲动,而艺术则在人对自然的眷念中找到了生存的价值、发展的空间和永恒的主题。或许正因为如此,在 21 世纪的今天,《孤独的割禾女》等浪漫主义诗歌才仍然有着令我们心灵悸动的艺术魅力。

附录:孤独的割禾女①

你瞧那孤独的山地少女,
一个人在田里,割着,唱着
别惊动她呵,快停下脚步,
要不就轻轻走过!
她独自收割,独自捆好,
唱的是一支幽怨的曲调;
你听! 这一片清越的音波
已经把深深的山谷淹没。

夜莺也没有更美的歌喉
来安慰那些困乏的旅客——
当他们找到了栖宿的绿洲,
在那阿拉伯大漠;
在赫布里底——天边的海岛,②
春光里,听得见杜鹃啼叫,
一声声叫破海上的沉静,
也不及她的歌这样动听。

谁能告诉我她唱些什么?
也许这凄婉的歌声是咏叹
古老的、遥远的悲欢离合,
往昔年代的征战?
要么是一支平凡的曲子,
唱的是当今的寻常琐事?
常见的痛苦、失意、忧愁——
以前有过的,以后还会有?
不管这姑娘唱的是什么,

---

① 华兹华斯:《湖畔诗魂——华兹华斯诗选》,杨德豫译,人民文学出版社 1990 年版,第 194 页。
② 译者注:赫布里底群岛,在苏格兰以西,由 500 多个大小岛屿组成。

她的歌好像永无尽头；
只见她一边唱一边干活，
弯腰挥动着镰刀；
我一动不动,悄悄听着；
后来,我缓步登上山坡,
那歌调早已寂无声响,
却还在心底悠悠回荡。

雨果《巴尔扎克葬词》解读

　　维克多·雨果(Victor Hugo,1802—1885)是享誉世界的伟大诗人、小说家、戏剧家,也是伟大的散文家。他的散文名篇《巴尔扎克葬词》激情充溢、文采飞扬,精辟地分析和概括了巴尔扎克(Honoré de Balzac,1799—1850)创作的审美价值,堪称一篇非常优秀的巴尔扎克研究论文。即使在150余年后的今天,世界各国的巴尔扎克学者还常常在他们的论著中引用其中的论断,而其中的一些语句,如"他的一生是短暂的,然而也是饱满的,作品比岁月还多"等,已经成为评价巴尔扎克的名句,广泛地出现在各种论著和教科书中。由此可见,《巴尔扎克葬词》具有经久不衰的思想和艺术魅力,在西方文学史上有着独特的地位。

　　当代阿根廷文学大师博尔赫斯(Jorge Luis Borges,1899—1986)曾经认为,必须为每个国家选择一位代表性的作家。于是,他毫不犹豫地为英国选择了莎士比亚、为德国选择了歌德、为西班牙选择了塞万提斯。然而,提到法国时,他犹豫了:"法国还没有选出一位代表性作家,但倾向于雨果"。[1] 博尔赫斯的犹豫是十分明智的。作为一个文学超级大国,法国拥有太多魅力四射的文学巨星。而毫无疑问,雨果和巴尔扎克都是其中的佼佼者。雨果和巴尔扎克,谁更伟大？博尔赫斯"倾向于雨果",而在中国,肯定会有很多读者倾向于巴尔扎克。可见,在当今世界,这是一个颇具争议的问题。然而,在雨果写作《巴尔扎克葬词》的年代,这却是一个不具争议的问题——那时法国和欧洲的绝大多数读者都会毫不犹豫地选择雨果。

　　在19世纪的法国,雨果的荣耀和名声是巴尔扎克以及其他任何一个文学家都无法企及的。雨果是法国文学史上最伟大的诗人。这位"诗坛

---

　　① 博尔赫斯:《博尔赫斯全集》(散文卷·下),黄志良译,浙江文艺出版社1999年版,第10页。

神童"15 岁时一挥而就的诗歌就得到了法国官方的最高奖励——法兰西学士院的奖赏。18 岁,他以自己的诗作获得国王路易十八赏赐的年俸。23 岁便被授予荣誉勋章,并应邀参加了查理十世的加冕典礼。1829 年,雨果完成了浪漫主义戏剧《欧那尼》,随着这个剧本在舞台上的巨大成功,雨果被尊为浪漫主义文学运动的唯一领袖(而后诗集《光与影集》、《惩罚集》;长篇小说《巴黎圣母院》、《悲惨世界》、《九三年》等作品的问世更是奠定和稳固了他作为法国文坛盟主的地位)。1840 年,雨果当选为法国学术研究的最高权利机构——法兰西学士院的院士,成为年轻的"不朽者"(法兰西学士院由 40 名院士组成,因其终身制,他们都被称为不朽者);1844 年,雨果又当选为法兰西学士院院长。此外,19 世纪 40 年代,雨果曾被国王任命为贵族院议员(1848 年革命之后,出于对路易·波拿巴的义愤,雨果放弃了这个被巴尔扎克称为"仅次于国王的最高荣誉"[①]);19世纪 70 年代,他又成功地竞选为参议员。1881 年 2 月 26 日,雨果 80 寿辰,60 万巴黎人在诗人的窗外游行庆贺,法国其他一些城市也专门派代表团送来鲜花;这年 7 月,雨果所居住的埃洛大街被改名为"维克多·雨果大街"。1885 年 5 月 22 日,雨果与世长辞,法国更是为他举行了国葬。5 月 31 日,全体巴黎人民通宵为雨果守灵,6 月 1 日,国葬正式开始,全国下半旗致哀,200 多万人组成的送殡队伍将诗人的灵车送往先贤祠。雨果葬礼之隆重在世界文学史上是空前的,从来都没有一个文学家受到过如此崇高的礼遇。

而巴尔扎克的创作生活是以失败开始的。他从 20 岁开始写作,最初的几部作品没署真名,说明不仅别人不欣赏,就连他自己也不满意。1829年,巴尔扎克 30 岁,第一次用真名发表了小说《朱安党人》,并因此而崭露头角。在这之后 20 年中,巴尔扎克呕心沥血地创作出由 90 余部小说组成的《人间喜剧》,成为一个闻名遐迩的作家。但是,在那个浪漫派盛极一时的年代,他并没有得到法国文学批评界的认同。他不仅一直在贫困中挣扎、沉浮,而且没有得到他所渴望、也应该给他的荣耀。1849 年初,巴尔扎克第三次申请法兰西学士院院士职位,其结果是再次遭到命运的打击:1 月 11 日,法兰西学士院投票填补夏多布里昂死后空出的院士之位,

---

① 雨果:《巴尔扎克之死》,陈占元译,《文艺理论译丛》1957 年第 2 期。

巴尔扎克只获得雨果等院士投的 4 票；1 月 19 日，学院再次投票填补瓦图空出的位置，巴尔扎克只得到雨果和维尼所投的 2 票，他的院士梦至此完全破灭。于是，巴尔扎克终其一生没有获得过任何正式的头衔，也没有获得任何官方的荣誉。

在巴尔扎克不幸的一生中，雨果是一位难能可贵的朋友。当时，他们不仅社会地位悬殊，文学主张、政治观念也大相径庭：雨果是浪漫派的领袖，巴尔扎克是现实主义的首领，他曾在报纸上尖刻地批评过雨果的《欧那尼》；雨果力主共和革命，巴尔扎克坚称保皇，他曾当面指责雨果放弃贵族院议员头衔的行为是"哗众取宠"。① 而雨果不仅以博大的胸怀包容了巴尔扎克与自己的巨大差异，而且以文学天才的审美洞察力率先认识了巴尔扎克的巨大价值。他一直与巴尔扎克友好相处，坚定地支持着巴尔扎克的文学事业。1850 年 7 月，雨果探望过卧病在床的巴尔扎克；8 月 18 日晚上，巴尔扎克临终前 2 小时，雨果又一次来到他的病床前。之后，在巴尔扎克的葬礼上，雨果的真挚情谊更是表现得淋漓尽致。

巴尔扎克的葬礼于 1850 年 8 月 21 日举行。这场葬礼没有什么隆重的排场，"盖棺的黑色旗帜上没有标志，没有蒙黑纱的鼓乐队，也没有穿花边制服的仪仗。不过，从上午 11 时起，所有'怀念和景仰他的人'纷纷聚集到教堂周围。那些长期同他一起，为他排字的印刷工人在人群中占了相当大的比例……送葬的行列绵延好几条大街，几乎看不到尽头"。② 雨果自始至终参加了这场葬礼。他首先来到保综小教堂（巴尔扎克的灵柩在此停放了两天），和巴尔扎克的亲人们一道把灵柩送到圣菲力普·德·罗尔教堂举行丧仪。之后，雨果走在棺材前头右边，手执着灵幔的一只银球，带领着送葬的队伍穿过巴黎的马路，走向郊外的拉雪兹神甫公墓。墓穴在坟山的最高处，人群拥挤，山路崎岖，雨果一不留神，被夹在灵车和一座大墓碑之间，险些送命。当棺柩被安放进墓穴，开始填土时，太阳正在沉落，雨果站在墓前的高地上，对肃穆的人群宣讲了《巴尔扎克葬词》。

作为一种实用文体，"葬词"的主体内容是对死者的一生做出总结性的评价。从某种意义上来说，这种评价的正确与否是衡量一篇"葬词"是否具有价值的准绳。雨果《巴尔扎克葬词》之所以具有持久的艺术魅力，

---

① 雨果：《巴尔扎克之死》，陈占元译，《文艺理论译丛》1957 年第 2 期。
② 安德烈·莫洛亚：《巴尔扎克传》，艾珉等译，浙江文艺出版社 1998 年版，第 679 页。

最重要的原因就在于：文章对巴尔扎克作出了经得起历史检验的评价。

应该如何从整体上认识巴尔扎克？就在雨果发表这篇演讲之前，在巴尔扎克的灵台前面，代表政府出席葬礼的内政部长巴罗什对雨果说："这是一个风雅人物"（雨果当即反驳道："这是一个天才"）。[①] 而巴尔扎克生前，更被一些人视为庸俗文人，就连福楼拜也曾把他归为"二流货色"。[②] 因此，这是一个必须加以澄清的问题。"今天，人民哀悼一位天才之死，国家哀悼一位天才之死。"在葬词的第一段，雨果用一个反复句式强调了他给巴尔扎克的总体定位——"一位天才"。这是一个怎样的"天才"？一个思想的天才，一个"强有力的作家"，一个"精神统治者"。这位"天才"具有怎样的历史地位？"在最伟大的人物中间，巴尔扎克是名列前茅者；在最优秀的人物中间，巴尔扎克是佼佼者之一。"

巴尔扎克凭什么堪称"天才"？凭什么堪称"最伟大的人物"、"最优秀的人物"？凭着他一生的劳动成果——他的全部小说作品。由于创作的超前性，巴尔扎克的许多作品都遭到同时代的一些评论家（包括当时最具权威的评论家）的非议和敌视。例如，有人因巴尔扎克小说描写了现实的丑恶而批评他的作品情趣不高雅，代表着一种堕落的风格；有人把题材广阔、包罗万象的《人间喜剧》视为杂乱无章的大杂烩；有人指责巴尔扎克所创造的"人物再现"等新的艺术手法违背了审美要求等。与这种种谴责针锋相对，雨果高度肯定了巴尔扎克一生的创作成就，精辟地总结了巴尔扎克创作的特色，深刻地分析了巴尔扎克作品的革命性质。

第三段主要从三个方面概括了巴尔扎克的创作成就和特色。

第一，"他的所有作品仅仅形成了一部书"。这是巴尔扎克创作最重要的成就，也是他创作的一个鲜明特色，更是他的一个创举。他用分类整理和人物再现的方法把一生创作的 90 余部小说联结成了一个整体。这样，他仅仅只完成了一部书——《人间喜剧》。然而，这部书在规模和气势上，不仅当时是前无古人的，而且直到 21 世纪的今天，它仍然称得上是后无来者的。迄今为止，它仍是世界文学史上最宏伟的系列小说大厦。

第二，《人间喜剧》"同现实打成一片"，反映了"整个现代文明的走向"，完全可以题做"历史"。这是巴尔扎克创作的又一个重要成就和特

① 雨果：《巴尔扎克之死》，陈占元译，《文艺理论译丛》1957 年第 2 期。
② 参见安德烈·莫洛亚：《巴尔扎克传》，艾珉等译，浙江文艺出版社 1998 年版，第 490 页。

色。巴尔扎克创作的年代——19世纪30—40年代,是法国浪漫派的极盛时期,评论界和公众普遍推崇以描写理想,抒发感情为主要特征的浪漫主义文学。而巴尔扎克则从浪漫派的云端里走到了社会现实的土壤上。他独树一帜,决意描绘当代风俗史,做法国社会和历史的书记。从城市到乡村,从巴黎到外省,从上流社会的豪华客厅到肮脏的贫民公寓,从政府、军队、司法、银行、交通、商业,到新闻出版、文学艺术和学术界,《人间喜剧》以前所未有的方式展示了喧嚣动荡、无所不包的现实世界,忠实地记录了社会发展的进程,完整地再现了那个时代。

第三,"这里有一切的形式和一切的风格"。这是雨果对《人间喜剧》丰富而博大的艺术成就的高度赞扬。巴尔扎克在艺术上不受任何传统和任何流派的束缚,博采众长,兼收并蓄,勇于创新。他乐于吸收一切有益的艺术养分,乐于使用一切独具魅力的艺术形式、艺术风格和艺术手法。他的《人间喜剧》把冷静深刻的观察和激情无限的想象熔为一炉,是"一部既是观察又是想象的书",既揭示了"形形色色的现实",又让人看到了"最阴沉和最悲壮的理想"。

第四段着重分析巴尔扎克创作的革命性质。在政治上,巴尔扎克一直都是一个反对革命的保皇主义者。1842年,他曾在《"人间喜剧"前言》中写道:"我在两种永恒真理的照耀之下写作,那是宗教和君主政体"。[①]直到逝世前一个月,巴尔扎克还在自己的病房里,与前来探望的雨果就彼此对立的政治见解展开过辩论。雨果知道,不仅巴尔扎克由此被不少人视为保守落后甚至反动的作家,而且巴尔扎克自己也不会愿意接受"革命作家"的头衔。但是,雨果深刻地认识到,不管巴尔扎克本人有着怎样的政治观念和自我意识,《人间喜剧》都具有不可怀疑的革命性质:"愿意也罢,不愿意也罢,同意也罢,不同意也罢,这部庞大而又奇特的作品的作者,不自觉地加入了革命作家的强大行列"。雨果着重从两个方面论证了巴尔扎克及其创作的革命性。

首先,他"抓住了现代社会进行肉搏"。《人间喜剧》毫不留情地挑开了盖在那个社会身躯上的遮羞布,将它腐臭发烂的疮疮展示了出来。他嘲笑腐朽衰落的贵族阶级,讽刺唯利是图的资产阶级,挖苦趋炎附势的文

---

① 巴尔扎克:《"人间喜剧"前言》,陈占元译,伍蠡甫主编,《西方文论选》(下卷),上海译文出版社1979年版,第170页。

人，揭露官场黑幕，剖析司法弊端……他对社会各方面的丑恶现象都进行了猛烈的批判。

其次，他"发掘内心，解剖激情"，对"人"的方方面面进行了"令人生畏的研究"。雨果指出，巴尔扎克在批判社会的同时，还对人自身进行了革命性的研究。《人间喜剧》塑造了两千多个阶层、行业、身份和性格各异的人物。古往今来的不少文学家都力图通过塑造文学形象探索人的奥秘，而巴尔扎克对"人"的研究有何革命性质呢？雨果指出：他以"时代的聪明才智"，破译了"天意"，洞察了人的真实本性。因此，他既不像莫里哀那样为人性的丑恶而"陷入忧郁"，又不像卢梭那样为人类文明的堕落而"愤世嫉俗"。他以哲人的眼光，通达地看待原本就属于人的美丑善恶、七情六欲，"面带微笑，泰然自若"地解剖人的激情，分析人的情欲发展过程，描写人的天性，透视人的灵魂，使人类在认识自己的旅途上迈出了新的一步。

"这就是他给我们留下来的作品，崇高而又扎实的作品，金刚岩层堆积起来的雄伟的纪念碑！从今以后，他的声名在作品的顶尖熠熠发光。伟人们为自己建造了底座，未来负起安放雕像的责任。"在肯定了巴尔扎克作品的巨大价值和不朽魅力之后，文章非常自然地从总结过去转向"今天"，并预示了"未来"。

"今天"，"我们"该如何面对这位伟人逝世的现实？雨果充满自信地告诉人们：不用悲观，不用失望。这是因为"死亡是伟大的平等"，不论非凡还是平凡，不论富贵还是贫贱，人都有一死，这是大自然的规律，是生命新陈代谢的正常过程。这是因为死亡"是伟大的自由"，巴尔扎克已经"不知疲倦"地拼搏奋斗了50余年，今天，他终于可以"安息了"。更值得欣慰也值得"羡慕"的是："在他进入坟墓的这一天，他同时也步入了荣誉的宫殿。"雨果坚信："未来"是公正的，巴尔扎克在过去应该得到而没有得到的荣誉和地位，"未来"一定会给他。"未来"一定会在这位伟人"为自己建造的底座"上，"负起安放雕像的责任"。正因为如此，他预言：对于巴尔扎克来说，死亡，"这不是黑夜，而是光明！这不是结束，而是开始！这不是虚无，而是永恒……生前凡是天才的人，死后就不可能不化作灵魂！"今天，距巴尔扎克的去世，距雨果发表这篇著名的《巴尔扎克葬词》已经150余年，而《人间喜剧》仍然以不可抗拒的思想和艺术魅力震撼着读者的心灵。历史证明，雨果对巴尔扎克的评价和预言是完全正确的。

文章的语言如行云流水,雄奇有力,富于个性和激情。例如,联系上下文来解析,全文第 2 句的主要含义是:巴尔扎克逝世已经成为了不可更改的事实。如果简单而直接地替换成"巴尔扎克已经逝世"也可以连贯上下。但是,雨果没有用这种通行而直白的表达句式,他写的是:"对于我们来说,一切虚构都消失了。"句子使用了"虚构"这一文学理论术语,它不仅鲜明地标志出雨果作为文学家的身份,而且饱含着雨果对巴尔扎克的深切真情。细细品读,读者可以悟出它所蕴涵的潜台词:自巴尔扎克生病以来,"我们"一直充满信心地期盼着——期盼他康复,期盼他幸福,期盼他创作出新的杰作。然而如今,巴尔扎克英年早逝,这不仅使"我们"曾经有过的一切美好期盼成为了"虚构",而且也剥夺了"我们"继续"虚构"(即美好期盼)的基础——"一切虚构"都残酷地"消失了"。这是怎样的打击!怎样的失落!怎样的沉重!通观全文,字里行间都奔涌跌宕着这种恣肆淋漓的激情,充分显示了巴尔扎克这位朋友之死、这位天才之死给作家心灵造成的强烈冲击,也充分体现了雨果洒脱自由的文风。

而这种洒脱自由却又是控制有度的。作为一种实用文体,"葬词"是专用于葬礼的演讲稿,有其独特的格式和要求。《巴尔扎克葬词》严格地遵守了这些格式和要求。例如,文章分为三个部分:开头点明哀悼对象;中间颂扬和总结死者一生的功绩;结尾进一步表达对死者的哀思,号召人们化悲痛为力量。这完全符合"葬词"的结构格式。又如,在当时的法国,巴尔扎克还没有得到社会的广泛认同,还是一个颇具争议的人物。那么,要在葬词中正确评价巴尔扎克,是否意味着应该驳斥一切对巴尔扎克不公正的批评呢?答案是肯定的。然而,由于葬礼的基本功能是哀悼死者、寄托哀思,这就决定了"葬词"应该"讳失",即不讲死者生前的缺点过失。因此,雨果这篇实质上带有驳论性质的《巴尔扎克葬词》巧妙地回避了一切反方的观点言论。在他看来,面对前来哀悼的人们,即使是为了批驳而转述对死者不敬的话语,也是不大礼貌、不合时宜的。

总之,《巴尔扎克葬词》把直抒胸臆和隐微含蓄熔为一炉,把恣肆飞扬的文笔和严密的逻辑思辨奇妙地结合在一起,既洋溢着奔放酣畅的诗情,又有着严谨的内在结构、强大的理性魅力。从中,我们既感受到了雨果作为浪漫主义诗人豪迈不羁的气质,又窥见了他作为一个大思想家的深邃睿智,更目睹了他作为一个大文豪炉火纯青的笔力。

附录:巴尔扎克葬词①

各位先生:

现在被葬入坟墓的这个人,举国哀悼他。对我们来说,一切虚构都消失了。从今以后,众目仰望的将不是统治者,而是思想家。一位思想家不存在了,举国为之震惊。今天,人民哀悼一位天才之死,国家哀悼一位天才之死。

诸位先生,巴尔扎克这个名字将长留于我们这一时代,也将流转于后世的光辉业绩之中。巴尔扎克先生属于19世纪拿破仑之后的强有力的作家之列。正如17世纪一群显赫的作家涌现在黎塞留之后一样——就像文明发展中,出现了一种规律,促使武力统治者之后出现精神统治者一样。

在最伟大的人物中间,巴尔扎克是名列前茅者;在最优秀的人物中间,巴尔扎克是佼佼者之一。他才华卓越,至善至美,但他的成就不是眼下说得尽的。他的所有作品仅仅形成了一部书,一部有生命的、光亮的、深刻的书。我们在这里看见我们的整个现代文明的走向,带着我们说不清楚的、同现实打成一片的惊惶与恐怖。一部了不起的书,他题作"喜剧",其实就是题作"历史"也没有什么,这里有一切的形式和一切的风格,超过塔西陀,上溯到苏埃通,越过博马舍,直达拉伯雷;一部既是观察又是想象的书,这里有大量的真实、亲切、家常、琐碎、粗鄙。但是,有时通过突然撕破表面、充分揭示形形色色的现实,让人马上看到最阴沉和最悲壮的理想。

愿意也罢,不愿意也罢,同意也罢,不同意也罢,这部庞大而又奇特的作品的作者,不自觉地加入了革命作家的强大行列。巴尔扎克笔直地奔向目标,抓住了现代社会进行肉搏。他从各方面揪过来一些东西,有虚像,有希望,有呼喊,有假面具。他发掘内心,解剖激情。他探索人、灵魂、心、脏腑、头脑和各个人的深渊。巴尔扎克由于他自由的天赋和强壮的本性,由于他具有我们时代的聪明才智,身经革命,更看出了什么是人类的末日,也更了解什么是天意。于是面带微笑,泰然自若,进行了令人生畏的研究,但仍然游刃有余。他的这种研究不像莫里哀那样陷入忧郁,也不

---

① 见2004年人教版高中语文第三册第18课。

像卢梭那样愤世嫉俗。

这就是他在我们中间的工作。这就是他给我们留下来的作品，崇高而又扎实的作品，金刚岩层堆积起来的雄伟的纪念碑！从今以后，他的声名在作品的顶尖熠熠发光。伟人们为自己建造了底座，未来负起安放雕像的责任。

他的去世惊呆了巴黎。他回到法兰西有几个月了。他觉得自己不久于人世，希望再看一眼他的祖国，就像一个人出门远行之前，再来拥抱一下自己的母亲一样。

他的一生是短促的，然而也是饱满的，作品比岁月还多。

唉！这位惊人的、不知疲倦的作家，这位哲学家，这位思想家，这位诗人，这位天才，在同我们一起旅居在这世上的期间，经历了充满风暴和斗争的生活，这是一切伟大人物的共同命运。今天，他安息了，他走出了冲突与仇恨。在他进入坟墓的这一天，他同时也步入了荣誉的宫殿。从今以后，他将和祖国的星星一起，熠熠闪耀于我们上空的云层之上。

站在这里的诸位先生，你们心里不羡慕他吗？

各位先生，面对着这样一种损失，不管我们怎样悲痛，就忍受一下这样的重大打击吧。打击再伤心，再严重，也先接受下来再说吧。在我们这样一个时代里，一个伟人的逝世，不时地使那些疑虑重重受怀疑论折磨的人对宗教产生动摇。这也许是一桩好事，这也许是必要的。上天在让人民面对崇高的奥秘，并对死亡加以思考的时候，知道自己做的是什么；死亡是伟大的平等，也是伟大的自由。

上天知道自己做的是什么，因为这是最高的教训。当一个崇高的英灵，庄严地走进另一世界的时候；当一个人张开他的有目共睹的、天才的翅膀，久久飞翔在群众的上空，忽而展开另外的、看不见的翅膀，消失在未知之乡的时候。我们的心中，只能充满严肃和诚挚。

不，那不是未知之乡！我在另一个沉痛的场合已经说过，现在我也永不厌烦地还要再说——这不是黑夜，而是光明！这不是结束，而是开始！这不是虚无，而是永恒！我说的难道不是真话吗，听我说话的诸位先生？这样的坟墓，就是不朽的明证！面对某些鼎鼎大名的、与世长辞的人物，人们更清晰地感到这个睿智的人的神圣使命，他经历人世是为了受苦和净化，大家称他为大丈夫。而且心想，生前凡是天才的人，死后就不可能不化作灵魂！

乔治·桑《冬天之美》解读

乔治·桑（George Sand, 1804—1876）原名奥罗尔·杜邦（Aurore Dupin），是法国 19 世纪闻名遐迩的浪漫主义作家。她的一生富于浪漫传奇色彩。父亲为名门之后、贵族军官，母亲是出身寒微的舞女。小奥罗尔 4 岁时，父亲不幸堕马而亡，素来被婆婆瞧不起的母亲只好独自去巴黎谋生。奥罗尔小小年纪便失去了双亲的爱抚，由祖母培养成人。作为富有的继承人，她曾带着 50 万法郎出嫁，不幸的婚姻却迫使她几年后必须靠写作来维持自己和两个孩子的生活。当时法国贵族妇女多幽居闺阁，极少谋职；而法国文坛又群星璀璨、竞争激烈，一个来自外省乡下的女子能够靠写作谋生，堪称一奇。她曾以独特的魅力赢得了法国著名诗人缪塞、波兰著名音乐家肖邦的爱情，更以独特的文采赢得了梅里美、福楼拜、海涅、小仲马等文豪的崇拜。20 世纪 20 年代，乔治·桑被介绍到中国来之后，其人格和作品还深刻地影响了沈从文、徐志摩、郁达夫、冰心等中国现代著名作家的创作。乔治·桑一生勤奋，给人类留下了丰富的文学遗产。米雪尔·雷维版的《乔治·桑全集》收录她的作品多达 105 卷。其中既有《康素爱萝》、《安吉堡的磨工》、《魔沼》等著名小说，也有不少戏剧和散文作品。

进入 21 世纪，我国启动中学语文课程改革后，被收入人教版高中语文新教材的《冬天之美》是乔治·桑的散文名篇，全文仅 700 余字，篇幅简短，却意味深长，具有摄人心魄的艺术魅力：

> 我从来热爱乡村的冬天。我无法理解富翁们的情趣，他们在一年当中最不适于举行舞会、讲究穿着和奢侈挥霍的季节，将巴黎当作狂欢的场所。大自然在冬天邀请我们到火炉边去享受天伦之乐，而且正是在乡村才能领略这个季节罕见的明朗的阳光。在我国的大都

市里,臭气熏天和冻结的烂泥几乎永无干燥之日,看见就令人恶心。在乡下,一片阳光或者刮几小时风就使空气变得清新,使地面干爽。可怜的城市工人对此十分了解,他们滞留在这个垃圾场里,实在是由于无可奈何。我们的富翁们所过的人为的、悖谬的生活,违背大自然的安排,结果毫无生气。英国人比较明智,他们到乡下别墅里去过冬。

在巴黎,人们想象大自然有六个月毫无生机,可是小麦从秋天就开始发芽,而冬天惨淡的阳光——大家惯于这样描写它——是一年之中最灿烂、最辉煌的。当太阳拨开云雾,当它在严冬傍晚披上闪烁发光的紫红色长袍坠落时,人们几乎无法忍受它那令人眩目的光芒。即使在我们严寒却偏偏不恰当地称为温带的国家里,自然界万物永远不会除掉盛装和失去盎然的生机,广阔的麦田铺上了鲜艳的地毯,而天际低矮的太阳在上面投下了绿宝石的光辉。地面披上了美丽的苔藓。华丽的常春藤涂上了大理石般的鲜红和金色的斑纹。报春花、紫罗兰和孟加拉玫瑰躲在雪层下面微笑。由于地势的起伏,由于偶然的机缘,还有其他几种花儿躲过严寒幸存下来,而随时使你感到意想不到的欢愉。虽然百灵鸟不见踪影,但有多少喧闹而美丽的鸟儿路过这儿,在河边栖息和休憩!当地面的白雪像璀璨的钻石在阳光下闪闪发光,或者当挂在树梢的冰凌组成神奇的连笔都无法描绘的水晶的花彩时,有什么东西比白雪更加美丽呢?在乡村的漫漫长夜里,大家亲切地聚集一堂,甚至时间似乎也听从我们使唤。由于人们能够沉静下来思索,精神生活变得异常丰富。这样的夜晚,同家人围炉而坐,难道不是极大的乐事吗?[1]

文章开门见山地倾吐出作家久蓄胸中之志趣:"我从来热爱乡村的冬天。"显然,这与作家本人所属的资产阶级贵族社会的主流趣味大相径庭,那些富人们爱的是都市,尤其是冬天的大都市。对于他们来说,乡村的主要价值在于春天踏青、夏天避暑,而冬天则是集聚巴黎豪宅"狂欢"之季。因此,接下来,乔治·桑傲然宣布:"我无法理解富翁们的情趣",并以对比手法概述了乡村冬天之美和大都市冬天之丑:前者可以"领略这个季节罕

---

① 见 2004 年人教版高中语文第一册第 12 课:《外国散文两篇》。

见的明朗的阳光"、空气"清新"、"地面干爽",更可以"到火炉边享受天伦之乐";后者"臭气熏天",处处是"冻结的烂泥几乎永无干燥之日,看见就令人恶心"。作家还特别指出:"可怜的城市工人"最了解大都市的冬天之丑,他们实为生活所迫才"无可奈何"地"滞留在这个垃圾场里",以丑为美的只是那些"讲究穿着和奢侈挥霍"的富翁,他们"所过的人为的、悖谬的生活,违背大自然的安排,结果毫无生气"。因此,严格说来,作家鄙弃的是富翁的城市之冬。

第一段在全文中起着举足轻重的作用,它点明了题旨,奠定了文章的思想基调。

"在巴黎,人们想象大自然有六个月毫无生机",第二段第一句与第一段紧密承接。联系前文,不难揣摩到,本句中"巴黎"的"人们"是特指那些不爱乡村之冬的"富翁们"。接着,针对"巴黎""人们"的偏见,作家紧扣"生机"二字,浓墨重彩、酣畅淋漓地描绘了乡村的冬天之美:阳光不仅不像"大家惯于"描写的那样"惨淡",而且"是一年中最灿烂、最辉煌的";小麦正在成长,"广阔的麦田"在阳光下闪耀着"绿宝石的光辉";碧绿的苔藓、"华丽的常春藤"、高贵的紫罗兰、黄灿灿的报春花、红艳艳的孟加拉玫瑰……山花野草五彩纷呈;多少活泼的鸟儿在喧闹、栖息,给大地增添了"盎然的生机";冬天特有的冰雪更是美丽无比,"地面的白雪像璀璨的钻石在阳光下闪闪发光","挂在树梢的冰凌组成神奇的连拱和无法描绘的水晶的花彩"。与大自然相媲美的是乡村人的冬季生活。且不说他们白天徜徉于如诗如画般田园山野间的无穷乐趣,仅看"在乡村的漫漫长夜里",大家不分尊卑长幼亲切地"围炉而坐","聚集一堂",或谈古论今,或吟诗歌唱,或静默沉思……这样亲密和谐的人际关系,这样丰富而又朴实的生活方式,难道不是最美的吗?

细读全文,我们不难发现,字里行间蕴涵着作家的审美标准和理想:美在自然。作家热爱和歌颂乡村之冬,是因为乡村之冬从属于自然(也可以说,本文里的"乡村"等同于自然);而她鄙弃并批判城市之冬,则是因为城市之冬背离了自然。可见,《冬天之美》的主题是歌颂自然之美。

作为一个浪漫主义作家,自然既是乔治·桑的审美标准和理想,也是她的生活标准和理想。这理想首先来自她独特的人生经历。尽管出身名门望族之家,乔治·桑与大自然有着不解之缘。祖母在法国中部安德尔省的诺昂拥有地产和庄园。1821年,祖母去世后,乔治·桑成了诺昂田庄的主人,她一生大部分时光都在这里度过。她呼吸着清新的田园空气长大,少小时期,常常与农家孩子一起在田野嬉戏玩耍;成年之后,她常常从喧嚣的都市返回诺昂,在此奋笔疾书,将来自山水田园的浪漫情怀化作一篇篇动人心弦的文学作品;1848年革命失败后,她完全隐居诺昂,直到1876年6月8日逝世。一生与大自然的亲密接触,培养了乔治·桑对大自然的深情厚意。而启蒙大师卢梭"返回自然"的思想,则把她对大自然的素朴情感提升为一种审美理念和人生信仰。祖母年轻时跟百科全书派有过往来,结识了卢梭。在她的影响下,乔治·桑很小就开始读卢梭的作品,成年后更是把卢梭奉为自己的精神导师。卢梭"返回自然"的思想主要包括两层含义:一是否定工业文明、城市文明,呼唤人类返回大自然;二是否定私有制社会,呼唤人类返回原始社会那种朴实自然的生活形态。他在《论人类不平等的起源和基础》一书中提出,私有制导致富人和穷人的分化,刺激了人们的占有欲、统治欲和种种偏见,使人类丧失了平等、自由和美德;而原始社会的人们生活在自然形态之中,他们拥有充分的自由平等,享受着简朴生活的乐趣,因此原始社会才是人类的理想社会。

师从卢梭,乔治·桑的《冬天之美》主要从两个方面展开了歌颂自然美的主题:

一是赞颂大自然的美丽绝伦。古今中外,讴歌自然美的文学作品成千上万,但绝大多数都描画春天之清新,夏天之繁茂,秋天之丰实。乔治·桑却另辟蹊径,极力揭示大自然的冬天之美。冬天的大自然,在一般人眼中是落寞、萧条和寒冷的。而乔治·桑怀着对大自然的无限崇敬之情,从落寞中读出了"盎然的生机",从萧条中读出了"喧闹而美丽",从寒冷中读出了脉脉温情。她以女作家特有的细腻笔法,描绘了冬天的诗情画意,揭示出大自然"永远不会除掉盛装",歌颂了大自然的完美。

二是颂扬人之自然生活形态。受卢梭的影响,乔治·桑说:"原始社会是一切人、一切时代的憧憬和理想"。① 她把生活在乡村的普通农人视为最接近原始人的"自然之子",认为他们"从上天秉承了良好的本质、善良的天性、正直的良心","比我们最出色的诗人更自然更完美",② 她表

---

① 柳鸣九:《法国文学史》(中册),人民文学出版社1981年版,第382页。

② 柳鸣九:《法国文学史》(中册),人民文学出版社1981年版,第328页。

示,要引导读者"注视青天、原野、绿树、善良而真实的农民"以及他们"安静、自由、富有诗意、勤劳单纯的生活"。[①] 在《魔沼》、《小法岱特》等田园小说中,她塑造了一系列理想的农人形象,歌颂了"自然之子"。作为一篇简短的抒情散文,《冬天之美》没有出现农人形象,却着重歌颂了乡村人的自然生活形态。文章第一段提到"大自然在冬天邀请我们到火炉边享受天伦之乐",强调乡村人在冬夜的消闲方式遵从了"大自然"的旨意,符合自然人性;结尾更是以富于诗意的笔触,描绘了一幅朴素、恬静、和谐、高尚的乡村生活图景,歌颂了乡村人自然淳朴的生活方式。此外,文章还旗帜鲜明地批判了追求奢侈豪华的富翁们,指责他们的生活违背了"大自然的安排","毫无生气",从反面肯定了人的自然生活形态。

人类的生命源于大自然,与大自然融为一体的乡村可以为人类提供生存和繁衍所必须的一切。而当人们追求基本生存之外的享乐时,才有了城市。因此,城市既是人类文明的结晶,又是人类欲望的象征。永不满足的欲望,刺激着人类不断扩大和强化城市文明,也刺激着人类在城市文明的遮蔽下滋生出种种可怕的罪孽;而文明也是一把双刃剑,高度发达的城市文明在给人以庇护和快乐的同时,又让人饱尝了自然本性被压抑的痛苦。正因为如此,乔治·桑和不少浪漫主义诗人才会热切地响应卢梭"返回自然"的呼唤。而《冬天之美》思想艺术之魅力或许就蕴涵在人对于自然的这种执拗眷念之中。

---

① 柳鸣九:《法国文学史》(中册),人民文学出版社1981年版,第380页。

王尔德《自私的巨人》解读

奥斯卡·王尔德(Oscar Wilde,1854—1900)出生于爱尔兰首府都柏林,其时为 1854 年 10 月 16 日。父亲是一位闻名遐迩的医生,母亲是诗人、翻译家。王尔德自幼聪慧,求学期间曾多次获奖。1878 年他以优等成绩从牛津大学毕业,翌年到伦敦,开始以笔谋生。他率性而作:初登文坛,他是一个激情奔放的诗人;当了父亲,他给孩子们编童话故事;步入中年,对现实有了更丰富的体验,他写小说和戏剧;有了新的文学理念,他撰写文艺批评,倡导"为艺术而艺术"。此外,王尔德还是享有盛名的谈话大师,他风流倜傥,出口成章,文辞优雅,常常语惊四座。据说,曾有人问英国首相丘吉尔,来世最愿意同谁做谈话的朋友,他毫不犹豫地回答:"奥斯卡·王尔德"。

作为唯美主义的领袖,王尔德的代表作品是长篇小说《道连·格雷的画像》(1891)和诗剧《莎乐美》(1893)。然而,多年来,人们对这些作品毁誉不一。倒是他的童话集《快乐王子及其他童话》(1888)一直被公认为世界童话创作中的瑰宝。

《自私的巨人》是《快乐王子及其他童话》中的佳作。

日本著名儿童文学理论家松村武雄提出:"制作童话的人,对于儿童非怀有纯真的爱不可,对于儿童的全心的爱,正是赋予所作的童话以泼辣的生命的一大魔术。若是没有这种纯真的爱,那么,不论童话作者怎样通晓文艺上的一切技巧,不论童话作者怎样地在科学上理解儿童的心理,那作品也是没有生命的东西,也是缺少活动的血肉的一种骸骨。"[①]《自私的巨人》的艺术魅力正是源于作者对儿童的"纯真的爱"。该童话发表于1888 年。当时王尔德与康斯坦丝·劳埃德已经结婚 4 年。他们的大儿

---

① 松村武雄:《童话与儿童的研究》,钟子岩译,开明书局 1935 年版,第 198 页。

子西里尔 3 岁,小儿子维维安 2 岁,正是开始喜爱童话的年龄。因此,在这篇童话中,既蕴涵了一个伟大作家对儿童纯真的爱,又饱含着一个父亲的舔犊之情。

这种爱首先体现在作家对童心的呵护与关怀上。作为一个唯美主义者,王尔德一生都在批判物质主义和庸人哲学,他认为至高无上的美是独立自足、超越功利的,而人的完美与否也仅仅与其心灵相关。他说:

> 人类真正的完美不在于他有什么,而在于他是什么。①
>
> 人根本不该受外部事物的奴役。一个人真正拥有的是他的内心。②
>
> 不要想象你的完美是仰仗积聚或拥有外部事物。你的完美在你自身。③

受当时流行于英国文化界的空想社会主义思潮的影响,王尔德曾自称社会主义者,并于 1891 年写下了《社会主义制度下人的灵魂》一文。不过,他是站在唯美主义的立场上来认同社会主义的。按照他的理解,社会主义等同于共产主义,其根本特征就是消除私有制。而他之所以拥护社会主义,就因为在他眼中私有制与人的灵魂完美和生活幸福是根本对立的。他认为:"拥有私人财产常常会极端败坏道德";④在私有制度下,人们往往"以为人生大事是谋取,而不知道重要的是发展自我";"人的个性已完全被他的财产淹没了……人实际上错失了真正的乐趣与生活的幸福。"只有废除私有制,摒除私有观念,人才不会"在聚敛财物和象征财物的东西中浪费自己的生命",⑤才能成为完美而快乐的人。

《自私的巨人》艺术地表达了王尔德的上述思想。童话一开头描绘了

---

① 王尔德:《社会主义制度下人的灵魂》,张素琴译,《王尔德全集》(4),中国文学出版社 2000 年版,第 293—294 页。

② 王尔德:《社会主义制度下人的灵魂》,张素琴译,《王尔德全集》(4),中国文学出版社 2000 年版,第 294 页。

③ 王尔德:《社会主义制度下人的灵魂》,张素琴译,《王尔德全集》(4),中国文学出版社 2000 年版,第 297 页。

④ 王尔德:《社会主义制度下人的灵魂》,张素琴译,《王尔德全集》(4),中国文学出版社 2000 年版,第 290 页。

⑤ 王尔德:《社会主义制度下人的灵魂》,张素琴译,《王尔德全集》(4),中国文学出版社 2000 年版,第 293—294 页。

一幅诗意盎然的画面：孩子们在美丽的大花园里与青草、鲜花、绿树、小鸟等一起欢快地嬉戏。接下来，在优美和谐的乐曲中响起了刺耳的噪音——自私的巨人回家了。他宣布："我自己的花园就是我自己的花园……我不准任何人在里面玩。"①他筑起围墙，挂出告示牌，把所有人都拒之墙外。从此可怜的孩子们只能在尘土飞扬的马路上徘徊。然而，在这个万物有灵的童话世界里，所有事物都站在孩子们一边，以自己的方式惩罚着自私的巨人：小鸟不再唱歌，树儿不再开花；雪用她那巨大的白色斗篷把草地盖得严严实实，霜也让所有的树木披上夹衣；而北风吹掉了巨人城堡的烟囱帽，冰雹则把房上的石板瓦砸得七零八落。于是，花园失去了繁花盛开的春天、阳光灿烂的夏天和果实累累的秋天。拥有大花园的巨人只能终年面对了无生机的寒冬，过着了无生趣的日子。巨人的悲惨遭遇说明：私有财产制度以及由此而产生的私有观念和自私的行为不仅扼杀了世界的生机、他人的快乐，而且也毒杀了私有者自己的心灵和生活。

那么，怎样才能摒除私有观念，完善人的心灵呢？在《自私的巨人》里，作家的回答是：必须借助"博爱"的魔力。

被冰雪终年封闭在城堡中的巨人，为春天迟迟不来感到迷惑，却并不知道这是自己所受到的惩罚。因此，当花园里的桃树迎来孩子，忽然绽放出花朵时，巨人起初一阵狂喜，继而才诧异地看到：花园最远的一个角落仍笼罩在严冬之中，在那里，一个特别矮小的男孩正为爬不上树而徘徊哭泣，那棵没有孩子的树仍然遭受着霜雪和北风的欺凌。这一反常的情景启示和警醒了迷惘的巨人。他终于明白春天不来的原因，意识到了自私的丑恶。他真诚地为过去的行为感到羞愧，不仅主动把小男孩抱上树，而且还推倒围墙，让自己的花园永远成为公众的乐园。从此，自私孤寂的巨人成为慷慨快乐的巨人。他为孩子们所爱，也爱着每一个孩子。然而，他最爱的小男孩，那个被他抱上树、感激地亲吻过他的小男孩，那个给了他人生重要启迪的小男孩，却在当天不辞而别。巨人十分想念他，常常提起他，却打听不到他的任何消息。

这个与任何人都不曾相识，来无踪、去无影的神秘小男孩到底是谁？

---

① 王尔德：《自私的巨人》，巴金译，《王尔德全集》（第一卷），中国文学出版社 2000 年版，第354 页。

巨人还能再见到他吗？一个冬天的早晨，巨人起床后突然惊讶地看见，在花园最远的那个角落里有一棵奇异的树："枝上开满了可爱的白花。树枝完全是金黄的，枝上低垂着累累的银果，在这棵树下就站着他所爱的那个小孩。"巨人欣喜万分地跑到过去，却愤怒地看见：

> 小孩的两只手掌心上现出两个钉痕，在他两只小脚的脚背上也有两个钉痕。
>
> "谁敢伤害了你？我立刻拿我的大刀去杀死他。"巨人叫道。
>
> "不！"小孩答道，"这是爱的伤痕啊。"
>
> "那么你是谁？"巨人说，他突然起了一种奇怪的敬畏的感觉，便在小孩面前跪下来。
>
> 小孩向着巨人微笑了，对他说："你有一回让我在你的园子里玩过，今天我要带你到我的园子里去，那就是天堂啊。"①

很明显，童话中的小男孩是基督的化身。根据《圣经》传说，基督被敌人钉死在十字架上，因而他的手掌心和脚背都留有钉痕；基督是为人类而献身的，所以，他身上的伤痕是"爱的伤痕"；基督是上帝之子，复活之后又回到上帝身边，所以他的园子就是天堂。文艺复兴时期的画家们曾把基督画成一个小男孩，在一所宫殿或花园里和别的小孩一起玩。《自私的巨人》的构思明显地受到过这类绘画的影响。在西方文化传统中，基督既是救世主，又是博爱的象征。在《自私的巨人》里，基督以博爱的魔力启发和拯救了巨人，促使他的心灵从冷酷自私走向慈善完美，从而体验到人生的快乐，最后还幸福地升居天堂。

通过这个浪漫奇妙的故事，童话生动形象地告诉读者：最美的心灵是博爱无私的心灵；唯有一颗博爱无私的心能给人带来快乐的生活和永恒的幸福。

---

① 王尔德：《自私的巨人》，巴金译，《王尔德全集》（第一卷），中国文学出版社2000年版，第358页。

附录：自私的巨人

每天下午，孩子们放学以后，总喜欢到巨人的花园里去玩。

这是一个可爱的大花园，园里长满了柔嫩的青草。草丛中到处露出星星似的美丽花朵；还有十二棵桃树，在春天开出淡红色和珍珠色的鲜花，在秋天结着丰富的果子。小鸟们坐在树枝上唱出悦耳的歌声，它们唱得那么动听，孩子们都停止了游戏来听。"我们在这儿多快乐！"孩子们互相欢叫。

有一天巨人回来了。他原先离家去看他的朋友，就是那个康华尔地方的吃人鬼，在那里一住便是七年。七年过完了，他已经把他要说的话说尽了（因为他谈话的才能是有限的），他便决定回他自己的府邸去。他到了家，看见小孩们正在花园里玩。

"你们在这儿做什么？"他粗暴地叫道，小孩们都跑开了。

"我自己的花园就是我自己的花园，"巨人说，"这是随便什么人都懂得的，除了我自己以外，我不准任何人在里面玩"。所以他就在花园的四周筑了一道高墙，挂起一块布告牌来。

> 不准擅入
> 违者重惩

他是一个非常自私的巨人。

那些可怜的小孩们现在没有玩的地方了。他们只好勉强在街上玩，可是街道灰尘多，到处都是坚硬的石子，他们不喜欢这个地方。他们放学以后常常在高墙外面转来转去，并且谈论墙内的美丽的花园。"我们从前在那儿是多么快活啊！"他们都这样说。

春天来了，乡下到处都开着小花，到处都有小鸟歌唱。单单在巨人的花园里却仍旧是冬天的气象。鸟儿不肯在他的花园里唱歌，因为那里再没有小孩的踪迹，树木也忘了开花。偶尔有一朵美丽的花从草间伸出头来，可是它看见那块布告牌，禁不住十分怜惜那些不幸的孩子，它马上就缩回在地里，又去睡觉了。觉得高兴的只有雪和霜两位。她们嚷道："春天把这个花园忘记了，所以我们一年到头都可以住在这儿了。"雪用她的白色大氅盖着草，霜把所有的树枝涂成了银色。她们还请北风来同住，他果然来了。他身上裹着皮衣，整天在园子里四处叫吼，把烟囱管帽也吹倒了。他说："这是一个适意的地方，我们一定要请雹来玩一趟。"于是雹来了。他每天总要在这府邸屋顶上闹三个钟头，把瓦片弄坏了大半才停止。然后他又在花园里绕着圈子用力跑。他穿一身的灰色，他的气息就像冰一样。

"我不懂为什么春天来得这样迟"，巨人坐在窗前，望着窗外他那寒冷的、雪白的花园，自言自语，"我盼望天气不久就会变好"。

可是春天始终没有来，夏天也没有来。秋天给每个花园带来金色果实，但巨人的花园却什么也没有得到。"他太自私了"，秋天这样说。因此冬天永远留在那里，还有北风，还有雹，还有霜，还有雪，他们快乐地在树丛中跳舞。

一天早晨巨人醒在床上，他忽然听见了动人的音乐。这音乐非常好听，他以为一定是国王的乐队在他的门外走过。其实这只是一个小小的梅花雀在他的窗外唱歌，但是他很久没有听见一只小鸟在他的园子里歌唱了，所以他会觉得这是全世界中最美的音乐。这时雹也停止在他的头上跳舞，北风也不叫吼，一股甜香透过开着的窗来到他的鼻端。"我相信春天到底来了"，巨人说，他便跳下床去看窗外。

他看见了什么呢？

他看见一个非常奇怪的景象。孩子们从墙上一个小洞爬进园子里来，他们都坐在树枝上面，他在每一棵树上都可以见到一个小孩。树木看见孩子们回来十分高兴，便都用花朵把自己装饰起来，还在孩子们的头上轻轻地舞动胳膊。鸟儿们快乐地四处飞舞歌唱，花儿们也从绿草中间伸出头来看，而且大笑了。这的确是很可爱的景象。只有在一个角落里冬天仍然留着，这是园子里最远的角落，一个小孩正站在那里。他太小了，他的手还挨不到树枝，他就在树旁转来转去，哭得很厉害。这株可怜的树仍然满身盖着霜和雪，北风还在树顶上吹，叫。"快爬上来，小孩！"，树对孩子说，一面尽可能地把枝子垂下去，然而孩子还是太小了。

巨人看见窗外这个情景，他的心也软了。他对自己说："我是多么自私啊！现在我明白为什么春天不肯到这儿来了。我要把那个可怜的小孩放到树顶上去，随后我要把墙毁掉，把我的花园永远永远变作孩子们的游戏场。"他的确为着他从前的举动感到十分后悔。

他轻轻地走下楼，静悄悄地打开前门，走进院子里去。但是孩子们看见他，非常害怕，他们立刻逃走了，花园里又现出冬天的景象。只有那个最小的孩子没有跑开，因为他的眼里充满了泪水，使他看不见巨人走过来。巨人偷偷地走到他后面，轻轻地抱起他，放到树枝上去。这棵树马上开花了，鸟儿们也飞来在枝上歌唱，小孩伸出他的两只胳膊，抱住巨人的颈项，跟他接吻。别的小孩看见巨人不再像先前那样凶狠了，便都跑回来。春天也就跟着小孩们来了。巨人对他们说："孩子们，花园现在是你们的了。"他拿出一把大斧，砍倒了围墙。中午人们赶集，经过这里，他们看见巨人和小孩们一块儿在他们从未见过的这样美的花园里面玩。

巨人和小孩们玩了一整天，天黑了，小孩们便来向巨人告别。

"可是你们那个小朋友在哪儿？我是说那个由我放到树上去的孩子。"巨人最爱那个小孩，因为那个小孩吻过他。

"我们不知道，他已经走了。"小孩们回答。

"你们不要忘记告诉他，叫他明天一定要到这儿来。"巨人嘱咐道，但是小孩们说他们不知道他住在什么地方，而且他们以前从没有见过他；巨人觉得很不快活。

每天下午小孩们放学以后，便来找巨人一块儿玩。可是巨人喜欢的那个小孩却再也看不见了。巨人对待所有的小孩都很和气，可是他非常想念他的第一个小朋友，并且时常讲起他。"我多么想看见他啊！"他时常这样说。

许多年过去了，巨人也很老了。他不能够再跟小孩们一块儿玩，因此他便坐在一把大的扶手椅上看小孩们玩各样游戏，同时也欣赏他自己的花园。他说："我有许多美丽的花，可是孩子们却是最美丽的花。"

一个冬天的早晨，他起床穿衣的时候，把眼睛调向窗外望。他现在不恨冬天了，因为他知道这不过是春天在睡眠，花在休息罢了。

他突然惊讶地揉他的眼睛，并且向窗外看了再看。这的确是一个很奇妙的景象。园子的最远的一个角落里有一棵树，枝上开满了可爱的白花。树枝完全是黄金的，枝上低垂着累累的银果，在这棵树下就站着他所爱的那个小孩。

巨人很欢喜地跑下楼，进了花园。他急急忙忙地跑过草地，到小孩身边去。等他挨近小孩的时候，他的脸带着愤怒涨红了，他问道："谁敢伤害了你?"因为小孩的两只手掌心上现出两个钉痕,在他两只小脚的脚背上也有两个钉痕。

"谁敢伤害了你?我立刻拿我的大刀去杀死他。"巨人叫道。

"不!"小孩答道,"这是爱的伤痕啊。"

"那么你是谁?"巨人说,他突然起了一种奇怪的敬畏的感觉,便在小孩面前跪下来。

小孩向着巨人微笑了,对他说:"你有一回让我在你的园子里玩过,今天我要带你到我的园子里去,那就是天堂啊。"

那天下午小孩们跑进园子来的时候,他们看见巨人躺在一棵树下,他已经死了,满身盖着白花。

茨威格《世间最美的坟墓》解读

斯蒂芬·茨威格(Stefan Zweig,1881—1942)出生在奥匈帝国一个犹太富商之家。他从小热爱文学,成年后更以出众独特的才华和勤勉不懈的努力成为了令世界瞩目的语言艺术大师。他的《一个陌生女人的来信》(1919)、《一个女人一生中的二十四小时》(1922)、《象棋的故事》(1941)等小说被相继译成多种文字,至今仍在世界各国广为流传;他的《三大师》(1919)、《自画像》(1928)等更是 20 世纪传记文学的巅峰之作。1942 年 2 月 22 日,茨威格和妻子为了抗议法西斯在巴西自杀后,巴西为他举行了国葬,并将他安葬在已故巴西国王彼得罗二世的墓旁。在世界文学史上,从来没有一个客死异国的文学家享有这样高的礼遇。

进入 21 世纪,我国启动中学语文课程改革后,被收入人教版高中语文新教材的《世间最美的坟墓——记 1928 年的一次俄国旅行》是茨威格的散文代表作之一:

> 我在俄国所见到的景物再没有比托尔斯泰墓更宏伟、更感人的了。这块将被后代永远怀着敬畏之情朝拜的尊严圣地,远离尘嚣,孤零零地躺在林荫里。顺着一条羊肠小路信步走去,穿过林间空地和灌木丛,便到了墓冢前;这只是一个长方形的土堆而已,无人守护,无人管理,只有几株大树荫庇。他的外孙女跟我讲,这些高大挺拔、在初秋的风中微微摇动的树木是托尔斯泰亲手栽种的。小的时候,他的哥哥尼古莱和他听保姆或村妇讲过一个古老传说,提到亲手种树的地方会变成幸福的所在。于是他们俩就在自己庄园的某块地上栽了几株树苗,这个儿童游戏不久也就忘了。托尔斯泰晚年才想起这桩儿时往事和关于幸福的奇妙许诺,饱经忧患的老人突然从中获得了一个新的、更美好的启示。他当即表示愿意将来埋骨于那些亲手

栽种的树木之下。

后来就这样办了,完全按照托尔斯泰的愿望。他的墓成了世间最美的、给人印象最深刻的、最感人的坟墓。它只是树林中的一个小小长方形土丘,上面开满鲜花,没有十字架,没有墓碑,没有墓志铭,连托尔斯泰这个名字也没有。这个比谁都感到被自己的声名所累的伟人,就像偶尔被发现的流浪汉、不为人知的士兵那样不留名姓地被人埋葬了。谁都可以踏进他最后的安息地,围在四周的稀疏的木栅栏是不关闭的——保护列夫·托尔斯泰得以安息的没有任何别的东西,唯有人们的敬意;而通常,人们却总是怀着好奇,去破坏伟人墓地的宁静。这里,逼人的朴素禁锢住任何一种观赏的闲情,并且不容许你大声说话。夏天,风儿在俯临这座无名者之墓的树木之间飒飒响着,和暖的阳光在坟头嬉戏;冬天,白雪温柔地覆盖这片幽暗的土地。无论你在夏天还是冬天经过这儿,你都想象不到,这个小小的、隆起的长方形包容着当代最伟大人物当中的一个。然而,恰恰是不留姓名,比所有挖空心思置办的大理石和奢华装饰更扣人心弦:今天,在这个特殊的日子里,成百上千到他的安息地来的人中间没有一个有勇气,哪怕仅仅从这幽暗的土丘上摘下一朵花留作纪念。人们重新感到,这个世界上再也没有比这最后留下的、纪念碑式的朴素更打动人心的了。老残军人退休院大理石穹隆底下拿破仑的墓穴,魏玛公侯之墓中歌德的灵寝,西敏司寺里莎士比亚的石棺,看上去都不像树林中的这个只有风儿低吟,甚至全无人语声,庄严肃穆,感人至深的无名墓冢那样能剧烈震撼每一个人内心深藏着的感情。[①]

文章的副标题"记 1928 年的一次俄国旅行"点明了写作时间和背景。1928 年,列夫·托尔斯泰(Л. Н. Толстой,1828—1910)诞辰 100 周年。这年春天,茨威格撰写的托尔斯泰传出版后,很快风靡包括俄国在内的欧美各国。9 月,茨威格应苏联作家协会的邀请,随同奥地利作家代表团赴俄参加纪念活动。在为期 14 天的俄国之行中,茨威格不仅出席了在莫斯科大剧院召开的纪念列夫·托尔斯泰百年诞辰晚会,在会上作了题为"托尔斯泰与外国"的专题发言,参观了托尔斯泰故居,而且还走访了苏联的

---

① 见 2004 年人教版高中语文第一册第 12 课:《外国散文两篇》。

工厂、农村、学校,与学者文人和普通老百姓进行了广泛的接触交流。

对于第一次来到俄国(并且是经历过十月革命洗礼的"新俄国")的茨威格来说,所见所闻无不新鲜奇异。然而,本文一开篇就告诉读者:"我在俄国所见到的景物再没有比托尔斯泰墓更宏伟、更感人的了"。与一般人理解的"宏伟"、"感人"大相径庭,接下来,作家描述道:托尔斯泰墓"只是一个长方形的土堆而已,无人守护,无人管理,只有几株大树荫庇"。为什么称颂这个实际上不过是"土堆而已"的坟墓"宏伟"、"感人"?作家没有直接修补这一叙述矛盾,转而记述了托尔斯泰外孙女的谈话内容:坟墓完全是按托尔斯泰生前的愿望修的,而托尔斯泰这一选择的出发点和最终目标都是为了追寻幸福。

这段谈话内容是全文的文眼。它提示读者,这个实为"土堆"的坟墓之所以被作家赞誉为世间最"宏伟"、最"感人"、"最美的坟墓",就是因为它包孕着托尔斯泰一生对幸福的独特理解和执着追求。

在许多人眼中,"幸福",对于列夫·托尔斯泰来说,似乎是与生俱来的。1828 年 9 月 9 日(俄历 8 月 28 日),托尔斯泰出生在莫斯科以南 200 俄里的一个名叫亚斯纳雅·波良纳的贵族庄园。作为显赫的贵族世家之子,他命中注定就是尊贵的伯爵。19 岁,兄妹五人分家之后,他成为了拥有 1470 俄亩土地和 330 个男性农奴的大地主。约 30 年后,他凭其文学天才又将自己的财富翻了两番。34 岁,终于厌倦了自由放纵的单身生活,他便领着所爱慕的 18 岁的索菲娅小姐步入婚姻殿堂。他爱孩子,索菲娅为他生育了 13 个儿女。他的身躯似乎是上帝在心情最好的时候特别制作的,罕见的坚实、灵敏、健康:"游泳像一条鱼,骑马像一个哥萨克,收割像一个农民";[①]70 岁穿着冰鞋灵活地飞驰在滑冰场;76 岁好奇而兴奋地学骑自行车;82 岁,即将与死神共舞,还威风凛凛地扬鞭驰骋。对于这个异常健康的身躯来说,不论是一天伏案写作 10 小时,还是像农人那样一天耕田 10 小时都不会疲惫不堪。当然,上帝不会忘记赋予他绝顶的智慧才华。他 16 岁考入大学,因为觉得听教授们讲课不及自己读书有意思,19 岁就永远地退出了大学课堂。4 年后,这位跟着哥哥来到高加索战地寻求刺激和浪漫的青年军官产生了创作冲动,开始在炮火的缝隙间写

---

① 茨威格:《自画像》,袁克秀译,西苑出版社 1999 年版,第 160 页。

小说。翌年,他将处女作《童年》(1852)寄给当时俄国最有影响力的《现代人》杂志,主编涅克拉索夫一眼就认出了此乃天才之作,一发表旋即轰动文坛。此后,在人们惊叹、倾慕、崇拜中,他的一部又一部名作:《少年》(1854)、《青年》(1857)、《战争与和平》(1863—1869)、《安娜·卡列尼娜》(1873—1877)、《复活》(1889—1899)等等,如滔滔洪水,奔涌而出。他的名字响彻俄国、响彻欧洲、响彻全世界。晚年的托尔斯泰已经被不少崇拜者尊为圣人,他的一言一行都被人必恭必敬地记录下来。不少与他生活在同一个世纪的俄国文豪,因为批判现实而遭到沙皇政府的残酷迫害——普希金被流放;陀思妥耶夫斯基曾经身着白色的尸衣被绑在死刑柱上;高尔基多次被捕等。托尔斯泰对现实的批判比谁都激烈,他的不少论著被定为禁书,亦有不少人因传播或阅读他的书被关进大狱。可是,因为他的名气太大,以至于残暴成性的沙皇从来不敢动他一根毫毛。沙皇只能忍气吞声,托尔斯泰伯爵可用不着委屈自己的思想感情,他一辈子都在独立自由地呐喊、写作和生活。对此,沙皇的御用文人苏沃林曾在日记里哀叹:"我们有两个皇帝,一个是尼古拉,一个是列夫·托尔斯泰。他们两个中谁更有力呢?尼古拉二世拿托尔斯泰毫无办法,不能动摇他的宝座一下,而托尔斯泰,毫无疑问,却正在动摇尼古拉的宝座和他的皇朝"。①

身份地位、财富、爱情、家庭、健康、天分、成就、声誉,对于许许多多人来说,这些东西中的任何一种不都可以成为一生所追求的"幸福"么?托尔斯泰拥有这一切,还能不幸福,还需要再去追求幸福么?是的,托尔斯泰一生中的多数时光都浸泡在追寻幸福而不得的痛苦中。他说,"对幸福的渴望"是"构成我的生命之本质……但这幸福不是我个人的,而是整个世界的"②。他在日记里写道:

> 幸福有两大类,即乐于行善者的幸福和爱好虚荣者的幸福。前一类幸福来自善行,后一类幸福来自命运。③

托尔斯泰认为,在这两类幸福中,惟有前者才是高尚而真实的:"只有爱和自我牺牲才是真正不受环境影响的唯一幸福!"④显然,他已经拥有

---

① 匡兴:《托尔斯泰和他创作》,北京出版社1982年版,第2页。
② 托尔斯泰:《托尔斯泰文集》(15),陈建华译,人民文学出版社1989年版,第518页。
③ 西语、吕嘉编:《托尔斯泰箴言录》,学苑出版社1993年版,第49页。
④ 托尔斯泰:《一个地主的早晨》,草婴译,上海译文出版社1992年版,第184页。

的一切都不过是"来自命运"的虚假幸福,而他这一生孜孜以求的是让"整个世界"都充满阳光的"行善者的幸福"。

对于他来说,爱和行善的对象首先就是自己身边的穷苦农民。从青年时代开始,他的幸福理想就是填平地主和农民之间的鸿沟,让所有的农民、所有的人都得到幸福。19 岁,成为农庄主之后,他立即满腔热情地开始了农事改革。但农民不相信会有这样善良的老爷,不进他专门建的医院治病,不用他买来的播种机、脱谷机。农事改革失败后,托尔斯泰又想通过兴办教育来造福农民。从 1859 年秋到 1862 年,他先后在亚斯纳雅•波良纳和附近农村陆续开办了 20 余所农民子弟学校,免费招收所有愿意就学的农民孩子。他不但为孩子们招募了教师,而且还亲自给孩子们上课。为了编出一套适合于农民孩子学习的好教材,托尔斯泰不仅阅读了大量的各国民间文学作品,而且曾努力自学物理学、天文学等自然科学。1875 年,他编写的《新启蒙课本》出版后获得极大的成功。然而,俄国农民的生存处境每况愈下。到底怎样才能消除农民的贫困,得到"行善者的幸福"呢?到了 19 世纪 80 年代初,托尔斯泰的世界观发生了一场激变。他深刻地认识到,不合理的社会制度是造成广大农民不幸的根本原因。因此,他在自己的文学作品和一系列论著中对沙皇俄国的专制制度、土地私有制度、官办教会以及资本主义制度进行了猛烈而彻底的批判。与此同时,他对自己的贵族生活方式进行了深刻地反省——作为现行罪恶社会制度的得益者,他的"来自命运"的"幸福"生活本身就是对贫苦农民的犯罪:

> 看见成千的人在挨饿,挨冻,受辱,我不是用头脑,不是用心灵,而是用我的整个生命懂得了……过着这种奢侈生活的我不但是罪行的纵容者,而且还是罪行的直接参与者。[①]

于是,他向全社会倡导贵族平民化,并身体力行,付诸实践。从 19 世纪 80 年代开始,他尽量不要仆人伺候,每天黎明即起,自己料理家务:收拾屋子、去井边打水、劈柴、生炉子、锯木头等,甚至还购买了一套制鞋的工具,在自己的书桌附近设置了一个工作台,拜一个鞋匠为师,认真学习

---

① 托尔斯泰:《托尔斯泰文集》(15),宋大图译,人民文学出版社 1989 年版,第 87—88 页。

制鞋和修鞋的手艺。他辞去了一切社会职务,常常穿着农民的服装,和农民一起参加劳动:耕田、割草、运送粮草、盖房……有时,一天耕地 10 小时。1886 年在帮助一位名叫阿尼西雅·柯贝洛娃的农妇运草时,托尔斯泰的脚被大车撞伤,近三个月卧床不起。在饮食方面,他戒烟戒酒,不吃肉,还常在田头跟农民一起吃蘸盐的烧土豆和黑面包。

然而,他仍然没有得到"行善者的幸福",因为他和他的家人仍然占有着财产:

> 我居然会糊涂到那样的地步,竟把用一只手从穷人那里夺来成千上万而另一只手扔给随意想到的人几个戈比称作善事……在行善之前,我自己应该首先处在恶的外面,处在那些能够不再作恶的条件之中。而我的全部生活却都是恶。我就是给人十万,还不能站到那个能够行善的地位上,因为我还会剩下五十万。只有当我变得一无所有的时候,我才能做哪怕很小的一件善事,哪怕是那一个妓女把一个病妇和她的孩子照料了三天时所做到的那种事。①

他领悟到,要实现平民化,就必须像平民那样不靠祖传的财产仅凭自己的劳动生存。"'难道不能永远离弃当老爷的庄园吗? 难道不能搬到农舍里同劳动人民一起生活,像农民一样吃饭,像农民一样工作,用自己的劳动,用自己的劳动果实来养活自己?'他充满向往地写道:'这才是生活! 这才是真正的名正言顺的幸福!'"②托尔斯泰打算将庄园和土地分给农民,将作品的版权奉献给全社会,劝说妻儿子孙都放弃财产,过朴素的、自食其力的劳动生活。但妻子和一部分儿女始终没能理解更没有接受他的思想。原本恩爱的夫妻因此而频繁地争吵,原本和睦的家庭因此而矛盾日深。在极端的痛苦中,1910 年 10 月 28 日清晨,82 岁高龄的托尔斯泰终于离家出走。这位与工人农民同坐三等车厢的老人在途中病倒。病危中,面对救助他的医护人员,托尔斯泰叹息:"而农民呢? 农民是怎样死的?"③弥留之际,他对身边的亲人说:"大地上千百万的生灵在受苦;你们为何大家都在这里只照顾一个列夫·托尔斯泰?"④1910 年 11 月 7 日清

---

① 托尔斯泰:《托尔斯泰文集》(15),宋大图译,人民文学出版社 1989 年版,第 144 页。
② 阿·波波夫金:《托尔斯泰传》,付金柱译,中共中央党校出版社 2000 年版,第 229 页。
③ 亚·托尔斯泰娅:《父亲》,启篁等译,湖南人民出版社 1985 年版,第 859 页。
④ 罗曼·罗兰:《托尔斯泰传》,傅雷译,商务印书馆 1995 年版,第 121 页。

晨,这颗深爱着"整个世界"的心停止了跳动。

托尔斯泰曾经影响了整整一代欧洲人。关于他一生苦苦追求幸福而不得的人生经历,不论是撰写过《托尔斯泰传》的茨威格,还是与茨威格同时代的广大读者,都耳熟能详。因此,在这篇短文里,茨威格转述了托尔斯泰外孙女的谈话内容之后,没有回顾他追求幸福的一生。第二段的首句直接承接托尔斯泰外孙女的谈话内容,点明因为后事"完全按照托尔斯泰的愿望",体现了他的幸福观,所以,"他的墓成了世间最美的、给人印象最深刻的、最感人的坟墓"。接下来,文章正面描绘了托尔斯泰的坟墓:它不留名姓,"只是树林中的一个小小长方形土丘,上面开满鲜花,没有十字架,没有墓碑,没有墓志铭,连托尔斯泰这个名字也没有";它没有设防,"谁都可以踏进他最后的安息地,围在四周的稀疏的木栅栏是不关闭的";它与大自然交融一体,"夏天,风儿在俯临这座无名者之墓的树木之间飒飒响着,和暖的阳光在坟头嬉戏;冬天,白雪温柔地覆盖这片幽暗的土地"。这完全是一个最底层的平民,譬如"偶尔被发现的流浪汉、不为人知的士兵"的坟墓。借助于自己的坟墓,托尔斯泰终于实现了生前没有实现的"幸福"理想——彻底平民化。托尔斯泰墓体现了他对个人名利地位的彻底鄙视,对"整个世界"之幸福的执著关怀;包孕着无与伦比的伟大、深厚与崇高。文章结尾与开头相照应,肯定这个"包容着当代最伟大人物"之一的"小小的、隆起的长方形"比"所有挖空心思置办的大理石和奢华装饰更扣人心弦",也比拿破仑、歌德、莎士比亚等其他伟人的墓冢更剧烈地震撼着"每一个人内心深藏着的感情",从而再次点明题旨:托尔斯泰墓是"世间最美的坟墓"。

我国著名文学家王夫之说:"以追光蹑影之笔,写通天尽人之怀,是诗家正法眼藏。"[①]英国诗人布莱克有两句名诗:"一花一世界,一沙一天国。"他们都认为文学艺术的最高境界在于以细微展示宏大。与托尔斯泰墓一样,《世间最美的坟墓》艺术上的最大成功也在于以简淡包具无穷。它通过描写一个最普通的坟墓,不仅歌颂了托尔斯泰博大的人格、丰盈的情怀,而且启迪着人们思索朴素与伟大、平凡与尊贵、精英与大众、自我与社会、幸福与痛苦、不朽与湮灭等难以穷尽的人生基本问题,寻求生命的真谛。

---

① 陈良运主编:《中国历代诗学论著选》,百花洲文艺出版社 1998 年版,第 889 页。

冈察尔《永不掉队》解读

　　《永不掉队》创作于 1947 年,是前苏联著名小说家冈察尔(1918—　　)的短篇代表作。半个多世纪来,它以其独特的思想和艺术魅力吸引着广大的读者。

　　作品构思精妙。作家以巧取胜,构织了一个颇有意味的故事。

　　小说写了三巧:

　　一是故人巧遇。卫国战争刚刚结束,近卫军大尉高罗沃依走进大学校园读书,意外地见到了当年被他填入伤亡表里的战友葛洛巴。

　　二是地位巧换。当年,高罗沃依是指挥员,葛洛巴只是他手下的普通一兵;现在,葛洛巴是备受尊敬的物理学副教授,高罗沃依却成了他的一名学生。

　　三是境遇巧似。战时,葛洛巴曾在一次雨夜急行军中掉队,受到高罗沃依的严厉批评。此后,这批评鞭策着他勇往直前。而今,在向科学文化进军的急行军中,高罗沃依又不幸掉队,他觉得自己无法攻克理论物理这座堡垒,产生了退学的念头。于是,葛洛巴以自己被批评的经历、借用他当年批评自己的语言反过来对他进行了严厉的批评教育,给了他“一定追上去”的勇气和决心。

　　通过这个充满巧合的故事,作家生动有力地揭示了一个具有普遍意义的真理:无论在战争年代还是在和平年代,无论在哪条战线、哪个岗位,无论何人都可能面临掉队的问题;只有永远保持顽强的毅力和奋发进取的精神,才能跟上历史前进的步伐,真正做到“永不掉队”。

　　小说塑造了两个具有崇高美的人物形象。他们都是在人生路上奋力拼搏、永不掉队的人。

　　科学技术硕士葛洛巴早在战前就已经是一名备受尊敬的工程师和大

学教师了。反法西斯战争爆发后,他没有因为鬓发已白和备受尊敬而掉队,而是怀着强烈的爱国心,以普通一兵的身份义无反顾地奔赴杀敌前线。在战场上,他以坚强的意志和巨大的勇气面对艰难困苦、恐怖残酷,始终保持着高昂的斗志和旺盛的激情。小说主要用掉队事件表现了他在战场上的不掉队。那是一个大雨如注的漆黑之夜。连队奉命急行军奔赴前线。当时,人们累极了,只要听到休息的命令,走到哪里,便在哪里倒下——在泥水里,在大道上,而且马上就能睡着。那次休息时,葛洛巴为了不掉队,故意躺在路上,让别人一行动就能踢着他。偏巧谁也没有碰他,而他又没有听见命令声,因为队伍在深夜里是悄悄行动的。发现自己掉队后,他心慌意乱,纵身跃起,拔腿就跑。滑倒了,摔在泥水里,爬起来再跑;他感到恐惧:“离群、掉队,这太愚蠢了,太荒唐了……连队在进行强行军,大概是去作战了……同志们会怎样谈论他呢! 开小差? 当逃兵? ……这可比死亡还要可怕”。① 终于赶上队伍那一刻,他一眼望见连长,便觉得好像见到亲人一样。受到学生辈的连长高罗沃依的严厉斥责和粗野推搡后,他感到委屈难过。作为一个上了年纪的高级知识分子,他不习惯别人用这种语气跟他说话,不习惯别人像推搡一个小孩似地推搡他,他真想对这个火暴的青年人也讲几句使他感到难堪的话。但是,葛洛巴一句话也没有说。不仅如此,他还把批评当动力,更加勇猛地冲锋陷阵,在一次激战中不顾烈焰烧身,抓起一个个烧夷瓶抛向敌人,直至自己倒下。战争在葛洛巴的脸上和身上留下了永远的伤痕,更使他永远失去了双眼。战后,葛洛巴不但没有因为身体伤残而掉队,而且还发挥自己所长,成为了向科学文化进军的指挥员。这位双目失明的副教授重新庄严地走上讲台,高昂着头活像一位统帅,凭着烂熟于胸的专业知识,给学生讲授深奥的理论物理,还深入细致地做好学生的思想工作,帮助学生克服了畏难情绪,坚定了攻克科学文化堡垒的决心。这一切表明,葛洛巴具有强烈的爱国主义激情和公民责任感,是一个无愧于祖国、无愧于人民的优秀知识分子,一个永远站在时代前列、永不掉队的英雄。

高罗沃依同样是一个永不掉队的人。在异常艰苦的战争年代,他年纪轻轻就担起了指挥的重任。作为一个战地指挥员,他总是身先士卒,冲

---

① 冈察尔:《永不掉队》,乌兰汗译,吴元迈、张捷编选,《苏联短篇小说选》,中国青年出版社1984年版,第288页。

锋在前,享受在后。同样是连续几天不睡的急行军,战士们可以利用五分钟休息时间打个盹,他就不能允许自己有这种享受,他必须值班看着表。他忠于职守,关心爱护部下,发现葛洛巴掉队后,心急如焚,一边走一边不断地回头张望,终于第一个发现了追赶他们的人。他以极端负责的态度,严格要求战士,毫不留情地严厉批评掉队者。尽管他的斥责深深地刺痛了葛洛巴的心,却帮助他经受了更多的考验。战争结束后,已经升为大尉,并且失去了右手的高罗沃依没有躺在功劳簿上,他紧跟时代的步伐,进入大学学习。在新的战线上,他遇到了新的困难:在学习上,尽管努力再努力,但还是落在后面。他产生了畏难情绪,甚至想甩手而去。但是在葛洛巴的帮助下,高罗沃依很快就走出了思想迷误,以坚定的信念,继续在科学文化领域里冲锋陷阵。

在冈察尔的笔下,葛洛巴和高罗沃依既有共性特征,又有个性特点。例如,他们俩都出于高度的责任心批评对方的掉队行为,但批评的方式就有很大的差异。小说这样描写高罗沃依的批评:

> "葛洛巴,您到什么地方逛去啦?"他狠狠地瞪了战士一眼。"中尉同志,我掉了队……我没听见……"指挥员怀着一种毫不掩饰的气愤盯着他。"没听见! 聋啦! 敌人已在渡聂伯河,可是您没听见!……总得……为您负责……"他粗野地骂出声来。"中尉同志……"葛洛巴打算解释一下事情的经过,可是高罗沃依没有听,把他往前推了一把。"大步追上! 追上去!"①

高罗沃依的批评是暴风骤雨式的。他满腔气愤,态度粗暴,不顾对方情绪,不容对方解释,不问因由,话中带刺,语里藏讥,甚至在众目睽睽之下对鬓发已白的老战士连骂带推。而葛洛巴的批评方式则完全不同。当高罗沃依在激动中宣布要离开学院后,葛洛巴先是怀疑自己的耳朵,请他再说一遍;接下来马上叫在场的其他学生全部离开,与高罗沃依单独谈心。他深情地回忆了往事,诚恳地肯定了高罗沃依的过去,肯定了他对自己的批评帮助,并且责问他"过去您在祖国面前为我们战士们负责。如今,依照祖国的意愿,我们彼此调换了一下位置。难道我现在不为高罗沃

---

① 冈察尔:《永不掉队》,乌兰汗译,吴元迈、张捷编选,《苏联短篇小说选》,中国青年出版社1984年版,第289页。

依负责吗？难道说，他——我过去的指挥员——要掉队，要放弃学业，要寻找一个轻而易得的饭碗，我就不痛心吗？"①葛洛巴寓批评于表扬之中，严厉而委婉，既有直言相责，又有循循善诱；既坚持了原则，又顾及了对方的脸面；既充满师长的理性，又饱含故人的友情。由此，我们不难看到这两个人物的个性差异：高罗沃依富于青年军官的阳刚之气，脾气火暴，急躁粗心，容易冲动；而葛洛巴沉着稳重，敏感细致，善解人意，具有学者的才智和长者的风范。

在艺术上，《永不掉队》的一个重要特色是简洁凝练。小说仅用5000来字，就揭示出重大的主题，塑造出鲜明的人物形象。俄国短篇小说巨匠契诃夫曾经这样谈到短篇小说的创作：要"用刀子把一切多余的东西都剔掉。要知道在大理石上刻出人脸来，无非是把这块石头上不是脸的地方都剔除罢了。"②《永不掉队》之所以简洁凝练，就因为作者剔除了"一切多余的东西"。

首先，剔除了多余的情节和场景。这篇小说的内容涉及历史与今天。四年卫国战争、战后恢复家园，有多少可歌可泣的故事，多少激动人心的场面。作家只从中选取了最能展示主题的三个生活片段、两次矛盾冲突作为小说主干。在展开情节时，既不全面交待人物的生平，又不详细讲述事件的首尾。这就剔除了与主题无关或关系不大的其他线索和场景，使小说情节显得单纯紧凑。

其次，剔除了多余的人物。连队和大学都群英荟萃，各色人物都可能面临"掉队"问题。作家从中精选出一位投笔从戎的老知识分子，一位从火线走进校园的青年军官，集中笔力描写他们在掉队问题上产生的纠葛矛盾。而对于其他人物，或者完全不提，或者一笔带过（例如，对于曾经和葛洛巴一起追赶部队另外两个掉队战士、对于和高罗沃依同样解答不出理论物理题的雅谢涅茨卡娅及其他女大学生，小说都从简从略处理）。由于剔除了多余的人物，主要人物形象才有可能写得鲜明生动，作品才显得简洁凝练。

再次，剔除多余的描写。小说文字洗练，无论是环境描写，还是人物

① 冈察尔：《永不掉队》，乌兰汗译，吴元迈、张捷编选，《苏联短篇小说选》，中国青年出版社1984年版，第294页。
② 契诃夫：《契诃夫论文学》，汝龙译，人民文学出版社1958年版，第243页。

的肖像、动作、语言、心理描写,都明快有力。例如,小说第一节这样描写两位主人公重逢握手:葛洛巴把手伸过去。

　　"怎么？您怎么伸给我左手"？

　　"我……没有右手了。"

　　副教授那被烧伤过的发黑的面孔痛苦地绷紧了。两个人沉默了几秒钟。①

　　这一段描写简洁含蓄。作家既没有花费笔墨让高罗沃依讲述失去右手的战斗故事,也没有对两位主人公此时此刻的内心感受加以细致的描绘,仅用"沉默"二字,就包含了不尽的交流和丰富的话语。

---

① 冈察尔:《永不掉队》,乌兰汗译,吴元迈、张捷编选,《苏联短篇小说选》,中国青年出版社1984年版,第286页。

附录：永不掉队

一

双目失明、面孔烧伤的副教授站在讲台上。他在讲课，大学生们站着记笔记。教室里没有桌子，也没有椅子，一切都被占领军给烧光了。

少女们在课间已不像战前那样争先恐后地奔向阳台。如今通往阳台的门板被钉得牢牢的，因为破损的阳台岌岌可危。再远些，在破损的阳台的外边，春天明媚的阳光照耀着的果子树梢正吐着翠绿。

副教授噔噔点着手杖，庄严可敬地慢步走下讲台，在这一刹那，他听见一个人迈着坚定的步伐迎面走来。这个人走到跟前，停了下来。如果副教授还没有丧失视力的话，他会看见是一位青年军官站在他面前，此人刚来学院不久。

"德米特里·伊万诺维奇！"青年人说道，"您还记得我吗？您从前是我那一连里的战士。"

"您……您……"

"我是高罗沃依。"

"高罗沃依中尉?!"

"不。已经是近卫军大尉高罗沃依了。而现在……是大学生高罗沃依。"

"能在这儿欢迎您，我很高兴，"副教授说着便把手伸了过去。"怎么？您怎么伸给我左手？"

"我……没有右手了。"

副教授那被烧伤过的发黑的面孔痛苦地绷紧了。两个人沉默了几秒钟。

"德米特里·伊万诺维奇，命运又把我们安排在一起了。"

"为什么您还称呼我的父名呢？"

"大家在这里都是这样地称呼您的。"

"请您像过去一样，只叫我葛洛巴同志吧。"

二

葛洛巴清清楚楚地记得高罗沃依。长期以来，每当他想起这位年纪轻轻、火气挺大的中尉时,总有一种苦痛与委屈的感觉。

这事发生在 1941 年异常艰苦的 8 月里。

有一天夜里,高罗沃依的连和别的连队一起,从一个战区被调到另一战区去。夜色漆黑,大雨如注。连队以急行军的速度前进。人们累极了,几夜没睡觉了,他们在行进中打瞌睡。每当队伍前头的人无声地止住脚步时,后面的人在惯性的作用下就会撞在前面的人身上,他们的鼻子碰到前面同志们的后背,才醒了过来。

在行军的短暂休息时,没有人去寻找干燥的地方,因为没有这样的地方,只要听到休息的命令,走到哪里,便在哪里倒下——在泥水里,在大道上,而且马上就能睡着。只有指挥员们不能允许自己有这种享受——他们必须值班看着表。

葛洛巴还记得,利用这五分钟的休息时间是足够舒展一下身子的,只要用大衣襟盖住步枪,头下枕着钢盔,总是可以打个盹的,甚至可以做个梦。梦见的东西鲜明耀眼,五彩缤纷。这就使得他感到好像睡了很久一样。当别人用皮靴踢他的腰,把他叫醒时,他不相信只睡了五分钟。

在一次休息时,葛洛巴睡熟了,别人也没把他唤醒。当时他还故意躺在路上,好让别人一行动就能踢着他。偏巧谁也没有碰他,而他又没有听见命令声,因为队伍在深夜里是悄悄行动的。

葛洛巴一觉醒来,周围一个人也不见了。

天地茫茫,大雨滂沱。葛洛巴感到心慌意乱,由于孤零零的一个人而不知所措。他觉得自己被遗弃在阒无一人的陌生地方了。他纵身跃起,放开嗓门对着黑夜大叫:

"喂……喂……喂!……"

他伫立着,倾听着。他等待有人应声,可是什么回应也没有。

他转向另一方向:

"喂……喂……喂!……"

黑夜寂然无声。

他拔腿就跑。滑倒了,摔在泥水里,爬起来再跑;炸毁的道路喳喳直响,好像在他背后抽泣。

道路两旁冒出来一些黑色的树丛,水淋淋,尖刺刺。呵,荆棘!这些树丛是从哪来的呢?好像是趁着葛洛巴睡觉的时候在这儿长出来的。他先前并没有看到这些荆棘。天上没有一颗星星,心中的不安越来越厉害。他是否能赶上自己的队伍,是否能找到他们呢? 葛洛巴感到恐惧。离群,掉队,这太愚蠢了,太荒唐了……

连队在进行强行军,大概是去作战了,可是他……同志们会怎样谈论他呢! 开小差? 逃兵? ……这可比死亡还要可怕。

他的心怦怦在跳。湿漉漉的军大衣沾满了泥巴,越走越沉,步枪妨碍他跑步,可是他顺着这条漆黑的、不熟悉的道路跑呀,跑呀……

"站住! 什么人?"

两个头戴钢盔的人出现在他面前的黑暗里。

"自己人。"

"谁是自己人? 你往哪儿跑?"

"掉队啦……他们没叫醒我……我在追自己人……"

"追自己人!"有个人笑了。

另一个也笑了。

"你在野地上追风吧! 他们上了火线,可是你……"

"我也是……"

"你是往后方逃!"

葛洛巴怔住了。

"你们说什么? 这是往后方吗?"

"对了。方向完全相反。"

那两个人不再笑了,他们问他是哪个连队的。原来他们是同一营的战士。这两位好心人还在前一次休息时就掉了队。但是他们相信很快就会追上自己人,所以不太难过。

于是他们便一起往前走。

当他们赶上队伍的时候,天已破晓。大概高罗沃依这时已经知道连里丢了一名战士。他一边走一边不断地回头张望。他第一个发现了追赶他们的人。

葛洛巴一眼望见连长,从老远就高兴地向他微笑。在这一时刻,他觉得好像见到亲人一样。

高罗沃依的心情可完全不同,他咬紧牙关停在路旁,等候他们。

"葛洛巴,您到什么地方逛去啦?"他狠狠地瞪了战士一眼。

"中尉同志，我掉了队……我没听见……"

指挥员怀着一种毫不掩饰的气愤盯着他。

"没听见！聋啦！敌人已在渡第聂伯河，可是您没听见！……总得……为您负责……"他粗野地骂出声来。

"中尉同志……"葛洛巴打算解释一下事情的经过，可是高罗沃依没有听，把他往前推了一把。

"大步追上！追上去！"

葛洛巴三步并成两步，勉强跟上了同志们。他又难过又痛心。他不习惯别人用这种语气跟他说话，不习惯别人像推搡一个小孩似地推搡他。而在这里却可以随随便便地这样推他，推一个工程师，一个鬓发已白的教师。他真想转向这个说话火爆、不讲情面的青年，也讲几句使他感到难堪的话。

然而，葛洛巴知道军规，所以一句话也没有说。但是，中尉的话深深地刺痛了他的心。

后来，当他回忆这件往事时，他极力为血气方刚的青年军官的严词厉色开脱。那时不正是非常艰苦的岁月吗？有时很难控制自己。这位由于多日不得入睡而眼睛红肿的青年，严厉斥责一下他的一个战士，有什么不行的呢？然而，不知青年指挥员是否知道，这位不声不响的上了年纪的人，他连里的一个战士，在三个月以前还在学院里给数百名和中尉一样的嘴上没长胡子的青年们上课呢。话又说回来，高罗沃依怎能管他葛洛巴在战前是做什么事的呢？怎能管他是位备受尊敬的工程师，还是农民或会计师，是位著名人物还是无名之辈呢？中尉只知道一个葛洛巴——他的第四连的战士，他要为这个人的行为负责。

过了几天，一场激战之后，有人向高罗沃依报告，战士葛洛巴受了严重烧伤。中尉的脸色阴沉了：

"他怎么会烧伤呢？"

他们说，敌人的一辆小坦克向葛洛巴的战壕开来。这位战士从土坎上拿起一个烧夷瓶，举起来准备扔出去，恰好在这个当口，一颗子弹把烧夷瓶打个粉碎。葛洛巴身上起了火，可是他站在狭窄的战壕里，不顾火焰燎胸，伸手又从土坎上抓起一个烧夷瓶，抛向敌人……

"呶，他现在在哪里？"中尉问道。

"把他送到卫生营去了。伤势很重。"

"啊,是这样。"高罗沃依沉思着说。现在,他甚至后悔前不久对那个战士过于严厉了。

傍晚,中尉填写伤亡表时,把葛洛巴也给写上了,他没想到将来还能和他见面。

三

高罗沃依在学院里一眼就认出了葛洛巴,但他没能立刻拿定主意去见失明的副教授。每逢在通道或是在教室里遇见他时,这位军官总觉得自己有些过意不去。不知为什么,高罗沃依至今还记得行军中那件遥远的往事。

但他同时也感到骄傲,因为他曾指挥过这样的人。1941年在防线上默默挖战壕的那几十个年轻的和上了岁数的战士们,都是些什么人呵!当时只要他一声令下,他们马上就跃身冲锋,有的在他眼前壮烈牺牲,有的负伤离队去了军医院。也许他们中间有大名鼎鼎的拖拉机手和矿工,有诗人和工程师,有像现在这位站在讲台上、凭着记忆向学员们背诵几十个极其复杂的方程式的头发斑白的技术科学硕士,也许……但是当时高罗沃依没能仔细观察他们中间的每一个人。他们是战斗在前沿上的步兵连,所以这个连里的人员都呆不长。他甚至不是每次都能记清他们的面孔、他们的名字。让生者和死者宽恕他吧!

是的,当时是一种战线,现在是另一种战线了。如今,在高罗沃依面前站着的是他从前指挥过的一个士兵,这有什么奇怪的呢?这个人站在新的讲台上,高昂着头活像一位统帅。教室里的学员们认真领会着他讲的每个字。

领会是不容易的。高罗沃依有时觉得他掌握不了这一切。他努力再努力,但还是落在后面。当他和战士们一起偷偷地越过布满地雷的原野,爬向敌人的第一道堑壕时,他根本没有想到过理论物理……而现在……有时他觉得这已是力所不及的了。有时也想甩袖而去,另找生活中的其它职业。

他和葛洛巴已经谈过几次话了,然而副教授一次也没有提到过那久远的往事,连这样的暗示也没有。"他也许忘记了?"高罗沃依时而这样想。"那毕竟是小事一桩……一闪而过。因为,如果葛洛巴怀恨在心,那么他岂能如此友善热诚地对待我? 他会在某个地方、某句话中流露出来。"

有一次,高罗沃依和同班的少女们到葛洛巴家里去请教。开头,少女们向德米特里·伊万诺维奇提出一些问题。后来,他依着自己的习惯,反问起她们来,考查她们掌握学科的程度。

德米特里·伊万诺维奇挺着腰板坐在桌旁,精神抖擞,他穿着一身黑制服,和平常一样,钮扣扣得整整齐齐。他那带有伤疤的面孔不时地抽搐着。

葛洛巴询问的那个少女没能答上来。他又问了第二个人。

"雅谢涅茨卡娅,请您解答吧。"

"我……我也不知道……"雅谢涅茨卡娅不知所措地说。

"那么您呢,高罗沃依?"

老师耐心而客气地继续问道:"您也许能解答?"

高罗沃依涨红了脸,站了起来。

"我试试看。"

其实,他对这个问题也说不清,可是让他对老师说"不会",又说不出口。

"好,那就请您解答吧!"葛洛巴说。

副教授的脸闪出了光辉,他很满意。他虽然看不见自己从前的那位身材匀称、受过严格训练的连长,可是看他那样子,他在众人面前也以他有过这个学生而感到骄傲。他好像在想:瞧,他这个学生刚下火线,一下子就抓住了要害,可是你们……

少女们交头接耳,偷偷地观察这两位火线上的战友。

高罗沃依心里很紧张,他回答时说错了,又说了一遍。德米特里·伊万诺维奇耐心地听着。高罗沃依越说越觉得自己是在胡诌乱讲……最后,高罗沃依生气地把手一甩:

"完了。"

老师感到不安。

"高罗沃依同志,什么完了?"

"我不念了! ……够了,我要离开学院!"

"您说什么,高罗沃依？您再重复一遍。"

"我耽误了四年,问题就在这里。如今……如今我赶不上了。"

"您赶不上了？"副教授提高了嗓门。"您这是认真说的话吗？"

少女们提心吊胆地窃窃私语。

"请你们先出去！出去一会儿。"副教授对她们喊了一句。

当女大学生们消逝在门外后,葛洛巴非常激动地对高罗沃依说道：

"您打算另找一条容易走的路？这条路太艰难？力不胜任？可是您还记得吗？……"

高罗沃依感到葛洛巴现在会提起那遥远的往事。

葛洛巴真的说了：

"您还记得在草原上那可怕的一夜吗？"

"记得。"

"您还记得我是怎样掉了队,您是怎样对待我……"

"记得。"

"您还记得当时您说的话吗？'没听见……聋啦……总得为您负责……'那时您教我懂得了许多道理,高罗沃依同志。最初我感到非常委屈,但是后来……后来我想起您时,我看到了您的品德,您的作法是对的。过去您在祖国面前为我们战士们负责。如今,依照祖国的意愿,我们彼此调换了一下位置。难道我现在不为高罗沃依负责吗？难道说,他——我过去的指挥员——要掉队,要放弃学业,要寻找一个轻而易得的饭碗,我就不痛心吗？请您告诉我,我应该把您这种行为叫做什么？"

高罗沃依笔直地站在副教授面前,一声不响。

"我们的生活就是这样安排的,"副教授稍微镇静了一些,继续说："让我们永远彼此互相负责吧。在某一个阶段您为我负责,在另一个阶段——我就为您负责。那时您对我喊道……'大步追上去！'是这样吧？"

"是的。"高罗沃依喃喃地说。

"这样就帮助了我。还帮助我经受了更多的考验。"

"当时容易些。"

"完成了的事,总会觉得容易些,"副教授认真地说下去,"我本不打算向您提起这件事,请您不要以为我是个爱记仇的人。"

"我没有这样认为。"高罗沃依说。他确实也没有这样想。

"好吧,让我再也不要听见类似的话了,"副教授半开玩笑地说,"什么'不念了,不干了',把这些都忘掉!"

"是。"

"连队……向物理进军了。是的,向物理进军。所以您,高罗沃依同志,必须赶上。"

高罗沃依脸上露出了微笑。

"我一定追上去。"

"去吧!"

高罗沃依低头观察自己过去的战士,心里想:他真有指挥员的气魄。

罗伯-格里耶《归途》解读

　　无论你怎样评价,这都是 20 世纪世界文坛的一件大事:50 年代,法国新小说领袖罗伯-格里耶闪亮登场。他手擎小说革命的大旗,旗帜上醒目地写着四个大字:驱除意义。罗伯-格里耶宣称:"对我来说,不共戴天的敌人,也许是唯一的敌人,大概是永久的敌人,总之就是意义。"①因为"客观世界既不是富有意义的,也不是荒谬的。它存在着,就是这么回事"②。所谓小说的深刻意义不过是一种深度神话。他主张:"铲除关于深度的陈旧神话","建立一个更坚实、更直接的世界,以取代那个'意义的'(包括心理的、社会的、功能的意义)世界"。③

　　发表于 1954 年的短篇小说《归途》便是罗伯-格里耶驱除意义的实验场。在此,罗伯-格里耶主要从三个方面进行了这项实验。

　　1. 边缘幽灵取代中心人物。性格鲜明的人物是传统小说意义话语的主要载体。中心人物的塑造包孕着作家对人生和社会意义的领悟。而《归途》中的人物丧失了中心位置。《归途》主要表现"我们"在一个海岛上迷路并寻找出路的过程。但作家对"我们"似乎不屑一顾,仅随口提及而已;对"我们"眼中的事物倒是情有独钟,不惜浓墨重彩。全文约 4600 字,以非常严格的标准计算,约有 1000 字写人物的动作、对话等,其余约3600 字是对礁岩、山岗、道路、树林、小屋、石堤、海水、海藻等事物进行精微细腻、不厌其详的描写。"我们"不仅总是走在小岛的边缘,也被数量庞大的事物符号挤压到小说的边缘。退居边缘的"我们"在丧失中心的同时也丧失了鲜明的形象。"我们"没有年龄、职业、学历、相貌,没有家庭背

---

　　①　罗伯-格里耶语,转引自《外国现代派文学论集》,海天出版社 1998 年版,第 355 页。
　　②　罗伯-格里耶:《未来小说之路》,谷冰译,《当代外国文学》1983 年第 1 期。
　　③　罗伯-格里耶:《未来小说之路》,谷冰译,《当代外国文学》1983 年第 1 期。

景、社会关系、气质个性等。"我们"在迷失中蓦然回首看见船和水手，待乘上小舟，才发现这"水手大概是个聋子"，他机械地划着桨，仿佛想把"我们"重新带入迷途。处于这种绝处逢生而后又似乎堕入绝处的境遇，人的情感和心理世界必然风起云涌，波涛澎湃。但是小说没有描写"我们"的生命体验和心理轨迹。于是，"我们"似乎还没有心。"我们"只能机械地走、机械地看，只能说几个简单的句子，仿佛一群游荡的幽灵。

2. 场景复现取代情节发展。在因果链的作用下经历开端、发展、高潮而走向结局的情节是传统小说意义话语的又一主要载体。作家把思想灌注在情节中，读者通过情节破译意义。而《归途》没有设置线性发展的意义情节，有的只是复现的场景。罗伯-格里耶小说中的复现不是简单的重复，而是一种变奏，即旋律或主题变化性的反复呈现。这篇看起来让人眼花缭乱的短篇实际上主要由 5 个场景组成：

A. "长着松树林的山岗"和"两座白色的小屋"等；

B. 石堤和矮墙等；

C. 海水、海藻、正在升高的水线以及漩涡等；

D. 布满了礁岩、水坑和荆棘等的海滩；

E. 对话："我们再也回不去了。""水涨得并不那么快。""那么，咱们就赶快走吧"。

这 5 个主要场景交替复现，其跳转的秩序为：ABCDABCBCE DACBCE BCE DABC。其中，A 复现了 4 次，B 复现了 6 次，C 复现了 7 次，D 和 E 复现了 3 次。把 5 个场景连成一体的是"我们"绕岛而"走"这个不断复现的动作。场景 ABCD 是"走"时所见之物，E 是"走"时所说之语。E 插入成片的物象描写之中，起到一种分割文本层次的作用。复现来源于循环的路线，又造就了循环的文本结构。在重重复现与循环中，时间凝固了、空间迷乱了。"我们"走，读者也"走"：文本中的"我们"行进在物质现实的迷宫中，读者进行在文本符号复现循环的迷宫中；"我们"焦虑、迷惘，读者迷惘、焦虑；"我们"像旋转木马似的行进，读者阅读"我们"的旋转，不禁头昏目眩。读者不知道"我们"为什么会走进迷宫，更不知道"我们"能否走出迷宫。阿里阿德涅之线令人恐怖地遗失了。

3. 机械刻板的描写取代生动形象的语言。生动形象的语言是传统小说传达意义的另一重要途径。而罗伯-格里耶努力以机械刻板的描写来消除语言中的意义成分。《归途》主要由客观陈述句组成。为了排除主观思想感情,作家尽量选用中性词。动词主要用于表示动作行为和客观情况的判断。形容词主要用于描绘客观状态,如"狭窄的坡面"、"石堤又光滑又平坦"、"滑溜溜的海藻"等。小说还选用了不少科学术语,如"水线"、"水准差"、"凸泡"、"水眼"、"地岬"等,力求达到一种科学意义的准确。《归途》的大部分篇幅用来写景。为了挫败传统小说景物描写中的诗情画意,作家主要从四个方面对于物质世界进行平面化的中性摹写。

一是形状,如:"四方形的小窗"、"石堤与道路形成一个直角"、"一块三角形的黄土面"、"圆柱形的涌潮"、"尖角"、"涡形"、"螺旋形"、"凹入"等等。

二是尺寸,如"几公尺以外"、"几公分深"、"三十公尺远"、"九十度转弯"、"至少还差三十公分"等。

三是色彩,如:"白色的小屋"、"暗绿色的斑点"、"褐色的石头"、"浅黑色的沙滩"、"灰色"、"微白色"等。

四是方位,如:"下边"、"向右"、"向北"、"向南"、"后边"、"右侧"、"末端"、"底部"、"中部"等。

这个用形形色色的中性词语编织而成的物质世界,与其说是"我们"的肉眼"望见"的,不如说是一架冷冰冰的摄影机摄下的。

然而,通过这种被罗兰·巴特鉴定为"清泻剂式"的工作,罗伯-格里耶是否真的把意义驱除出小说王国了呢?

否。意义像空气一样弥漫在《归途》的字里行间。读者依然呼吸着意义。

从机械刻板的描写中,可以读到罗伯-格里耶先生对人与世界关系的认知。我们处在一个没有任何意义的冷漠死寂的物质世界之中。在这里,事物对人没有任何表情,不肯同人达成任何默契。"人看着世界,而世界并不回敬他一眼。"[1]事物不是我们意愿和情感的容器,不能与我们有任何形式的交流。物是我们的局外物,我们是物的局外人。人与物是分离的、隔绝的。

从边缘幽灵身上,可以读到罗伯-格里耶对现代西方人的评价。上帝

---

① 罗伯-格里耶:《自然、人道主义、悲剧》,柳鸣九译,见《新小说派研究》,中国社会科学出版社1986年版,第74页。

死了,上帝照耀下的英雄也死了。英勇的阿喀琉斯(荷马史诗中的英雄)、睿智的俄底修斯(荷马史诗中的英雄)、顽强的鲁滨逊(笛福《鲁滨逊漂流记》)、打不败的桑提亚哥(海明威《老人与海》中的人物)都死了。"我们"不再是"全面"的、大写的人,不再是宇宙的中心,万物的灵长。被挤压在物质世界的边缘,人"过着一种含糊不明又执拗不变的生活",①他的"真实身份那么的不稳定,那么的随风摇摆,他的心灵——远远不是过去它体现出的那一种平静的饱满——现在仅仅只是由种种缺陷、缺席和一系列的矛盾构成"②。"我们"已经丧失了丰富的个性、飞动的思绪、流溢跳腾的情感,已经蜕变为边缘幽灵。

　　从复现的场景里,可以读到作家对西方现代社会和现代人的深切忧虑和希冀。世界危机四伏。重重复重重,到处是长着青苔的滑溜溜的石堤,到处是礁岩、水坑和荆棘,周边的"海水"正悄然而至,水流"立刻就会切断通道"……在这个危机四伏的物质世界之中,"我们"压抑、焦虑、迷惘、困惑。"我们"脚下的路无始无终。每一步都踏在永恒循环的一个点上。这个点既是起点,也是中点,又是终点。这个点既不是起点,也不是中点,又不是终点。人生不过是一个复现与循环的过程。"我们再也回不去了。"家园如同水中的星星,近在咫尺,远在天际。"溯洄从之,道阻且长;溯游从之,宛在水中央。"我们只能在羁旅地与家园的归途中徘徊,仿佛处在永远的归途。然而,犹如西绪福斯(希腊神话中的人物),面对这种无止境的厄运,"我们"没有逃避,没有屈服。无法理喻的世界使"我们"劳而无功,却不能使"我们"丧失勇气、尊严和风度。"我们"勇敢地面对现实,执著于自己的追求,"一经走上这条道,我们不想再返回"。"我们"努力突破物质世界的重围——一次又一次走过滑溜溜的堤面,一次又一次越过挡住视线的礁岩,一次又一次跳过"边上堆满黏糊糊的海藻和颜色像淤泥一样的沙子,脚一踩上去就会深深陷进去"的水坑,一次又一次爬过"真正的沙洲"……"我们"在重重自然物中流转奔突,始终不渝、孜孜不倦地寻找着精神的归途、人性的归途、人的归途。生命就是在这种痛苦的

---

　　①　罗伯-格里耶:《罗伯-格里耶作品选集》(第三卷),升华译,湖南美术出版社 1998 年版,第22 页。

　　②　罗伯-格里耶:《罗伯-格里耶作品选集》(第三卷),余中先译,湖南美术出版社 1998 年版,第617 页。

寻找中闪烁出耀眼的光芒。

透过《归途》，读者分明感受到作者对西方现代社会的认知。

意义像空气一样弥漫在《归途》的字里行间。罗伯-格里耶先生活跃在意义里。新小说生存在意义里。读者发现意义，故读者在。

驱除意义，消除深度，与其说是罗伯-格里耶的理论发现，不如说是他的写作理想，或者更确切地说，不如说是他的创作臆想。人在本质上就是一种文化的存在。从来就没有一个以纯粹的自我只活在此时此地的人。人一生下来身上就背负着历史文化。从某种意义上说，人就是历史文化。人不可能悬搁全部的历史、全部的意识形态，不可能排除所有的观念、所有的意义。因此，人也是一种意义的存在。而文学，作为人创造的形式，不可能不带有人所赋予的意义。因此，如同堂·吉诃德手持长矛冲向风车一样，罗伯-格里耶先生企图驱除意义的战斗是英勇顽强而又必败无疑的战斗；如同堂·吉诃德只能被风车无情地卷起一样，罗伯-格里耶先生也只能被意义无情地卷起。他倡导的无意义的小说注定只能是 20 世纪的新神话。

附录:归途 ①

一越过那排一直挡住我们视线的礁岩,我们又望见了陆地,长着松树林的山岗,两座白色的小屋,以及那条坡度不大的道路的尽头,我们就是从那儿登上岛子的。我们曾在岛上绕了一圈。

然而,我们虽然毫不费力地认出了陆地上的景物,但是,在辨认把我们与陆地隔开的狭窄的海峡,特别是我们曾待过的海岸时,却完全不同了。因此,我们花了好几分钟才弄清楚,我们的通道确实被切断了。

我们头一眼就应该看出这一点。开在山坡上的那条道路,同海岸平行地伸展下来,到下边后与沙滩处于同一个水平上,然后,向右来个急转弯,同一条石堤相会合。这条石堤很宽,足可以让一辆汽车通过,低潮时,可以步行通过海峡而不湿足。道路的拐角处,有一道被一面矮墙支撑的高坡,道路就在那儿与石堤会合;从我们现在所站的地方望去,路拐角把石堤开始那一段遮住了。石堤的其余部分淹没在海水里。仅仅是由于看的角度的改变,使我们有一阵感到不知所措:这回我们是在岛子上,而且是从相反的方向来,向北走,而道路的尽头却是向南。

路拐角有三四棵离开小树林的松树,在它的后边,从山坡顶上伸展下来的路,正好在我们前边,它一直延伸到把右侧的海峡和岛子——此刻它还不完全算是岛子——连在一起的石堤那儿。海水像池塘里的水一样平静,它几乎快漫上石堤,褐色、平滑的堤面有着和旁边被侵蚀的岩石一样的外表。长满青苔的细薄的海藻,由于阳光的照晒,颜色褪去了一半,使堤面布满了暗绿色的斑点——这是多次长时间浸泡在水里的标志。石堤的另一端,像这头一样,堤面微微隆起,与穿越小岛的土路相连接;但是在这一边,路就变得很平坦,与石堤构成一个很大的拐角。虽然没有斜坡证明这个拐角的存在,但是仍然有一道矮墙——与拐角相对称——支撑着通道的左边,它从最下边顺着坡度上升,一直延伸到沙滩的顶端——铺满大大小小卵石的沙滩到这里被荆棘丛所取代。岛上的植物与我们周围那些已经枯黄、落满尘土的植物相比,似乎更为干枯。

---

① 罗伯-格里耶:《归途》,宋维洲译,金志平编选,《法国当代短篇小说选》,外国文学出版社1981年版,第92—100页。

　　我们沿着山坡上的路向石堤那边走下去。路的左边是两座渔民住的小白屋；小屋正面最近刚用石灰刷得雪白；只有门窗——一扇低矮的门和一扇四方形的小窗——四周的方石比较显眼。门和窗都关着，窗上的玻璃被刷成天蓝色的护窗板遮挡住。

　　再往下，在开凿在山岗上的道边，露出一面一人高的垂直的黄土墙，上面到处是一道道裂缝，缝里插满尖利的鱼刺；周围是一圈由荆棘和山楂树组成的高矮不一的篱笆，把全部建筑围了起来，挡住了我们从荒野和松树林那边投来的视线。但是我们的右边却完全相反，路边只有一道狭窄的坡面，仅有一两个台阶那么高，因此，从这里可以直接远眺海滩上的悬崖，海峡里平静的海水、石堤以及小岛。

　　海水几乎快要和堤面一样平了。我们必须加快速度。再走几大步，我们就可以走完这条下坡道。

　　石堤与道路形成一个直角；路头连接在一块三角形的黄土面上，凿在山坡上的衔接凹口的末端就在那儿会合；底部被一道矮墙支撑着，这道矮墙沿着石堤一直向右延伸，看得很清楚，它一直延伸到三角形的尖角那一边，构成了石堤护墙的开始部分。但是，随着山坡逐渐减缓最后与石堤——从海上望去，石堤又光滑又平坦——的中部会合，矮墙在几公尺以外就中断了。

　　一到那儿，我们犹豫起来，不知是否继续前进。我们向前边的岛子望去，想判断出绕岛走一圈需要的时间。恰好有一条土路穿过岛子，但是那样走不值得。我们望着面前的岛子，在我们的脚下，是一些被海水冲上来的光滑的褐色的石头，上面长满暗绿色的近乎干枯的海藻。水几乎快和石头一样高了。它像池塘里的水一样平静。看不出它在上涨；但是却可以感觉到，因为水面上由尘土构成的水线在一丛丛海藻间慢慢升高。

　　"我们再也回不去了。"弗朗兹说。

　　从近处贴着水面去望岛子，仿佛比刚才高了不少——也更宽阔了。我们重新望着灰色的细小水线，它们在露出水面的海藻中间卷成涡形，又缓慢又有规律地继续升高。勒格朗说：

　　"水涨得并不那么快。"

　　"那么，咱们就赶快走吧。"

　　我们出发了，走得很快。但是一越过海峡，我们就离开石堤，向右面拐,下到环绕小岛的海滩上,然后继续沿着大海向前走;那儿有一块高低不平的地面,上面布满了礁岩和坑穴,走起来十分困难——因此我们的速度要比原来所想的慢得多。

一经走上这条道,我们就不想再返回。但是,我们越往前走礁岩越多,也越成为我们的主要障碍。好多次我们不得不从真正的沙洲上爬过去,这些沙洲远远地伸进大海里,因此不可能绕过去。在别的地方,我们必须穿过一些地带,相对来说比较平坦,但那里的石头上长满了滑溜溜的海藻,这使我们耽误了更多的时间。弗朗兹又说了一遍我们将无法再过这道水面。实际上,水上涨的速度不可能觉察出来,因为我们没有工夫停下来查看它。也许现在正是平潮。

要想知道我们已经走完了周围的哪个部分,同样是困难的,因为在我们的面前总是矗立着地岬,海岸线的凹入部分一个接着一个,哪怕是最小的标志都没有一点。此外在通过这样难走的地带时,别耽误一分钟的想法使我们的注意力完全集中,当然无暇顾及周围的景物,只能去注意某些不得不提防的事物:如一个要避开的水坑,一个接一个的不稳固的石头,一堆里边不知藏着什么东西的海藻,一块要跳过去的岩石,又是一个水坑,它的边上堆满黏糊糊的海藻和颜色像淤泥一样的沙子,脚一踩上就会深深陷进去——好像要把脚抓住一样。

我们终于越过了最后一排礁岩,很长时间以来,它就挡住我们的视线,于是我们又望见了陆地,长着松树林的山岗,两座白色的小屋,以及那条坡度不大的道路的尽头,我们就是从那儿登上岛子的。

我们没有马上弄明白石堤在什么地方。在山坡和我们之间,只有一道海峡,海水汹涌地向我们的右方流去,同时产生好几股急流和漩涡。小岛的海滩本身好像也发生了变化:现在,这是一个浅黑色沙滩,表面显得和海面一样平,它上面无数的水洼顶多有几公分深,在闪闪发亮。一只小船系在一道短小的木防波堤上。

这儿通到海滩的小路不像我们记忆中的那条土路。以前我们没有注意到有任何小船的存在。至于作码头用的防波堤,跟我们曾经走过的那条石堤相比是不可能有什么共同之处的。

我们花了好几分钟才发现,在前边三十公尺远的地方有两道矮墙,通道尽头的护墙开始部分就是由这两道矮墙构成的。两道矮墙之间的堤面不见了。海水向堤面冲刷而来，汹涌澎湃，一片乳白色。石堤的两端很高，一定会露出水面，但是，两道矮墙足以把它们遮挡住。道路的下半截也看不见，它在山坡的后边来了个九十度转弯，连接在堤面的石头上。我们又一次望着脚下漂满灰色尘土的水线，它们在露出水面的海藻中间卷成涡形，有规律地、缓缓地向上涨。

先不谈这水面上几乎觉察不出的上涨活动，海水像池塘里的水一样平静。但是它已经快和石堤一般高了，而在另一边，它至少还差三十公分。其实，在最靠近海湾入口的死角里，海水上涨得还更快。当堤坝不再能阻挡海水时，突然出现的水准差将会产生一股水流，它立刻就会切断通道。

"我们再也回不去了。"弗朗兹说。

弗朗兹是头一个说过这句话的。

"我早就说过我们再也回不去了。"

没有人回答他。我们越过了小防波堤；跳过矮墙，想从堤坝上穿过去也明摆着不会成功——并不是因为堤上的水已经很深，而是水流的冲力使我们失去了平衡，而且立刻就会把我们从涉水的地方冲走。从近处可以清楚地看见水准差；在上面，水非常平滑，从表面看来一动也不动；接着，水却突然从岸的一边向另一边卷成一股圆柱形的涌潮，四周几乎没有一点波动，水的流动很有规律，尽管流速很快，但仍然给人一种静止的印象——这是种产生在运动中的不稳定的停顿，就像那些令人惊叹不已的快镜照片：一颗正要打破水潭的宁静的石子，在它落到离水面只有几公分的地方，一下子被照相机固定下来一样。

接下来，水面上就只相继出现许多凸泡、水眼和漩涡，它们那种微白色说明水里相当混乱。但是，那也就是在一定程度上的稳定的混乱，浪尖和水的混乱总是在同一个位置上，保持着同一个形状，因此人们会以为它们被冻结住了。总之，水所显示的这股强力和海藻丛中的水灰线相比，表面上并没有那么大的不同——也不更隐蔽更险恶——所以在我们又继续刚才被沉默所打断的谈话时，也不再为这水驱邪赶魔，不再谈及它。

"我们再也回不去了。"

"水涨得并不那么快。"

"那么，咱们就赶快走吧。"

"你认为在另一边会发现什么？"

"我们绕一圈，但不要停下来，这用不着太多的时间。"

"我们再也回不去了。"

"水涨得并不那么快；我们有时间来绕一圈。"

我们转过身，发现一个男人站在拴在小防波堤上的小船旁边。他朝我们这一边望着——至少差不多是这样，因为他好像在观察一样东西，在我们左边一点的浪花里。

我们向他走过去，不等我们跟他说话，他说：

"你们想渡过去。"

这不成为一个问题；他不等回答就下到小船里。我们也尽量在小船里坐下来。船里的位置正好够我们三个和这人一起坐下，他在船头划桨。他本应该面向我们，但是他宁愿和我们坐在同一个方向朝着船头，这使他不得不倒过来划桨，位置很不合适。

从堤坝到船这段距离，小船激起的波浪仍然看得很清楚。为了同水流搏斗，那人不得不把他的主要力量——在他的船上——放在对他的航行来说相当偏斜的航向上。尽管他划得很猛，但是由于别的原因，我们前进的速度很慢。过了一阵，我们甚至感到他的全部力量只能使我们保持不动。

勒格朗说了句客气话，他说我们的冒失使这个不幸的人受累了；他没有得到回答。也许他没听见，所以弗朗兹把身子伸到前边，问是不是真的没有可能涉足渡过海峡。仍然没有结果。这个水手大概是个聋子。他继续机械地划着桨，很平稳，不偏离一度航线，仿佛他想去的地方不是对面那座海滩上的木码头——它与我们从这儿出发的码头遥遥相对——而是再往北，向石堤起点那边的一个乱糟糟的地带，那儿，一群礁岩后边是一道荆棘丛生的斜坡，斜坡的后边，是那条坡度不大的道路的尽头，路边的两座白色小屋，矮墙保护下的急转弯，到处是斑斑点点的长着青苔的堤面，以及像池塘里的水一样平静的海水，水面上露出一丛丛海藻和难以觉察地卷成螺旋形的漂着灰色尘土的水线。